チョコ職人と書店主の事件簿②

トリュフチョコと盗まれた壺

キャシー・アーロン　肱岡千泰 訳

Truffled to Death

by Kathy Aarons

コージーブックス

TRUFFLED TO DEATH
by
Kathy Aarons

This edition published by arrangement with Berkley,
an imprint of Penguin Publishing Group,
a division of Penguin Random House LLC.
through Tuttle-Mori Agency, Inc., Tokyo

挿画／omiso

シャイナとデヴィン・クルヴァットに捧げる――毎日、誇らしく思ってるよ！

謝辞

本を出すというわたしの夢を叶えてくれた、すばらしいエージェントのジェシカ・ファウストと編集者のロビン・バーレタに感謝したいと思います。

今回も批評家グループ〈デニーズ・チックス〉のバリー・サミーとケリー・ヘイズが辛抱強く支えてくれなかったら、この本は存在しなかったでしょう（わたしも正気を保てなかったにちがいありません）。

サンディエゴ州立大学の名誉教授であり、マヤ文明のことならなんでもご存じのドクター・ジョー・ボールに、山のような感謝を。つぎからつぎへと質問しても寛大な心で答えてくださりました。作品のプロットもご提案くださり、実際に本書で採用させていただきました。ドクターの存在なしにはこの本を書くことができませんでした！

新シリーズを立ち上げるには、ほんとうに村ひとつ分の協力が必要です。全国各地でわたしの本を買い、サイン会に顔を出し、口コミで本を広めてくれた家族や親戚、友人みんなに感謝します。とくにジムとリー・ヘガティ、パット・ズルツバッハ、マニーとサンドラ・クルヴァット、ダナとブライアン・ローエンタール、パティ・ディサンドロ、ジム・ヘガテイ・ジュニア、マイケル・ヘガティとノエル・デマルコ、マシューとマーダヴィ・クルヴァット、ジェレミーとジョスリン・クルヴァット、ロリとマレー・マロニー、リン・バス、エイミー・ベルフォイ、スー・ブリット、キャシー・ウィア、ジョアンナ・ウェストレイ、スーザンとテリー・オニール、そのほか楽しい友人たち、〈マムズ・ナイト・アウト〉のメンバー、そして驚異の忍耐力で支えてくれたブッククラブのメンバー。類いまれなるパブリシストのダニエル・ディルも、ほんとうにありがとう。

Well Read, Then Dead の著者テリー・モランの友情、激励、本の宣伝プランへの助言にもこの場を借りて特別な感謝を。

また、快く知識を共有してくださった以下の専門家のみなさまに心から感謝します。

世界一おいしいチョコレートの店〈ダルマン・ファイン・チョコレート〉のオーナー、イサベラ・ナックに。

イレイン・ペインのショコラティエとパティシエとしての専門知識に。

ドクター・ジョシュ・フェダーのＰＴＳＤとうつ病の治療に関する専門知識に。キャロン・フェダーのイベント立案における知識に。そしてふたりの疲れ知らずの応援に。

ジル・リンバーの猫の知識に。いろんな面を持つココのキャラクターは、彼女にヒントをもらいました。

ドクター・スーザン・レヴィの医学知識に。

ロリ・モースの特別イベント立案における専門知識、演劇の知識、そして長年の友情に。

学術界について教えてくれたジュディ・トゥイッグに。彼女は〈誤植発見の達人《グル》〉でもあります。

メリーランド州フレデリックの町について調べるのを熱心に手伝ってくれたジュリー・ジルに。

クリステン・コスターのメリーランドの知識に。

誤りがあれば責任はすべてわたしにあります。

そして、いちばん大事なこと。二十四年間、たえまなく支援と笑いと愛情をくれたリー・クルヴァットに、どうもありがとう。

トリュフチョコと盗まれた壺

主な登場人物

ミシェル・セラーノ……ショコラティエ
エリカ・ラッセル……書店経営者。ミシェルの親友
コリーン・ハリス……エリカの妹
ベンジャミン・〝ビーン〟・ラッセル……作家。エリカとコリーンの兄
レオ・セラーノ……ミシェルの兄
コナ……ミシェルのアシスタント
ケイラ……ミシェルのアシスタント
ゼイン・ウェスト……エリカのアシスタント。ウェブデザイナー
アディソン・ムーディ……博物館のキュレーター
ラヴェンダー・ローリングス……アディソンのアシスタント
ヴィヴィアン・リバー……リバー家の主人
アダム・リバー……ヴィヴィアンの長男
レジナルド・〝ゲイリー〟・リバー……ヴィヴィアンの次男
ジェニファー・〝ジェニー〟・リバー……ヴィヴィアンの娘
ローズ・ハドソン……アダム、ゲイリー、ジェニーの祖母
ディアドラ・キャッシュ……リバー家のメイド
フアン・アビレス……レストランのオーナーシェフ
サンティアゴ・ディアス……パーティ出席者
カルロ・モラレス……パーティ出席者
リース・エバーハード……地元レポーター
ボビー・シムキン……警部補。エリカの恋人
ロジャー・ロケット……刑事

1

「なんて美しいの」わたしはほうっとため息をついた。ガラス一枚へだてて目のまえほんの数センチのところに、ボウル形の模様のない土器が飾られている。この手にそっと包んでみたくて、指先がうずうずした。

「うちの姪っ子だってもっと上手に作れるわ」わたしの店のアシスタントマネージャー、コナが鼻で笑って通りすぎた。前菜を載せた銀の三段トレイを小さなテーブルへ運んでいく。

こまかい細工が施されたマヤの球技者の像に目を移した。凝った作りの頭飾りと、相撲レスラーが腰に巻くベルトのようなものを身につけている。どうやらスポーツ用品はこの数世紀でぐんと進化したらしい。隣には大きな皿があり、色鮮やかな衣装の王族が書を読む姿が描かれている。たぶん、千年かそれくらい昔の人だろう。これら中米の出土品を深紅のビロードの上に美しく並べたディスプレイは、まるでうちの店のためにあつらえたみたいだ。

あとしばらくして扉を開けば、ここ〈チョコレート&チャプター〉でレセプションパーティがはじまる。ボルティモア人類博物館にリバー家がマヤ文明の出土品を寄贈したことを発表するパーティだ。リバー家は、メリーランド州にウェストリバーデイルの町を創設した一八六〇年以来、地域社会を支える柱だったから、今回の寛大なはからいにも驚く人はいなかった。

　この店も輝いて見える。もう一年以上もまえのことだが、わたしとエリカ・ラッセルはふたりの店のあいだの壁を取っ払い、史上最強のコンビネーションを実現させた。わたしのこだわりのチョコレートショップと、エリカが家族で営む書店をくっつけて、ひとつの店にしたのだ。

　今夜は本棚の配置を少し変え、座り心地はいいが色や形がばらばらのソファとテーブルを壁際に寄せることで、もうじき到着するゲストのためにダイニングエリアを広げた。それから大小さまざまなフラワーアレンジメントで彩りを添え、キャンドルを戦略的に飾って、普段はアットホームな店内を洗練されたパーティ会場に変身させた。ブラインドを上げれば、ひとつひとつの窓からもれる明かりが店全体をほんのりと輝かせるだろう。エリカはすでにウェブサイト用の写真を山ほど撮っていた。今夜のパーティの様子を見た人が会場費を払ってでもここでイベントをしてみたいと思うように。

　晩の催しのために、今日の土曜はいつもより早く店を閉めることにし、常連にはまえもってしっかり知らせておいた。とくに今夜の花を提供してくれた、隣の〈エンシャンテッド・フォレスト・フラワーショップ〉のオーナー、メイ・ジェンセンには。彼女とその親友で、専業主婦からＢ＆Ｂ《ベッド・アンド・ブレクファスト》のマネージャーに転身したナラ・プラシャドは、イイ男に出会えるラッキーアイテムとして、うちのチョコレートを食べる決まりにしていたから。

ふたりは真逆の外見をしている。メイは、プラスサイズモデルになるにも二十キロオーバーよと自ら言うほど肉づきがよく、インド出身のナラはとても小柄。更年期の支援会へかようウちに意気投合し、いつしか毎週土曜の晩はイイ男探しに繰り出す仲になった。とはいえ、実際に恋人がほしいというより、探すことそのものを楽しんでいるふしがある。毎週飽きもせずうちの店に来て、シャンパン・ミルクとスパイシー・パッション・ダークスをかじりながらけらけら笑っているだけだから。

今晩のイベントは、わたしのチョコレートのおいしさとエリカが選んだ本のすばらしさを口コミで広める機会のひとつとしかとらえていなかった。でも、知ってしまった。この小さな茶色のボウルから検出された微量のテオなんとかなる成分は、化学的にチョコレートを意味するということを。このボウルは八百年以上もまえ、チョコレートを飲むのに使われていたのだ。

〝わたしのもの〟と胸の奥で言った。イベント用に雇われた警備員がベルトを調節したり、太鼓腹の上で腕を組んだりしながら、やや不審げな目をこちらに向けている。よだれを垂らさんばかりにガラスケースにへばりつく女は見すごせないのだろう。

ため息をついて、チョコレートを並べる作業に戻った。カイエンペッパーがぴりりと利いた定番のマヤン・ウォリアーのほかに、今晩のゲストがよろこぶこと請け合いの新作をいくつか用意した。つんと酸っぱいアズテック・パイナップル・ミルク、ふわっとラムの香るフォレスト・バナナズ・フォスター、そしてわたしの一押し、ピラミッド形のエンド・オブ・

ザ・ワールド・キャラメル。エリカは歴史的観点からすると不正確なネーミングだと言うが、ゲストの大半はわたしと同じ程度にしか気にかけないだろう。つまり、そんなのどうでもいい。

正しい用語なら〝マヤ〟だとエリカは講釈をたれた。〝マヤン〟というのはマヤ人の言語だけを指すことばらしい。わたしは〝マヤン〟はいろんなところで目にするし、今からパッケージの文字を〝マヤ〟に修正していては間に合わないと反論したものの、エリカには通じなかった。

今、エリカはわたしのボウルよりずっとカラフルな土器に関する美しい大型本『マヤ美術の秘密』をテーブルに飾りつけている。人類学業界ではある種の論争を巻き起こしている本らしいが、わたしは彼女が先コロンブス期のメソアメリカなんとかかんとかと言いだした時点で聞き流すことにした。

店の裏口から、黒のドレスの乱れを直し、髪の毛をなでつけてエリカの妹コリーンが駆け込んできた。「ごめんなさい！　マークがなかなか子どもたちを迎えにこなくて」

コリーンは離婚に向けた話し合いの真っ最中だ。夫マークが浮気したことを考えれば、とても友好的な措置だと思う。わたしだったら吊るし首だ。というのは冗談にしても、財産を根こそぎ奪うくらいはする。

マヤ関連の本やほかの本を買う人がいる場合に備えて、コリーンは急いで書店側のレジにはいった。「すてきな会場になったわね！」

「ありがとう」わたしは店内をざっと見まわして点検した。「何かいるものある?」

「とくになし」コリーンがはずんだ声で答えた。「このいいにおいをさせてる何かを厨房からくすねてきてくれるなら別だけど」

わたしは顔をゆがめた。リバー家が軽食のケータリング業者を手配してくれたことには感謝しているし、イベント用のトリュフを作ってお金がもらえるのもすっごくありがたい。でも、自分の厨房をよく知らないだれかが使っていると思うと、頭がおかしくなりそうだった。なんとか資金をかき集めてこのチョコレートショップを開店して以来、厨房で調理をしたことがあるのは、わたしとふたりのアシスタントだけだった。ほかの人があの場所に立っているなんて、考えただけで鳥肌が立つ。

とくにフアン・アビレス。ケータリングを担当するレストラン〈エル・ディアブロ〉のオーナーシェフである彼は、うちの厨房にはいるなり、「みみっちいチョコレートを作るにはこの広さで十分なんだろうな」と鼻で笑った上、自分のスタッフを絶えず怒鳴りつけている。ゴードン・ラムゼイ(横暴で有名な三ツ星シェフ)を目指そうと心に決めているのかもしれない。もしくはただの嫌なやつか。

ヴィヴィアン・リバーの話では、鍋やそのほか調理器具は自前のものを使うということだったのに、やつらがメロンボウラーはどこだと言いながら引き出しをあさっている現場をわたしのもうひとりのアシスタント、ケイラが目撃した。にらんで呪ってやったらしい。

「なんとかくすねてみるわ」わたしはコリーンに言った。「子どもたちはどう?」

「元気よ」彼女は肩をすくめた。「今晩はパパのお友だちもいっしょに出かけてるの」

「あら、いいわね」と言った直後、〝お友だち〟がだれだか気づいた。「えっと、ごめん」

コリーンはかぶりを振った。「子どもたちが彼女になつくのはいいことだと思う。ただ……」

「わかるわ」わたしは言った。「きついわよね」って、わかるわけない。そうでしょ？

タイミングよく、ダイニングエリアのエリカに呼ばれた。「ミシェル、準備はできた？」微笑んではいるが、すっかり神経をすり減らした顔をしている。

「あなたこそ大丈夫なの？」

「大丈夫よ」引きつった笑顔をぎりぎりと広げるので、唇がひび割れるんじゃないかと心配になる。

「このイベントの話が出てからずっと様子が変よ」もう二年もいっしょに仕事をし、ひとつ屋根の下で暮らしてきたから、だれよりエリカのことを知っていると言っていい。でも、こんなにぴりぴりした彼女は見たことがなかった。

今まで何度も尋ねたときと同じく、エリカは肩をすくめて受け流した。「そんなことないわ」

少なくともこのレセプションパーティの仕事はもうすぐ終わる。そうすれば、エリカもいつもの穏やかな彼女に戻れるはずだ。

今晩は、コリーンが書店のマネージメントをエリカにまかせ、フルタイムで大学に復帰したあと初めての大きなイベントだった。家業をひとりで背負う重圧に、気が張っているのかもしれない。

　前菜をいくつかコリーンのところに運ぶようコナに頼んでいると、裏口からタキシード姿の男がはいってきた。自分大好き教授。というのは、わたしが勝手につけたあだ名だが、本名のアディソン・ムーディだって、彼の気まぐれ《ムーディ》な性格と、名は体《たい》を表すということをよく示している。今夜の主役はこの男だ。大学の教授を辞めて博物館のキュレーターとなり、このたびリバー家と博物館の契約をまとめ上げた。三者三様に利のある契約だった。リバー家は、貴重な出土品をどかんと寄贈することで、町いちばんの大富豪だと見せつけられたし、博物館は出土品だけでなく、それらを常設展示にするための多額の予算も手に入れた。そして大きな取引をまとめた〝ムーディ教授〟ことアディソン・ムーディには、ボーナスがしこたま転がり込んだにちがいない。出土品を研究して論文を発表しようと目論んでもいるらしかった。

　この男にはわたしを不安にさせるものがあったが、それが何かはわからなかった。彼はテレビで見るほかの教授と同じく、実に教授らしい外見をしている。ひょろっと背が高く、少し伸びすぎたもじゃもじゃの茶色い髪。こめかみの白髪がそっと威厳を添えている。ぎょろぎょろと大きな茶色い目をして、何事にも熱心に取り組み、情熱をわたし以外のみんなに伝播させた。わたしには彼がまわりの人のエネルギーを吸い取っているように見え、落ち着かない気分になった。純真さで目をくらませて、相手をさっと熱狂に巻き込んでいく、そんなタイプ。まるで子ども、ということばを四十代の男に使うのも気持ち悪いが、稀代のプレイボーイ、ヒュー・ヘフナーというより、『チャーリーとチョコレート工場』のウィリー・ウォンカみたいな人だった。

目のまえのムーディ教授は、タキシードを優雅に着こなし、顔を輝かせて店内を見まわしている。

エリカは、さらに上をいく輝きで微笑み——まだ上があったとは——教授に話しかけた。

「お気に召しました?」

「ああ、すばらしいよ」そう言って、教授は展示用のガラスケースのほうへ歩いていった。「見てくれ、わたしの美しい子どもたちを」こんなものが存在するなんて、という表情で出土品に視線を注ぐ。

なぜだかわたしまで引き寄せられ、教授と並んで無言の賞賛を贈った。

教授はぐっと身を乗り出し、真ん中に飾られた背の高い壺をよく見ようとした。小さなスポットライトの光に照らされ、青い頭飾りをかぶって座す男の精巧な図柄が色鮮やかに浮かび上がっている。エリカによれば、絵の男はマヤの王で、召使いに持たせた鏡をのぞきこんでいるらしい。壺のまわりには底を囲むようにして、先のとがった小さな管のようなものが美しく並べられている。

「この品々はいったいどんな神秘を目にしてきたんだろうな」畏敬の念に打たれて教授が言った。「王族が宗教儀式やふだんの食事で使ったものだ」

そしてインディ・ジョーンズのポケットから出てきたようなぼろぼろの日記帳を指差した。

「あれはずいぶんしょぼくれて見えるよな？　ほかのものが輝かしいだけに」

日記は、今は亡きバートランド・リバーの旅の記録だった。彼は多くの事業に邁進するリバー家のなかのはみだし者で、いっときに何年も仕事を休んで中米の遺跡を探検してまわっていた。旅先からこれらの出土品を持ち帰ったのが違法だったのではないか、と最近になってささやかれている。ひょっとするとうわさを一掃することが、寄贈の目的のひとつなのかもしれない。

わたしと教授の夢想は、裏廊下からいつもの仏頂面でやってきた彼のアシスタントによって破られた。

どうがんばっても褒めることばが見つからない。ラヴェンダー・ローリングスはカエルそっくりなのだ。大きすぎる眼鏡とマッシュルームカットの髪がいっそうその印象を強めている。バイタリティあふれる教授とは正反対のタイプで、人を憂鬱にする天才だ。ぶすっとした表情となんでもかんでも鼻で笑ってばかにする癖のせいだと思う。

もしかしたらラヴェンダーの活力のなさが、教授のあり余る活力とちょうどよいバランスなのかもしれない。放っておくと飛んでいってしまいそうな教授を彼女が地面につなぎとめているというような。

今夜のラヴェンダーは、ほかの人が着ればさぞかしすてきだろうというカクテルドレスに身を包んでいた。繊細な刺繍《ししゅう》に、きらきら光るスパンコール。ぴったりと体に沿うデザインで、実は悪くないスタイルなのがよくわかる。背筋をしゃんと伸ばし、黒のぺたんこ靴でモグラみたいにもぞもぞ歩くのをやめればの話だが。

エリカに言ったら、カエルかモグラか動物の比喩はひとつにしてよと注意されそうだ。かくいうわたしも、流行に敏感なわけではない。普段はチョコレートのしみのない服が見つかればそれでよかった。でも、今夜のわたしはシックと言っても通るだろう。有無を言わせぬ調子のエリカにフレデリックの町へ連れていかれ、指図されるまま試着をした。胸の下できゅっとギャザーが寄ったあと、ふんわり広がるブルーとグリーンのドレス。袖を通しただけで、ぐっと女性らしい気分にしてくれた。

どういうわけか、エリカ自身は裏方に徹することにしたらしく、手持ちのなかでいちばんお堅い黒のパンツスーツを選んでいた。だがブロンドの髪をきっちりとお団子にまとめ、図書館司書風眼鏡で瞳を隠してもなお、洗練されたセクシーな女性に見えてしまう。

ラヴェンダーが挨拶も抜きに言った。「裏口から猫がはいってこようとしてるんだけど」

まったくもう、と心のなかでつぶやいた。ココは二、三カ月まえから町をうろつく茶色のトラ猫で、メインストリートのほぼすべての店で飼われているようなものだ。はじめのうちはどの店にもはいりたがらなかったのに、最近ではなかに入れないのがむずかしいくらいだった。

理由はすぐにわかった。妊娠中だったのだ。商店主はみんな、地元紙の社主兼編集長のリース・エバーハードのことばを真に受けて、去勢済みのオスだと思っていたのに。

様子を見にいきたかったが、エリカが「時間よ」と言うので我慢した。エプロンを取るよう、手振りで指示される。

急いではずしてケイラへ放り、カウンターの裏に突っ込んでもらった。コナがさっと正面扉を開けると、ちょうどリバー一族を乗せた長いリムジンが店のまえに停まった。

九月にはいって、メリーランドの気候もパーティに快く協力してくれ、夏のひどい蒸し暑さはまえの週にしぶしぶ去っていた。さわやかな風がそよと吹くと、隣の生花店からヒメユリの香りが運ばれてくる。メイがアシスタントに言いつけて、今夜やってくるメリーランドの王族の目にとまるよう並べさせたのだ。

通りの反対側からフラッシュがたかれた。カメラを手にしたリースが、黒のＳＵＶが走ってくるのをひょいとかわして、リバー一族の写真を撮りに向かってくる。リバー家の到着となると、注目せずにはいられない。町の人はみんな、お騒がせセレブ、マイリー・サイラスの最新ネタみたいにリバー家のゴシップを追っていたから、一族の内情には必要以上に詳しかった。

最初に車から降りてきたのは、探検家バートランド・リバーの姪のヴィヴィアン・リバー。ヴィヴィアンといると、つい萎縮してしまう。上品で裕福でいつだって完全無欠という女性で、お金はあるが流行を追いすぎることはしない人向けに作られたデザイナーの最新作がお好みだ。外見もわたしとは全然ちがう。すらりと背が高く、髪の毛一本乱れていない。

専属記者がリースでほんとうにいいのか、と勇気を出して尋ねたことがあった。リースは頭のおかしい見出しをつけるのが大好きだから。たとえば、〝ウェストリバーデイル・スターズ・フットボールチームをあの世送りに！〟や〝わが子のキンドルを発禁本から守れ〟など。町議会議員が有給休暇を取ったときには〝ウェストリバーデイルの町議会、町を捨てる〟と報じた。ヴィヴィアンはいたって冷ややかにこう答えた。撮った写真はすべてリバー家の厳正な管理下に置くという契約だから問題ないわ、と。契約を破ったらどうなるか、という含みを感じ、これならリースも変なまねはするまいと思った。

幸いここしばらく、わたしはリースの過激な報道の標的にならずにすんでいる。夏のあいだじゅう、わたしもエリカもちゃんとおとなしくしていた。そのまえに素人ながら殺人事件の調査をして大惨事に終わったから。殺人犯ふたりを突き止めたものの、わたしとリースはあやうく殺されるところだったのだ。

わたしが文字どおり命の恩人となったあと、リースは取材の対象をほかの人に移したが、彼女の関心が自称〝報道〟サイトの閲覧数を増やすことだけとは思えない。ばかげたきっかけで、高校時代からライバル心を根づかせているから、わたしへの攻撃を再開する日もそう遠くはないだろう。

ヴィヴィアンにつづいて出てきたのは、息子のアダム・リバー、その弟ゲイリー、妹のジェニーだ。アダムは三十歳の若さで、すでにリバー家の事業のなかから不動産部門と製造部門をまかされている。ゲイリーは、二、三歳しかちがわないが、アダムの熱意とは無縁だ。そして末っ子のジェニーは自分のなかの悪魔と闘っている。

アダムは祖母のローズ・ハドソンに手を貸して車から降ろし、運転手が出してあった車椅子に乗せた。運転手の介助を手を振って断り、自ら車椅子を押して店のほうへやってくる。うしろに一族全員がつづいた。

三人がきょうだいなのは疑いようがなかった。みんな同じ青い目に、夏の日差しで白っぽく色の抜けたブロンドの髪をしている。男性陣は独特なわし鼻だが、一家の女性はその威圧的な隆起を除去する習わしのようだ。

アダムは仕立てのいいスーツに身を包み、真紅のネクタイをひるがえして店にはいってきた。ゲイリーは白のボタンダウンシャツにカジュアルなジャケットを引っかけ、下はチノパンツといういで立ち。無造作ヘアには、きっとずいぶん時間をかけたにちがいない。ジェニーはミニスカートに、片脚がグリーンでもう片脚がオレンジという目の覚めるような色のタイツを合わせている。わたしが穿《は》けばセサミストリートのマペットがへばりついているのかと思われそうな代物だが、丈の短いレザージャケットにドレッドヘアの彼女は、人生でいちばんはっちゃけていたときのわたしより、ずっとファンキーで決まっている。

真っ先に到着したお客は、ウェストリバーデイルのご近所さんたちだった。リバー家が宴会費をけちるわけがないので、マヤの歴史に関心ゼロの人や、もう何年も夜は出かけていないという人も、ベビーシッターを頼み一張羅《いっちょうら》を引っ張り出して、無料のワインと軽食を楽しむべく、この秋いちばんのパーティにやってきた。

まもなく近隣の大きな市や町から着飾った人たちが到着した。男性はブランドもののスーツ、女性はリトル・ブラック・ドレスにきらめくジュエリー。あのネックレス一本あれば、ショコラティエ専門誌が届くたびに熱視線を送っている業務用チョコレートテンパリング機が買えるのに。

アビレスは厨房から出てくると、集まった人々を一瞥しただけでさっと引き返していった。うちの店にこれほど大勢を収容できるとは思わなかった。普通なら消防署長に注意されるかもとびくびくするところだが、今夜の署長はそんな様子もなく、給仕するケイラを待ち受けてカニのひと口タコスをほおばっていた。

店内に場所を移したリースは、お決まりのセレブ写真を撮影中だ。華やかな寄贈者一族が一列に並んで、完璧な笑顔をカメラに向けている。

わたしの兄のレオは、退役軍人の仲間に交じり、ガールフレンドのスターの腰に手を回していた。アフガニスタンで片脚を失って帰還したあと、ようやくつきあいはじめたのが彼女だ。うつ症状との闘いでめざましい進歩を見せているレオは、スターとの楽しい時間で人生をきらめかせている。この夏もずっといっしょにすごし、部屋を居心地よく改装することまでした。きっと彼女を迎え入れる準備だろう。

「今日のあなた、とってもきれい」わたしはスターに言った。

「ありがとう！」膝下まであるネイビーのドレスがほのかに輝き、引き締まった体と、はしばみ色の瞳を際立たせている。

わたしは首元に下がる星形のダイヤモンドを指差した。「ネックレスもすてきね」レオが選ぶのにアドバイスしたのはこのわたしだ。

「でしょ？」スターはきらきらした笑顔でレオをのぞきこんだ。

「何か手伝うことあるか？」レオがきいた。

「大丈夫、ありがと」わたしは答えた。「楽しんで」

博物館の関係者らしき人たちもやってきて、教授とヴィヴィアンが出迎えた。ひとりが同僚の輪から離れてエリカに話しかけにいった。おもちゃの兵隊かと思うような恰好だ。真《しん》鍮《ちゅう》のボタンが並んだ丈の短いジャケットに、ストレートパンツをくるぶしまでまくり上げ、白のソックスをのぞかせている。茶色い髪もつやつやで、どこまでも計算しつくされたとわかる身なりだった。

もう少しブラックベリー・アンド・ゴート・チーズ・ダークスを並べておこうかなと思っていると、ゲイリーがちょうどいいとばかり、ぴょんとカウンターに腰掛けた。なんてこと！　食べ物を出すところなのに！　妹のジェニーも隣に座り、ふたりでツリーハウスの子どもみたいに足をぶらぶらさせて会場の様子を眺めはじめた。

わたしは一直線に向かっていった。「降りて、今すぐ」

なんで怒ってるの、というようにゲイリーが眉を上げた。

「食べ物を置くところにお尻を載せないで」わたしは語気を強めた。「降りて！」

ふたりはしぶしぶカウンターから降りると、ほかに座れる場所はないかときょろきょろしだした。ゲイリーの目が、まわりに椅子がなく、たまたま今は何も載っていない小さなテーブルを見つけたので、間髪いれずに言った。「階段かどこかに座っててちょうだい」

ふたりは立入禁止のロープを張った、大きな木の階段のほうへ行こうとして、ふと足を止めた。わたしの脇からヴィヴィアンが現れたからだ。

「ちょっとレジナルド」ヴィヴィアンはとがめるように言った。

レジナルド？　それが本名だったら、わたしだってゲイリーで通す。

ヴィヴィアンが一族の評判を保つことに並々ならぬ情熱を燃やしているのは周知の事実だ。

「主催者としての務めがあるのよ」とげとげしい口調のせいで、土曜の朝のひと仕事みたいにつらいものに聞こえた。

無言で立ち去るジェニーをヴィヴィアンはにらみつけたが、引き止めはしなかった。

「ごめん」ゲイリーは肩をすくめると、〈エル・ディアブロ〉の死ぬほどおいしいラム酒入りフルーツポンチのサーバーを囲む若い招待客たちのなかにはいっていった。一瞬、やるせない目で階段を見たような気がした。

ゲイリーが信託財産にしがみついて、働かずにすむよう最善を尽くしているという話はよく聞き知っていた。うわさによれば、アダムがコーヒーショップ〈ビッグ・ドリップ〉を買い上げてゲイリーを店長にすえたのも、働く意欲を芽生えさせたいと一縷《いちる》の望みをかけてのことらしい。

「嫌になるくらいバートランドそっくりなんだから」ヴィヴィアンは苦々しげに言った。でもすぐに、いつもの麗しい彼女に戻った。「イベントは万事滞りなく進んでるわね、ミシェル。そろそろ教授にご挨拶をお願いしたら？」

〝万事滞りなく〟なんてさらっと口にできる人間がこの世に何人いるだろう、と思いつつうなずいて、教授を捜しにいった。教授はオリーブをぽんぽん口に放り込みながら、年配の女性の話を聞くふりをしていた。会場のざわめきで、女性のことばは聞き取れなかったが、教授の視線はさっきから彼女を素通りしている。近づいていくと、教授が何かを二度見した。わたしの右のほうに知り合いを見つけ、その人の登場を不愉快に思ったという感じ。こらえきれずに視線を追うと、とびきりのイイ男がゆうゆうと会場にはいってくるところだった。ワオ。ちょいワル系のファッションモデルと言っても通りそうだ。彼は立ち止まって、スーツのジャケットをはおったばかりなのか、シャツの袖をくっと引っ張った。部屋の反対側からでも、カフスボタンのダイヤモンドがきらりと光るのが見えた。

イケメンレーダー全開のコナが瞬時に姿を現し、トレイのトリュフを勧めた。きゅっとお尻を持ち上げて、こちらもいかがと示しながら。男はにっこりと微笑んだ。リゾートで日焼けしたような小麦色の肌に白い歯がまぶしい。

ムーディ教授が重い足取りで男に近づいていくのを見て、はっと自分の任務を思い出した。

「あの、教授」

教授は足を止めて、こちらを向いた。

「ヴィヴィアン・リバー様がそろそろご挨拶を、とのことです、よ？」教授の怒りの表情に気づき、思わず語尾を上げてしまった。

イライラ教授への変身を察知したのだろう。ラヴェンダーがさっと彼の横に現れて、にらみつけてきた。わたしが悪いんじゃないのに。

「挨拶をって言ったのはヴィヴィアンよ」子どもの告げ口みたいになった。

教授の表情がふっとやわらぎ、陽気なムーディが戻ってきた。「ああそうだね、そうしよう」展示ケースのまえまで歩いていって、スタンドのマイクをはずした。

「あ、あ」教授が声を出すと、マイクがキィーと音を立て、会場の人々が彼に注目した。

「本日はお集りいただき、誠にありがとうございます」

すっとわたしの横に並んだコナに、小声で尋ねた。「さっきの彼、何者?」

「わたしのよ!」コナが言った。「あんなおいしそうなアクセントの人、初めてだわ」コナは彼のほうを振り返って流し目を送ったが、当のイケメンは教授をじっと見ているだけだった。

高校で数学と演劇の教師をしているジョリーン・ロクスベリーも、おどけた目つきをして見せた。「わたしが十歳若くて幸せな結婚をしてなかったら、絶対アタックする」

「こら!」ジョリーンとその夫は、わたしの知るなかで最高に幸せなふたりだった。

「いいじゃない」ジョリーンが言った。「まだまだ現役よ」バーカウンターから戻った夫のスティーヴにシャンパンのグラスをわたされると、ジョリーンは彼の腰に手を回した。そして、教授のスピーチがはじまった。

「今宵、ボルティモア人類博物館に歴史的意義のある美しい品々を惜しみなく寄贈してくださった、リバー一族の栄誉を称えましょう」教授は展示された出土品のほうを手で示した。「ここに飾られたものやそのほかのコレクションが、かならずや古代マヤ文明の謎をひもといてくれるにちがいありません」

教授はつづけた。「われわれは実に幸運です。バートランド・リバー氏があの時代に中米へ冒険したからこそ、このように幅広い年代の多様な出土品を発見できたのですから」

ふと見ると、アダムが祖母ローズの乗った車椅子を押してまえへ行こうとしていたので、わたしは道を空けるよう人の肩をたたきながら先導した。教授の見える位置まで案内し終え、会場の端を通ってうしろにまわると、厨房のドアのまえにひとりの男が立っていた。

ビーンだ。エリカの兄。

わたしが恋する人。

心臓がどきどきしてくる。彼はまだ気づいてない。

〝わたしのもの〟と胸の奥のささやきがまた聞こえた。

邪《よこしま》な考えを頭から追い出す。ビーンはわたしのものじゃない。世界のものだ。

ここで何してるんだろう？　最後に連絡をくれたときは、絶賛された著書のワールドツアーでカナダや西海岸あたりをまわっていた。五月に二、三週間戻ってはきたものの、ちゃんとしたお別れもなくまた旅立っていった。もう罰ゲームでキスした中学生のわたしとはちがうのに、ぽんと頭をたたくようにあっさりと。

今日はすてきなスーツ姿だ。出版社の人に着ろと言われたのだろう。ふと、ビーンが来るなら、エリカは知っていたはずだと気づいた。もしかして、ビーンのせいでぴりぴりしていたのだろうか。ちょっと待って。ドレスを買えと言ったのは、わたしを少しでもかわいく見せるためとか？

情熱的な恋だとわたしが思っていた関係がうやむやな終わりを迎えたことに、エリカは責任を感じているのかもしれない。本人に言うつもりはないが、実はエリカとビーンが話しているのを聞いてしまったのだ。ウェストリバーデイル史上もっとも凶悪な殺人者に殺されかけたすぐあとのこと。ビーンはきっと正式に交際を申し込んでくる、とわたしは期待していた。そんなとき、エリカが兄に詰め寄った。自分の求めるものが何かよく考えてと。ミシェルには〝大事な人を失った心の傷〟があるんだから——だれでもあるでしょ？——気が向いたときにちょっかいかけて、ジャーナリスト魂がつぎの物語に呼ばれたらハイ、さよならってわけにはいかないの、と。

その場で叫び出しそうだった。好きなだけちょっかいかけていいのに！　約束なんて求めてなかった。でもいざビーンがいなくなると、エリカが正しかったと悟った。つきあってもいないのにこれほどつらいのだから、何かがはじまっていたらどんなにつらいだろう？　それがわたしとっては特別なもので、ビーンにとってはサイン会のあいだを埋めるちょっとしたお楽しみだったとしても。

当然、リース・エバーハードのブログは、世界各地の美女から言い寄られるビーンの写真を、見つけられるだけ見つけ出して掲載していた。しかも下品な見出しつき。最悪だったのは〝牧歌的なスウェーデンの淫らすぎる夜〟だ。

でもビーンと目が合った瞬間、すべてのわだかまりが消えた。ちょっと驚いたような彼の表情に、わたしのドレス姿を見るのは初めてなのだと気づいた。そしてビーンが微笑んだ。ずっと会いたかったよ、と言うみたいに。霧のなかを進むように、彼のほうへ歩いていった。ベタなラブコメさながら魔法みたいにみんなが道を空けてくれる。

あと一歩近づいたら話しかけようと思ったそのとき、妙な音が聞こえた。教授の挨拶にまぎれて、地響きのような低い音が。それから、うおおおっとむせび泣く声がして、教授は話をやめた。

ビーンがけげんな表情に変わり、わたしの催眠状態も解けた。泣き声の発信源からざっと人が引いたので、ふたりしてそこへ駆けつけた。

ローズ・ハドソンがガラスケースを指差して、取り乱した様子で泣きじゃくっていた。教授はマイクを手に立ち尽くし、ぽかんと口を開けている。アダムがなだめようとするも、ローズの泣き声はますます大きくなっていく。「呪いよ！　呪われてるのよ！」

2

哀れなローズは両手で顔を覆い、すすり泣きを押し殺している。アダムはブルックス・ブラザーズのスラックスに包んだ膝を片方つき、祖母に寄り添った。胸ポケットからハンカチを取り出し、涙をぬぐってやる。「大丈夫ですから」とやさしい声で繰り返しながら、祖母の肩をさすった。「そろそろお暇《いとま》しましょうかね？」

顔を覆ったままローズがうんうんとうなずいたので、アダムは立ち上がり、小さく会釈してムーディ教授にスピーチのつづきをうながすと、車椅子を押して出口へ向かった。すると魔法のようにリムジンの運転手が現れ、車椅子を持ち上げて階段を下ろした。ちゃんとスロープがあるのに。

血相を変えたヴィヴィアンが、早く話しなさいと居丈高な身振りで教授に指示した。教授はあわててスピーチに戻り、わたしはアダムを追って店の外に出た。車椅子のローズはひとまわりもふたまわりもちぢんで見えた。「何かできることはありますか？」

わたしがだれかわからないらしく、アダムは眉をひそめた。まじで？　いっしょにイベントまでやったのに？　しばらくして、ぱっともとの表情に戻った。「いやミシェル、お気持ちだけで」くるりと背を向け、運転手がローズを抱えて車に乗せるのを見守る。なんだか邪険にされた気分だ。

それでかえって引けなくなった。「おばあさまにちょっとしたお土産でもご用意しましょうか？」と申し出たが、少しとんちんかんだったかもしれない。もう運転手が運転席へ向かっていたから。

アダムはわたしを無視し、心配そうに眉間にしわを寄せてリムジンを見送った。

「呪いだなんて本気で信じてるのかしら？」あの小さなチョコレート用のボウルからは善と美しか感じられないけど。

「まさか」と言って、アダムはパーティへ戻ろうと身をひるがえした。「頭のなかがこんがらがってるだけさ」

店の入り口に、ビーンが現れた。今度はわたしも心の準備ができている。

「ベンジャミン・ラッセルじゃないか！」アダムが声をはずませた。「元気にしてたか、旧友《オールド・ドッグ》よ」

オールド・ドッグ？　三十歳なのに七十歳のおじいさんみたいなことば遣いね。「今はビーンって呼ばれてるのよ」わたしは蠱惑《こわく》的に見えることを願って笑みを浮かべた。内輪ネタの披露にビーンが苦笑いを浮かべたので、少し頬が引きつったかもしれない。

「ベンジャミンでかまわないよ」ビーンはアダムと握手した。

アダムは〝男同士で語り合おうぜ〟という今どき流行らない感じでビーンの肩に手を伸ば

しながら、「最近出した本の話を聞かせてくれよ」と言ったが、ビーンはこなれた所作でするりとかわした。

「ああ、そうだな」ビーンは言った。「すぐに行くから、なかで待っててくれないか」そしてわたしをじっと見つめた。胸がどきどきする。

アダムはビーンとわたしの顔を交互に見てはっと驚いたが、何も言わずに立ち去って、ふたりきりにしてくれた。ふたりきりといっても、すぐそばで盛大なパーティをしているのでそれなりだが。

「町に帰ってくるなんて、エリカは何も」わたしは言った。

「ほんとに帰ってこられるかどうか、わからなかったんだ」ビーンが一歩、二歩と近づいてきた。「すごくきれいだ」と言って顔をしかめた。

プロの作家というものは、〝すごくきれい〟よりもっと気の利いたセリフを思いつかなければだめな気がするのだろう。

ビーンは再挑戦した。「まるで妖精のよう」と言ってみた。「天衣無縫《てんいむほう》」

わたしは首をかしげた。「天衣無縫？」

「ごめん、もう出てこない」ビーンがわたしの手をぎゅっとにぎった。「会いたかったよ」

「ほんとに？」純粋なよろこびが全身の血管を駆けめぐった。

「ミシェル、来て！」ケイラが大声で呼んだが、すぐにわたしがだれと話しているか気づいた。「やっぱりいい！」

と言われても、今ので魔法は解けてしまった。「戻らなきゃ……」わたしはそっと手を引っ込め、その手を意味なくひらひらさせてドアのほうを示した。

「ああ、そうだね」ビーンが言った。「仕事中だもんな。もしよければ、近いうちに夕食でもどうだい？」あらたまった口調で、なんだか妙だった。心配事でもあるのだろうか？

「どうかしたの？」わたしはきいた。「まさかガンで余命わずか、とかじゃないわよね？」

今度はこちらが顔をしかめる番だった。

ビーンは微笑んだ。「ちがうよ。じゃあ、決まり。カニ料理にする？　明日の晩はどう？」

「いいわ」お腹のなかでワクワク感がはばたいた。そしてそれは、ほかのメリーランド人と同じくカニ料理が大好物だからではない。でも照れくさいから、さっきくすねておいた〈エル・ディアブロ〉のチキン・タマル（トウモロコシの粉、香辛料、ひき肉を混ぜて蒸したメキシコ料理）が原因ということにしちゃおうかしら。「あなたもパーティに戻る？」

ビーンは首を横に振った。「きみとエリカの顔を見に寄っただけだから。最近はちょっとお誘いが多すぎて。いろんな……人からの」

そのことばを聞いたとたん、リースのブログに載っていた〝いろんな人〟との写真の数々を思い出し、楽しい気分がしぼんでいった。「わかった。うちに泊まるんでしょ？　うちっていうか、エリカのところに？」

「そのつもり」ビーンが愉快そうに答えた。どれだけわたしがよろこぶか、ちゃんとわかっているようだ。「きみの部屋の真上にいるよ」

帰っていく彼のうしろ姿を目で追わないように気をつけながら――まあ、目の端のほんの隅っこには入れていたかもしれないけど――店のなかに戻った。

教授の挨拶は終わっており、わたしの目がビーンに釘付けになっていた数分のあいだに、パーティの参加者はますますふくれ上がったようだった。ＢＧＭのラテン音楽もテンポを上げ、リズムに合わせて自然と体を動かす人もちらほらいた。

厨房から出てきた〈エル・ディアブロ〉のファン・アビレスは、料理の残り具合を確認し、チョコレートの皿がすかすかなのを発見すると、こちらをにらみつけた。わたしのトリュフがどんどんなくなっちゃうのはしょうがないでしょ？

コナの手からトレイを奪い、皿の上の空いているところにチョコレートを並べていった。開け放したドアからかすかな風が吹き込んできて、もうすぐ雨が降りはじめると告げた。この時間まで天気がもったことに感謝していると、首のうしろがぞわぞわした。

振り返ると、店の入り口にさっきとは別のイケメンが立っていた。こちらは長い髪を『シヨコラ』のジョニー・デップ風ポニーテールにまとめている。目をせわしなく動かして会場を見まわす彼に、わたしは手を止め、じっと様子をうかがった。どこかにひそむ天敵におびえながら、原っぱを横切ろうとする小動物の気分。あるいは町外れのジャスミン通りにある、一時停止の標識のところで左折するときの感じ。向こうからの車が〝この先止まれ〟の標識を無視して猛スピードで魔のカーブへ突っ込んでくれば万事休すだ。

わたしの不安を嗅ぎつけたのだろう。男と目が合った。そしてたしかに一瞬、グリーンの目がぎらりと光った。自分のものだとコナが主張したイケメンとどこか似ている。でもほんのわずかに暗さを帯びている。髪の色も暗い。肌の色も暗い。一見、紳士のように見えるが、夜の路地で出くわしたら嫌なタイプだ。そんな人、ウェストリバーデイルにはあまりいないのに。

根拠のない想像を追い払い、わたしは目をそらした。

トレイを手にしたケイラが、頭を振って愛らしいブロンドのカールをはらりと顔に落とし、男に近寄っていった。コイントスでコナに勝ったのだろう。

彼がチェリー・アンブロシア・トリュフをかじり、思わず目を閉じるのを眺めた。自分の口のなかにも、キルシュ（サクランボから造る蒸留酒）とドライチェリーの風味がふわっと広がった気がした。

「長身、浅黒、危険な香り、そんな男の大売り出しでもやってるのかしら？」メイがきらきらしたグリーンのドレスの上から、補正ショーツ《スパンクス》を引き上げた。「ぽっちゃり熟女がお好みだったりしないかな？」

わたしは噴き出した。「だとしたら、今日の彼はラッキーね」

ナラも目を見開いて彼に視線を注いだ。「小柄でエキゾチックなのがタイプかも」

わたしもそちらを眺めていると、彼がケイラに顔を寄せ、何か言って笑わせた。「若くてかわいい子が好きみたいね」

「がっかり」メイがため息をついた。「そういえば、レンズン、じゃなくてココを見かけた？」

「レンズン？」

メイは手をひらひらさせた。「ごめんごめん。アイリスがそう呼んでるの。ダイナーで出すレンズ豆のスープにそっくりの色をしてるからって。ほかにもイカした呼び名がいくつかあるのよ。レンズン、じゃなくてココがアイリスの靴にゲロを吐いたときについたのが」

わたしの猫にスープの名前をつけたバチがあたったのだ。「店の裏にいたみたいよ」

メイはわたしよりさらにココのお腹の仔猫たちに入れ込んでいた。「ちょっと見てくる」と言ったが、メイはそれきりで動きはしなかった。

わたしたちがまた長身の浅黒ハンサム二号のほうに目を向けたそのとき、ケイラがわたしを指差した。男が向かってくる。わたしは根が生えたように動けなくなった。

「ミズ・セラーノ」中米訛りがやさしく響いた。ウッディなコロンの香りがして、ふとジャングルが頭に浮かんだ。「サンティアゴ・ディアスです。アシスタントのケイラさんからこのすばらしいチョコレートを作ったのはあなただと聞いて。感動しました」

ありがとうのことばの終わりは、ひっという悲鳴になった。まさか手を取ってキスするなんて！　まるで映画みたいに。うちの店のど真ん中で。ウェストリバーデイルのど真ん中で。こんなすてきなやり方で手にキスした人は、今までこの町にいなかっただろう。わたしといっしょにメイとナラも悲鳴を上げた気がした。

「こっちは友だちのメイ……」人の名字など忘れてしまった。「と、ナラ」

「お会いできてうれしいです」サンティアゴはふたりの手にもキスをした。ポニーテールの先がさらりと鎖骨にかかった。「才能豊かなパティシエと友だちなんて、幸運な方々だ」

メイとナラはそろってこくこくうなずいた。〝才能豊かな連続殺人犯と〟と言われたって同意したにちがいない。

「あら、パティシエじゃないんです」わたしは言った。「チョコレート専門のショコラティエ。焼き菓子は作らないから」

「ほう」どちらでもかまわなさそうに彼が言った。「とても繊細な味覚の持ち主なんでしょうね」うっとりするような声だったが、耳触りのよいことばの下に何かを隠していると感じた。わたしのたわごと探知機の針がぎゅんと振り切れた。

「リバー家のご友人かなにか?」意図したよりちょっと感じ悪く響いた。

サンティアゴの目がわずかに見開いた。自分の甘いことばが効かないなんて、と驚いたのだろう。「いいえ。祖国の美しい宝がどんなものか、興味がわいただけですよ」

「あら、そうなんですね」彼の肩越しに、調理スタッフのひとりがぶんぶん手を振ってわたしを呼んでいるのが見えた。「失礼。仕事があるので」

「じゃあ、わたしが案内するわ」メイがしっとサンティアゴの腕を取り、展示スペースへ引きずっていった。

「エディがばっくれたんです!」わたしを呼んだ十代らしき女の子は、赤いレストランのロゴ入りTシャツと黒のパンツ姿で、組んだ両手を不安そうにくねくねさせた。

「エディって?」

「うちの副料理長ですぅ！」彼女はおびえきった声で叫んだ。「皿洗いする人を探してくれませんか？　わたしが副料理長の穴を埋めてみるので」

「もちろんよ」わたしは言った。「まかせて」アビレスの度重なる仕打ちを思えば、エディが今まで辞めなかったことが奇跡だ。

パーティ客のあいだをぬって使用済みの皿をトレイの上に重ね、厨房へ持っていこうとしたが、ヴィヴィアンとゲイリーが行く手をふさいでいた。

「ジェニファーはどこに行ったのよ？」カウンターのそばで、ヴィヴィアンはゲイリーの腕をぐっとつかんだ。ふたりともパーティ客に背を向けている。

わたしはカウンターの皿もどんどんトレイに積み上げていき、とうとうゲイリーが肩をすくめる音さえ聞こえそうなほど近づいてしまった。「知らないよ。さっきまでいたんだけど」

「お目付役はあなたなのよ」ヴィヴィアンが語気を強めた。

ちらっと盗み見ると、ゲイリーは顔をしかめていた。ヴィヴィアンのことばがこたえたのだろうか。それともつかまれた腕が痛いのだろうか。

「わるかったな」最後の〝な〟を強調した言い方だった。「新町長と話してたら、いつの間にかいなくなってたんだ」妹を心配しているのだろうか。それとも自分の監視下で妹が消えたことを責められてむくれているのだろうか。

カウンターの端まで皿を片づけてしまい、ここまで来たらふたりの脇を通ろうとしないのも不自然だった。「失礼しまぁす」

ヴィヴィアンはしぶしぶゲイリーを解放した。

彼女の心配は理解できた。ジェニー・リバーの悲惨な状況はだれでも知っている。二、三年まえに父親が死に、ジェニーは相当な精神的打撃を受けていた。二十一歳にして、すでに三度も薬物依存症リハビリ施設の世話になっていた。ヴィヴィアンの悩ましげな表情からすると、ついこのまえの入所もあまり成果はなかったようだ。とはいえ、裕福なお嬢さんを取り巻く環境や彼女たちがドラッグに手を出す気持ちなど、どうしてわたしにわかるだろう？

厨房のドアを開けもしないうちから、においに気づいた。満杯になったゴミ箱の臭気に鼻を強襲され、なぜいつも調理場のにおいに注意していたのか思い出した。炒めたタマネギ、焦げたニンニク、そのほかとにかくあのおぞましいにおいに含まれる何かをほんの少しでもわたしのチョコレートが吸収したら、すべてが台無しになる。またひとつ、アビレスのことが嫌いになった。しかも、当人の姿は見当たらない。

ぶつぶつ文句を言いながら、ゴミ袋の口を締めて裏口に持っていくと、ゲイリー・リバーが逃亡を謀っているところだった。

「いいから、迎えにきてくれよ」携帯電話でだれかと話している。「ばばあだらけで、うんざりなんだ」

バタンとドアの閉まる音にゲイリーが振り向き、わたしだとわかると、口パクで〝ごめん〟と伝えてきた。ジャケットの袖を肘までまくり上げ、シャツをズボンの外に引っ張り出す。それだけで数分まえより、ずいぶんかっこよく見えた。片耳に下がる小さな十字のピアスにも、今初めて気がついた。

「オーケイ」ゲイリーはわたしと目を合わせたまま言った。「じゃ、五分後にダイナーのまえで」電話を切った。「さっきの、ごめんな」

「気にしないで」ゴミのにおいを背後にただよわせながら、ゴミ捨て場へとポーチの階段を下りた。

わたしの声を聞きつけたらしく、ポーチの下からココが出てきて、哀れっぽくにゃあと鳴いた。あなたがなかに入れてくれないから、ずっと冷たくつらい外の世界にいたのよ、とばかりに。

「こんばんは、ココ」声をかけたが、ココはゲイリーをひと目見るなり、ポーチの下に引っ込んでしまった。

「きみの猫？」ゲイリーがきいた。

「そういうわけでもない」わたしは答えた。「飼い主は自分自身よって感じの猫だから」

「かなり無愛想だな」

なぜか謝らなきゃという気持ちになった。「ちょっと人見知りなの」

「ってかそれ、何がはいってんの？」ゲイリーは臭気を払いのけるように、顔のまえで手をぶんぶん振った。「ばらばら死体？」

わたしは笑った。「そうじゃないことを願うわ。でもアビレスならやりかねない」

「だな」ゲイリーが言った。「うちの母親は料理をべた褒めしてたけど、あいつはクズだ」

携帯電話をちらっと見た。「それじゃ」ゲイリーは小走りでダイナーのほうへ去っていった。

寝返りを打ちながら手を振り下ろして目覚ましを止めた。朝になっても疲れが残っている。パーティは予定よりずいぶん長引いて、居残っていた最後のひとり、トーニャ・アシュトンにこれがほんとにほんとのラストオーダーだとわかってもらったころには、十一時をまわっていた。幸い、彼女が勤める診療所の常連患者と完全にしらふの夫が、店の片づけがあるんだから、と最後には彼女を引っ張っていってくれた。店を出る間際まで、赤ん坊が生まれてからサイコーの夜だったわ、と何度も繰り返しわたしに言っていた。

アビレスが去ったあとの厨房はめちゃめちゃで、もとどおりきれいにするのに一時間もかかった。イベント時の厨房の貸し出しについては、考え直さなければならない。今回、町の外から来たパーティ客で、〝あなたのチョコレートをすごく、すごく、すごく気に入ったから、家に帰ってウェブサイトから注文するのが待ちきれないわ〟と言った人全員が実際に注文してくれたとしても、やはり再考に値する。

エリカと家に戻ってからは、ビーンのことしか考えられなかった。わたしの部屋の真上に彼がいる。横になってごろごろしているだろうか。隣にだれかいたりして。エリカに要確認だ。

まさか実行に移しはしないが、昨日の夜、気ぜわしく立ち働きながらこんな妄想をした。部屋の天井をほうきの柄でドンドンつつく。今すぐ下りてきて、わたしを寝かしつけて。いえ、むしろ寝かさないでと。

ビーンを想ってもやもやしている自分に嫌気がさし、ベッドから跳ね起きた。一週間のうち、日曜だけはランニングをしなくていいことにしている。チョコレート作りもしない。たいていはのんびり朝をすごし、エリカとふたりで十一時に店を開ける。

コーヒーをセットして、玄関のポーチに出た。スクリーンドアを閉める音が大きすぎただろうか。でももしかしたら、とあるジャーナリストが目を覚ましていて、いっしょにコーヒーを飲みたいと思っているかもしれないし。木々の上に朝日が昇り、庭の芝生に残った雨のしずくがきらきらと輝いていた。ご近所さんのだれかがパンを焼いていて、そのシナモンと砂糖のにおいにお腹が鳴った。

濡れたふたつの木の揺り椅子を拭き、片方に腰掛けると、期待どおり、階段のきしむ音がして、それからマグカップのぶつかり合う音が聞こえた。ただぼんやりしていたような顔をあわててこしらえたところで、スクリーンドアが開いた。エリカだった。

わたしの表情の変化を見てとったのだろう。「ビーンなら出かけたわよ」エリカは隣の椅子に座って、ぐっと脚を伸ばした。「書き置きがあって、今調べてる事件の情報提供者が逮捕されたから、なんとかしにいくって」

がっかりしたのが顔に出ないように気をつけた。「大変ね。あなたとゆっくりおしゃべりしたかったでしょうに」もちろん、わたしとも。

わたしが何を知りたがっているかにエリカが気づいた。「きっとすぐに戻ってくるわよ」

にんまりする。「ビーンに用事でもあったの？」

「ない」答えるのが早すぎて、嘘だとバレバレだった。これ以上つっこまれないように、話題を変える。「ボビーは昨日の夜、なんで来なかったの？　仕事？」

エリカと地元警察のひとり、警部補ボビー・シムキンは、高校生のときにつきあっていて、一度別れたのだが、この夏から交際を再開させていた。でも見たところ、あまり進展はなさそうだ。

「夕食の約束までには戻るつもりだって書いてあったわよ」とエリカは言って、わたしの作戦には乗らないと示した。そして、ふと目をそらした。「ボビーにはね、来ないでほしいってわたしが言ったの」

「そうなんだ」エリカとボビーは交際を隠そうとしていたが、小さな町では隠し通せることなどほとんどないと知るべきだった。「でもとにかく、パーティが終わってほっとしたわ。なんであんなにぴりぴりしてたのか、話してくれる？」

エリカは眉根を寄せ、青い鳥が庭のオークの木から木へ飛びまわるのを目で追った。「そうね……ムーディ教授とのあいだにあまり好ましくない過去がある、とだけ言っておく」彼女のこんなに暗い声は聞いたことがなかった。

エリカと学問の世界の関係は複雑だった。地元で有名な天才少女だった彼女は、全額支給の奨学金をもらってスタンフォード大学にはいり、大学院に進んだあと、フルブライト奨学生として海外にわたった。そして、このウェストリバーデイルに戻ってきた。今は書店の経営者に甘んじているがこのままで終わるはずがない、と言う人もいた。でも、エリカはお客の要望通りの本を見つけることにやりがいを感じていたし、書店の経営とは別に研究者の手伝いをすることで、大容量の脳みそをあらゆるテーマの調査に活用できていた。それで最強の博識家が生まれたわけだが。

「なるほど」詳しく聞きたいのか自分でもわからず、そう答えた。「まあ、大仕事が終わった今となっては、あの最低男との縁も切れたわけだし。一生会うこともないわよ」

「たぶんね。だけど」エリカがもったいぶって語尾を引き伸ばした。「博物館がまたイベントをやらないかって」

「もうパーティはこりごり」泣きだしそうな声になった。昨夜のイベントからまだ回復してないのに。

「今度はパーティじゃなくて」エリカは芝居がかった間を置いた。「フラッシュモブよ！」

「まじで？」わたしは言った。「博物館にしては、なんていうか、高尚さに欠ける感じがするけど」

「そんなことないわ、きっと大評判になる」イベントへの情熱が教授への嫌悪を上回っている。「もっと若い客層を取り込もうとしてるみたい。またウィンクといっしょに――」

「ウィンク？」わたしはきき返した。「あのおもちゃの兵隊みたいな男？」

「そうよ、彼が博物館側の窓口なの」ここぞとばかりにやにやするわたしに、エリカは〝は？〟と両眉を上げて見せた。「フルネームはウィリアム・キンケイドだけど、子どものころからウィンクって呼ばれてるみたい」

「彼と話すときはいつもウィンクしたい気分になるの？」わたしはそう言って、ねっとりとしたウィンクを送った。

「いいえ、わたしはそんなガキじゃないから」と答えたものの、すぐに折れた。「まあ、最初はちょっとそんな気にもなったかしら。とにかく、博物館がソーシャルメディアを盛り上げたがってると言うから、高校と組んでフラッシュモブをするのはどうかと提案したの。話題になれば、マヤ文明展だけじゃなく、博物館全体の宣伝になる。生徒たちにとってもいい経験だし。今日の午後、店で打ち合わせをするのよ」

「人生が退屈すぎて、早くもつぎの挑戦が必要になったってわけ？」

エリカは微笑んだ。「スーパー・ヒーロー・オタク・チームの面々にも参加してもらうつもり。とりあえず、古代の土器に描かれたマヤの絵は元祖コミック本だって説明しておいたわ」エリカはスーパー・ヒーロー・オタク・チームを名乗るコミック本愛好家のティーンたちと、店で定期的に会合を開いているのだ。

「〈チョコレート&チャプター〉の得にもなる？」

〝また自分のことばっかり〟というあきれ顔をしたが、エリカはすぐに笑顔になった。「店を使った場面を作るわ」

昨夜の無料配布も、日曜の売り上げに悪影響はなさそうだった。たくさんの人がパーティのうわさ話をしようと店に来て、ついでにチョコレートを買ったからだ。背の高いカクテルテーブルを運び出し、ゆったりしたソファとサイドテーブルをもとどおりに配置すると、〈チョコレート&チャプター〉はすっかり日常を取り戻したように見えた。ガラスケースいっぱいのお宝——とくにわたしのボウル——がなくなって寂しい気もしたが、それでもやっぱり、みんながおしゃべりしながらわたしのトリュフを味わい、エリカの本を選んでいる、このざわめきが好きだった。

レセプションパーティは大変だったが、かなりの売り上げになったので、ハロウィンからサンクスギビング、クリスマスまで鼻歌まじりですごせるだろう。

新しいコーヒー豆の袋を開けて豆挽《ひ》き機に入れ、世界で二番目に好きなその芳醇な香りを胸いっぱいに吸い込んだ。

「ちょっとのあいだ、店を見ててもらえる?」コーヒーメーカーのスイッチを入れ、店内でくつろいでいたベアトリス・ダンカンにきいた。コナとケイラに今朝はゆっくりしてきてと言ってあったからだが、〈ダンカン金物店〉のレジ係として経験豊富な彼女なら、安心してまかせられる。

「もちろん」ベアトリスは答えた。「バイト代にラズベリー・スペシャルをいくつか失敬するけどね」甘酸っぱい本物のラズベリーが口のなかに広がると、退廃的な気分にひたれるのだと言う。

裏口に行き、朝いちばんに出しておいた牛肉たっぷりのキャットフードを確認したが、ココが食べた形跡はなかった。朝食はたいていうちの店のポーチで食べているのに。メインストリートの商店主みんなが餌をやっているとわかっていても、普段の習慣を変えられると心配だった。ココ、ココ、と呼んでみる。

返事はない。

店内に戻ると、独身女子の一団がパーティに来ていためぼしい男ひとりひとりについてあれこれ語り合っていた。なかでも話題の中心は、初めて見かけるセクシーな男ふたりが何者かということだった。だれかが聞いたところによれば、片方はナラのB&Bに宿泊しているらしい。

でも、そんなふうに胸を躍らすべきではない。ここはウェストリバーデイルなのだから。魅惑のデュオの片割れがまだ町に残っていたとしても、そう長居はしないだろう。

「ドラッグの売人じゃない？」女の子のひとりが言った。「先週、『パーソン・オブ・インタレスト』（アメリカの犯罪ドラマ）の再放送で見たワルたちにそっくりだもん」

「ちがうよ」別の子が言った。「目の下に涙形のタトゥーがなかったし」

「それはギャングが入れるやつよ」さっきの子が地下犯罪の専門家のような口振りで言い返した。「でもタトゥーは服で隠してたのかも」

ベアトリスが飛び入りで手を挙げた。「脱がして確認してきます！」

女の子たちの爆笑にまじって、正面扉の取っ手につけたベルが鳴り、警察署長のヌーナンが警部補ボビーを連れて店にはいってきた。ふたりの険しい表情を見た瞬間、その場のだれもが押し黙った。

「どうしたんですか？」わたしはきいた。兄のレオに何かあったんですか、ということばが喉まで出かかったが、ここ数カ月の落ち着いた様子を思い出し、なんとかこらえた。うつ症状との闘いで彼の前進を疑う理由はなかった。

でもそうだ、今のレオはバイクに乗っている。心臓がどくどく言いだした。

「奥で話せますか？」署長がきいた。ショーケースに並んだ好物のシンプリー・デリッシュ・ミルクに目もくれずに。どうやら深刻な話のようだ。

下の棚にハリー・ポッターのしおりを補充していたエリカも立ち上がった。「何かあったんですか？」

「あなたも来てください」署長が言った。

行っておいでとベアトリスが手振りで示した。「どっちの店もわたしにまかせて。なんだかわからないけど、用件を片づけてらっしゃい」

エリカを先頭に四人で厨房へ向かいながら、彼女と〝いったい何事？〟と視線を交わした。

厨房の入り口に立つ署長とボビー警部補は、いろんな点で対照的だった。七十歳近い署長は、出っ張ったお腹をベルトで締め上げていて、髪はすっかりグレーだった。一方、ボビーは茶色の短髪で、高校のときよりさらに引き締まった体に、警官の制服がよく似合っている。

金属製の調理台にもたれて、わたしは心の準備をした。

「展示されていたマヤン、もといマヤの出土品が博物館に輸送される途中で盗まれたのです」署長が告げた。

どっと安堵が広がって、わたしは引きつった笑い声を立てた。「それだけですか？」わたしはきいた。「だれかが死んだか何かかと思ったわ」

ヌーナン署長は顔をしかめた。「笑いごとではありません。あの品々には総額二十五万ドル以上の価値があるのですから」

わたしはあんぐりと口を開けたが、エリカはもちろん知っているとばかりにうなずいた。

当然だ。彼女はあらゆる事柄について知り尽くしている。もしかしたら店に置く展示品にそれだけの価値があると話してくれていたかもしれない。だったら、リバー家にはもっとパーティ費用をふっかければよかった。総額二十五万ドルの土器だって、博物館に寄贈したもののほんの一部にすぎないのだから。

「何が起きたんですか？」エリカがきいた。「警備員にけがはありませんでした？」

「警備員ってほど警備してなかったんじゃない」わたしはぼそっと言った。

署長は顔をこわばらせたが、ボビーも厳しい表情を崩さなかったのにはちょっと驚いた。いつもならわたしの冗談をよろこんでくれるのに。

「あなたたちふたりは容疑者なので、事態をもっと重々しく受け止めたほうがいいでしょう」ヌーナン署長が言った。

「へ？」わたしは言った。「ありえない！」

いかにもばつが悪そうに、署長は咳払いをした。「ある人から告発があったので、われわれも調べざるをえないんですよ」

「ある人って？」わたしが声を上げたのと同時に、エリカも身を乗り出してきいた。「告発ってどんな？」

署長が説明をはじめる間もなく、店先からわめき声が聞こえた。「あの女はどこにいる？」教授の声だ。

四人で廊下に急ぐと、ムーディ教授がカウンターのベアトリスを突破しようとしていた。ベアトリスは足を踏ん張り、たくましい腕を突き出して押しとどめている。

教授は怒りで顔を真っ赤にして、震える指をエリカに向けた。「あいつがやったんだ！」

ボビー警部補がベアトリスの横から腕一本で教授を押し戻した。

ムーディ教授はボビーの肩越しに、歯をむき出してうなった。「あの女はわたしの人生をめちゃめちゃにする気なんだ！」

3

「いいかげんにしろ」ボビー警部補が凄むと、ムーディ教授が身をこわばらせた。

教授はじろりとボビーをにらみつけた。「ほう、今はきみと寝てるってわけか？」あからさまに見くびった態度だ。

は？　こいつ、エリカがまえは自分と寝てたって言いたいわけ？

さっと伸びてきた署長の腕をかわしながら、わたしは教授に向かっていった。いまいましいその顔を引っぱたくまであと少し。と、そこでボビーに阻止された。腰に腕が巻きついたかと思うと、体ごと宙に浮いていた。ボビーはわたしがソフトボールをする姿を何度も見てきたから、署長とちがって生っちょろい止め方はしなかったのだ。

教授は一歩あとずさった。「今の見たか？　わたしに暴行を加えようとしたぞ！　かっとなると何をするかわからないタイプなんじゃないか？　あの性悪女に協力し――」

「口に気をつけろ」ボビーはうなるように言った。そしてふっと体の力を抜いた。だがわたしは騙されない。そうやってカンフーの達人も電光石火の一撃を繰り出す準備をするのだ。

ヌーナン署長も同じことに気づいたのだろう。ボビーと教授のあいだに体を差し入れた。

そのとき、ラヴェンダーが店に駆け込んできた。ずっと走ってきたのか、ぜえぜえ息を切らしている。テーブルのお客が好奇の目を向けるあいだをぬって、彼女はムーディ教授の真横に立った。

ボビーは署長の頭の上から教授をにらみつけた。「どうしてエリカがおまえの人生をめちゃめちゃにしなきゃならない？　恨みを買うようなことをしたのか？」

ラヴェンダーの顔に激しい怒りが広がった。「教授は何もしてない！　するわけないでしょ！　あの女が嫉妬してるだけよ！」

教授がにらむと、ラヴェンダーは矛を収めたが、腸《はらわた》が煮えくり返っている様子だった。

「ムーディ教授、それからミズ・ローリングス」くだらない争いはやめなさいという調子で署長が言った。「おふたりの話はもううかがいました。どうぞ滞在先のホテルでお待ちください。何かあれば声をかけますので」

「嫌だと言ったら？」教授が息巻いた。

「そうですねえ」どうなるか真剣に考えているように、署長はぽりぽりと頭を掻いた。「まず、あなたの名前が容疑者リストの上位に移るでしょうね。当日の警備計画にだれよりも詳しかったわけですし。逮捕して二十四時間留置する可能性もあります。今日は日曜で、月曜は判事がゴルフかもしれませんから、そうなると二、三日は留置所ですかね」

「しかし――」教授は反論しようとしたが、ボビーがわずかに体重を移動させたのを見て、口をつぐんだ。そして怒りに震えながら、エリカのほうを向いた。「これですむと思うなよ」

もう帰りましょうと、ラヴェンダーは教授の腕を引っ張ったが、そのあいだもずっとこちらをにらみつけていた。「あなたたちみんな、エリカのことを賢い女だと思ってるんでしょ。でもわたしたちを甘く見るなんて、よっぽどのばかよ」力まかせに店のドアを閉めたので、取っ手のベルも怒ったようにがらがら鳴った。

「警部補」署長が言った。「ちゃんとホテルに帰るかたしかめてこい」

ボビーは険しい顔でうなずき、教授たちのあとを追って店を出た。

店のお客はみんな、食い入るようにこちらを見ていた。いいだろう。どれほどわたしたちを愛していても、ウェストリバーデイルじゅうのうわさになることまちがいなしのドラマが目のまえで繰り広げられたのだから、楽しまない手はない。

エリカは呆然と立ち尽くしていた。ボビー警部補との交際を秘密にしようとしていたけれど、やっぱりウェストリバーデイルではむずかしかった。みんな、教授の言い掛かりを信じるだろうか？　そしてエリカとムーディ教授のあいだにはどんな過去があるのだろう？

「ミシェル、まずはあなたの話を聞きましょうか」気が進まない様子で署長が言った。数カ月まえ、管轄の殺人事件の捜査をわたしとエリカが邪魔したことが胸にわだかまっているのだ。こちらとしては手伝ったつもりなのに。

「わたしは向こうにいるわ」こわばった声でエリカが言った。そろりと書店のレジへ戻っていく。

店の奥を手振りで示す署長を、エリカのオフィスへ案内した。

署長が腰掛けると、椅子がギィときしんだ。「昨夜のパーティで何か妙なことはありませんでしたか？」くたびれた手帳を取り出して、署長がきいた。

地元の人は食事がタダなのに署長が来なかったこと以外で？「いいえ」わたしは答えた。「すてきな理念に基づくすてきなパーティでした」そこで、あることに気づいた。「ちょっと待って」かっと頭に血がのぼった。「わたしのボウルが盗まれたってこと？」

署長がふさふさの眉を上げてけげんな顔をした。

「あの、ほんとにわたしのってわけじゃ、ないんですけど」もごもご言った。「何世紀もまえにチョコレートを入れていた器で、だから大好きになったんです」

署長がメモを取った。〝無生物に異常な愛着を抱いている〟とかだろう。「警備員について知っていることは？」

記憶の糸をたぐりよせた。「警備員のことはほとんど気にしてなかったので。たぶん、博物館かリバー家に雇われたんだと思いますけど」ボウルに熱い視線を送るわたしのまわりをうろうろしていた姿が頭に浮かんだ。「彼、大丈夫なんですか？」

署長は無視した。「予定外の客はいましたか？」じっとわたしを見すえている。「資金集めのためのパーティで、チケットを売っていたのはあなた、そうですよね？」

「ええ、でもヴィヴィアンにリバー家の招待客には干渉しないよう言われてました。だから当日は、チケットを持ってない人もたくさん来ていたと思います。資金集めだけじゃなく、宣伝という目的もありましたから」

「普段見かけない人物は？」

「町の外から大勢。ほら、リッチな都会の人たちです」そしてその人たちがわたしのチョコレートを気に入ってくれた。オンラインで注文するという誓いを守った人がいるか確認すること、と頭のなかにメモした。

そのとき、セクシーなよそ者がいたじゃないかと思い出した。「危険な感じのイケメンふたりのことは聞きました？」

椅子に座ったまま、署長は身を乗り出した。「危険な感じというと？」

ファンの女の子っぽくならないように気をつけながら、できるだけ詳しくふたりのことを説明した。「あとから来たほうは、サンティアゴ・ディアスと名乗ってました。先に来てたほうは、コナが声をかけてましたけど、わたしはひと言も話してません」

署長はメモを取った。「あとでコナにきいてみましょう」

「教授はひとり目の男と知り合いのようでした」わたしは言った。「男がパーティ会場にいるのを見て、怒っている様子でしたから」

署長の目がすっと細くなった。教授は男のことを話してないのかもしれない。当然だろう。エリカを中傷するので大忙しだったのだから。「どういうことです？　ふたりはことばを交わしていましたか？」

「いいえ、そのときは何も」わたしは答えた。「わたしが教授にスピーチをお願いしようとしたとき、ちょうどひとり目の男が店にはいってきました。教授は彼の姿を見て、腹を立てているようでしたが、やむをえず来賓への謝辞をはじめました。そのあとふたりが話したかどうかは、ばたばたしていたのでわかりません」

署長はこれもメモした。「昨夜十時から午前二時まではどこに？」

「そのあいだに盗まれたんですか？」

署長はうなずいた。

「十一時ごろまでエリカとこの店の片づけをしていました。それからふたりで家に帰りました」

署長はさらにだれとだれが何時に店を出たか、詳しく話すよう求めた。さらにこう尋ねた。

「警備員が店を出たとき、店に残っていたのはだれですか？」

「わたしとエリカ以外でですか？　アダム・リバーだけです。十時半ごろ、警備員が展示品を車に積み込むのを見届けたあと、わたしたちにお礼を言って帰りました。正確な時間はわかりません。わたしとエリカはトーニャを帰らせるのにかかりきりだったので」

「ということは、トーニャがあなたがたの注意を引きつけていたんですね？」

わたしはあきれて目をぐるりと回した。トーニャが出土品泥棒？「それ、本気で言ってます？」

署長は部屋の外の裏廊下にある防犯カメラを指差した。「昨夜から今日にかけての映像は残ってますか？」

「もちろん」わたしは答えた。「ゼインに用意させます」ゼイン・ウェストはエリカの古書・稀覯書《きこうしょ》ビジネスのアシスタント兼ウェブデザイナーで、ＩＴ関連ならなんでもござれの技術オタクだ。

「これで、わたしたちはやってないとわかってくれましたよね。あのプッツン教授が何を吹き込んだか知りませんけど」わたしは言った。「事件の詳細を教えてもらえますか？」

署長は目を細めて、どこまで明かしたものか思案している様子だった。「警備員は薬を盛られていましたが、いつそんなものを飲まされたのか見当もつかないようでした。自分が運転していたはずのＳＵＶが、知らぬ間にハイウェイ近くの脇道に停められていた。どうやらそこで展示品が別の車に積み替えられたようです」

わたしはうんうんとうなずいて先をうながした。

「今日の午前五時、警備員は自分の車のなかで目を覚ましました。ただし、助手席で」ヌーナン署長はわたしから視線をはずさなかった。きっと自分のおばあちゃんだって疑ってかかる人なのだろう。「彼は気が動転して、しばらくあたりをうろうろし、それから九一一に電話したのです」

「博物館の人は彼を捜してなかったんですか？」

署長はうなずいた。「博物館とは密に連絡を取っていなかったようですね」

「でもほかの人が自分の車に乗ってたのに、覚えてないってことですか？」わたしはきいた。

「なんか変」

「彼の最後の記憶は、ケータリングを担当したファアン・アビレスから、残り物を入れた袋を受け取ったことです」

「やっぱり！」わたしは椅子から身を乗り出した。「あんなふうに厨房を汚して帰るやつは、悪人に決まってます」

署長はわたしの推論、というか決めつけに今にも笑いだしそうだった。「袋は未開封のまま車に残されていましたよ」

「なんだ」わたしは言った。「アビレスのやつ、何か飲み物をわたしたのかも？　たしか、ハワイアンパンチみたいな味のトロピカルジュースがありましたよ」

署長の顔が引きつった。もしかして、わたしが今きいたことは全部、すでに署長が検討済みなのかもしれない。だとすると、なかなか頭の切れる子だと思っただろうか。それとも、仕事に干渉されたと感じただろうか。「そうしたことを示す証拠は、車にはありませんでした」つばを飛ばして反論しようとするわたしを署長は片手でさえぎった。「言いたいことはわかります。持ち去られたかもしれませんよね。われわれもあらゆる可能性を探っているんですよ」

「やったのはエリカじゃないって、わかってますよね？」わたしはきいた。「彼女みたいな人が、出土品の密売の仕方なんて知るはずないでしょう？」

署長は眉根を寄せた。「金が動機とはかぎりませんよ」

オフィスを出て、署長をエリカのところに連れていった。わたしの店のほうでは、みんながひそひそと強盗の話をしていた。我慢できないらしく、好奇心まる出しの目でちらちらとこちらを見てくる。〝ミシェルとエリカが出土品泥棒〟と一瞬でも信じた興奮で礼儀正しいふりもできなくなっているのだ。

唯一いいニュースは、新規のお客がちらほらチョコレートをウェブ注文してくれていたことだ。店を出ていく署長を見送りながら、どうすればパーティの参加者かどうかたしかめられるだろうと考えた。名前を見比べたいからと言って、ラヴェンダーに招待客リストをもらうわけにもいかないし。

エリカは書店のレジに座っていた。店のこちら側からでも、彼女が熟考モードにはいっていて、何マイルもの彼方に思考を飛ばしているのが見てとれた。

何かわかったか聞きにいきたくて、そわそわしながらコナの出勤を待っていたが、やってきたのはケイラだった。ケイラはヨガのインストラクターの仕事を辞めて、その分エリカとわたしの店で働く時間を増やしていた。ハイエンドなスポーツカーを運転して売主のもとから東海岸じゅうのコレクターに届ける仕事のほうはまだ時間を作ってつづけていた。

「コナは？」わたしはきいた。「シフトを交代したの？」

「ううん、忘れ物を取りにきただけ」ケイラはカウンターのうしろにまわって、携帯電話を引っ張り出した。「あなたは大丈夫？」

わたしは平静を装って微笑んだ。「そっちこそ、十二時間ぶっつづけで働いてよく生きてるわね」

「ほんとにつらかった」ケイラが言った。「コナがどこにいるか、調べてみようか？」

「ええ、そうね。でもどうやって？」

「このアプリを使って」携帯電話の画面をタップする。「ワンブロック先あたりかな」

「まじで？」ぎょっとしてきいた。「お互いの居場所をチェックしてるの？」

「いつもってわけじゃないけど」ケイラが答えた。「相手がどこにいるか知る必要があるときだけ。安否確認みたいな感じ」

「なるほど」わたしは言った。「なんて名前のアプリ？」

「〈ファインド・マイ・フレンズ〉よ」

そこへ、特製トルテの箱詰めを手にしたコナが現れた。少しまえ、コナをアシスタントマネージャーに昇進させたのは、人生でもっとも賢明な判断だった。夏のあいだ、卑猥な形をしたX指定のチョコレートの注文が殺到していたのだが、わたしが作りたくないと言うと、コナが引き受けてくれた。彼女はサイドビジネスとしてX指定のチョコレート用に〈コナズ・クリエイション〉を立ち上げた。さらに、メインストリートの全商店主のテクニカル・アドバイザー、ゼインを巻き込んで、バチェロレッテ・パーティ（結婚直前の女性とその女友だちが羽目を外すパーティ）と聞いて思いつくものすべてがそろうウェブサイトを作った。ありとあらゆる色の羽根ストールや、〝花嫁はアタシ〟のティアラ、無限に開発されつづけるらしいきわどいパーティギフトなどなど。男性ストリッパーの取り扱いがなしになったのは幸いだった。

コナについて厨房にはいり、彼女がトルテを冷蔵庫にしまっているあいだ、何があったかを話した。ここならお客に聞かれずにすむ。「昨日の夜、あなたが話してたラテン系の彼、名前覚えてる？　容疑者のひとりなの」

「カルロ・モラレスよ」コナが答えた。「でも彼が盗んだ可能性はないわ」

「なんでわかるの？」

コナは肩をすくめた。「だってわたしといっしょだったから」

わたしは驚きを顔に出すまいとした。「いつまで？」

にやりと笑みを浮かべたコナは、つけてもいない腕時計を確認した。「一時間くらいまえかな」

非難がましいセリフがいくつか頭に浮かんだが、どれも破棄した。自分の店のアシスタントだからといって、恋愛事情に口出ししてはいけない。「ってか何考えてるの？」こらえきれなかった。

「心配しないで、ママ」コナが言った。「家にはルームメイトがいたし、ちゃんと避妊もしたから」

わたしは顔をしかめた。そこまで言わなくていい。「よかった。ルームメイトも殺されなくてなによりよ」それに、五分もたたないうちに容疑者がひとり減った。

勘弁してとばかりにコナがぐるりと目を回してこちらを見たので、自分がお節介ばばあみたいに思えた。

「そうやってばかにしてれば」わたしは言った。「つぎのお相手に首をちょん斬られても、泣きついてこないでよ」って、首を斬られたら泣きつけないが。

「ところでそのパンツはどう？」気をそらそうとコナが言った。彼女もカーキの色ちがいを穿いている。

「すごく気に入ってるわ」コナが買ってくれたもので、ポケットが山ほどついたすぐれものだったから、自分でさらに五本注文した。穿き心地がいいのはもちろんのこと、魔法の生地でできているのか、チョコレートをもってしてもしみひとつつかなかった。そのうえウエストのうしろのところには、携帯電話用のポケットがひそんでいる。店ではたいてい長い丈のエプロンをしているので、そのエプロンを脇によける必要がなく、腰のくびれの部分からすっと携帯電話を取り出せるのがとても便利だった。唯一の難点は、マナーモードにしておくと、着信時に自分の背骨までいっしょにブルブル震えることだ。

コナに店をまかせ、エリカのところへ話をしにいった。エリカはじっと虚空を見つめたまま
だ。

「健忘状態にされたとしか考えられない」エリカが言った。ＹＡコーナーでヴァンパイアものの新作について論じているＰＴＡママたちに声をかけようともしない。

わたしはスツールを引きずっていって、エリカのレジの近くに座った。「だれの話？」

「警備員よ。署長によれば、強盗に遭ったときだけじゃなく、そのまえの記憶もないらしいの。つまり、逆行健忘を引き起こす薬を飲まされたってこと」

「逆行健忘？」

「ええ、薬を投与された直前からの記憶に障害が出るのよ」

ほんとうにエリカはあらゆる事柄について知り尽くしている。「なんて薬？」

「たぶんロヒプノール」エリカは答えた。「デートレイプによく使われる」

「そんなの、どこで手にはいるの？」わたしはきいた。そして気づいた。エリカはこの強盗を用意周到な犯行だと考えているのだ。「ねえ。じゃあ、そのへんの宝石強盗とはわけがちがうってこと？　あらかじめ計画されてたのね」

エリカはうなずいた。「そう。犯人はちゃんとやり方を心得てた」

脳内に戻っていくエリカの表情を見て、彼女が何を考えているか、手に取るようにわかった。

「だめ」羽ばたきだした冒険心を脇へどけながら言った。「だめ、だめ、絶対にだめ。今回の強盗事件は調査しないわよ」

わたしのことばなど耳にはいらないかのようにエリカはつづけた。「実のところ、犯人の可能性がある人物はほんの数人しかいないわ」

「どういうこと？」事件を調べたいという衝動が沼のようにわたしを飲み込もうとしていた。殺されかけたのを別にすれば、前回の調査はわくわくする時間だったのだ。

「あなたに同意してるだけよ。だれかがこの強盗を計画したってこと」エリカは言った。「出土品の価値をわかっていて、なおかつ当日のセキュリティについて多少なりとも知っているだれかが」

「でもムーディ教授は博物館や美術館の関係者みんなにプレスリリースを送ってたじゃない」わたしは反論した。「出土品の価値をわかっている人なんて何百人もいるわ」

エリカはうなずいた。「だけど、パーティに来ていた人となると、ぐっと少なくなる。博物館への輸送が昨夜だって知ってたのは、ほんの数人よ」わたしが口を開けると、エリカが手でさえぎった。「たしかにだれでも想定できたかもしれない。でも手わたされた食べ物や飲み物を口にするくらい、警備員が信用してた人物よ。あの状況でそれほど信用できる人が何人いるかしら？」

彼女の推論は正しいのだろうと思いつつ、眉根を寄せた。「でもだからって、わたしたちが首を突っ込んでいいことにはならないわ」

エリカはわたしのことばを無視し、自分の思考の流れをたどりだした。「とはいえ、出土品の密売ビジネスに関係している人が盗んだ可能性もゼロではないわね」ぶつぶつ言った。

「へ？　出土品の密売？　このウェストリバーデイルで？」羽ばたく冒険心は、打って変わってコウモリのごとく飛びまわるパニックになった。

「そのとおりよ」エリカは言った。「でも可能性はかなり低い。たしかに密売人が入手したがるような、質が高くて目を引く品ではあるけど、彼らは普通、アメリカ国内では活動しないから」

「なら、今回は関係ないわね」わたしは笑いとばした。

「でも国内に顧客がいるのはまちがいない」

目の玉が飛び出しそうになった。

「そりゃそうでしょ」さも当然とばかりにエリカが言った。「本物とお墨付きが与えられた出土品にはいくらでも出すっていう個人収集家こそ、世界の出土品貿易を活気づける源よ」

「薬物依存症の人みたいな感じ？」わたしはきいた。「つまり、ドラッグを買う人がこんなにたくさんいなければ、コロンビアの麻薬王は存在しないというのと同じ論理？」

「ええ、それはあなたが自分で思ってる以上に的を射た考察ね」

おっとっと。先生モードにはいってしまった。大学からこの子を引っこ抜くことはできても、この子から大学を引っこ抜くことはできない。

「専門家の多くはこう言ってるわ。マヤやオルメカやそのほかコロンビア建国以前の出土品を買いたがる外国人がいなければ、中南米の何千もの地域で横行している違法な略奪行為はなくなるはずだって。そうなれば、考古学者は本来の場所《イン・サイチュ》で、つまり発見された当初の場所で、出土品を調査できるようになる。マヤの生活をもっと正確に知ることができるのよ」

「どうしてだれも何も手を打たないの？」

エリカは肩をすくめた。「いつも妨害されるからよ。政府の役人が麻薬カルテルとつながりのある密売人と結託することもあるし、強奪が起きる地域はたいていかなりの僻地だから、守りきるのもむずかしい。現地の住民がわずかな生活費を得るために、密売人と共謀することもよくある。そして地元の警察は銃の数ですでに負けてる」

脳みそが〝麻薬カルテル〟のところで固まっていたが、〝銃の数〟と聞いて固まってもいられなくなった。にわかに、単純な強盗ではない気がしてきた。「麻薬カルテルと共謀してるの？　わたしのボウルを盗んだのは麻薬カルテルなの？」

「そうは言ってないわ」エリカが諭すように言った。「警備員と面識のある人だと思う。その人物が彼に薬を飲ませ、総額二十五万ドルのマヤの遺物を盗んだのよ」

二十五万ドル。　金額が大きすぎて、もはやよくわからない。つまりわたしのトリュフに換算すると、二万五千個！

それから、教授がわめいていたおぞましい話のことをどう切り出そうかと考えていると、エリカがつぶやくように言った。「ごめんね、今まで黙ってて」

「いいのよ」

エリカは目を合わさない。「恥ずかしくて。それにすっかり過去に置いてきたつもりだったから」エリカは苦しそうな表情で押し黙った。当時のつらい経験がありありとよみがえってきたのだろう。

「無理に話す必要ないわ」

エリカは黙っていたが、しばらくして話しだした。「大学の派閥や権力争いには向いてなかったって言ったわよね。それはほんとう。ムーディ教授に会うまえから、いったい何をしてるんだろうって思ってた。想像してたよりずっと……せまい世界だったの」

そして、たいしたことじゃないんだけど、というように片方の肩をすくめた。「そんなとき、わたしが取り組んでたマヤの写本の研究を、ムーディ教授が自分の名前で発表したの。

わたしの名前はいっさい載せずに。問いただしにいくと、逆にこう脅された。もし盗用だと訴えたら、フラれた女の腹いせだと言いふらすって」

わたしはこぶしをにぎって立ち上がった。「あのクソ野郎――」

もういいの、というようにエリカは首を振った。「たしかにクソ野郎だったけど、そんなことは関係なかった。あの出来事は、諺《ことわざ》でいう〝ラクダの背骨を折った最後のワラ一本〟だったのよ」

「最後のワラ一本？」わたしは怒り狂って言った。「それはほんのちょっとしたことを言うのよ。そんな重大な出来事じゃなくて」

「でも教授には感謝しなきゃって思ってるの」エリカは言った。「だってこの町に戻ってきて、とても幸せだから」

そう言われては、戦意喪失だ。

「ある意味、彼のおかげなのよ。躍起になってつるつるした象牙の塔を登るかわりに、慣れ親しんだ町で家族のそばで暮らせてる。自分の店があって、世界一のチョコレートを作る親友もいる」エリカはにっこりと微笑んだ。

いつわりなく満ち足りた表情の彼女を見ると、怒りがいくらか洗い流され、こぶしもゆるんだ。

「話してくれてありがとう」わたしは言った。「でもやっぱりあのとき、ボビーをかわして一発ぶん殴っときゃよかったわ」

4

博物館職員のウィンクが到着するころには、エリカはすっかり元気を取り戻したように見えた。ウィンクがぎゅっとハグすると、エリカは顔をほころばせた。もし彼の身長があと三十センチ高くて、エリカがボビーとつきあっていなければ、ふたりをシップさせちゃうのに。これは店によく来るティーンたちのあいだで流行っていることばで、特定のふたりを交際《リレイションシップ》させたいときに使うのだ。

エリカがわたしを呼び寄せた。「ウィンク、紹介するわ。いっしょにこの店をやってるミシェルよ」

驚いたことに、ウィンクは差し出した手をさらりと無視して、さっきエリカにしたようにわたしのことも力いっぱい抱きしめた。「会えてほんとにうれしいよ！」彼が言った。「きみのチョコレート、大っ好きなんだ！」

「そ、それはどうも」わたしは笑みを作って言った。「いつもこんな感じなの？」

ウィンクは愉快そうにハハハッと笑った。「そうだよ！」

ジョリーン・ロクスベリーは、打ち合わせのために夫のスティーヴと店にやってくるなり、わたしを脇へ引っ張っていった。「困ったことがあったら、わたしたちに言うのよ。いいわね？」日曜の礼拝帰りのジョリーンは、フクシアの花のような紫のスーツに同じ色の靴を合わせて盛装している。スティーヴもワイシャツにスラックス姿だが、こちらはどうも落ち着かない様子だ。いつものオタクっぽいTシャツとジーンズのほうがしっくりくるのだろう。

「そうするわ」

「うちのかわいい女の子たちが厄介な男に翻弄されるのは見てられないからね」

夫妻はエリカとウィンクが待つ店の奥の大きなテーブルに向かった。このテーブルは、町じゅうの人がちょっとした打ち合わせをするのに使っている。どうやら強盗事件があったことはおかまいなしに、フラッシュモブの企画は進んでいるらしい。

ジョリーンは数学と演劇を、スティーヴは化学を同じ高校で教えている。ふたりとも複数の部活の顧問をかけもちしていて、生徒の力を最大限に引き出す術を心得ていた。四人は興奮気味に〝予想しうる制作上の課題〟と〝本物の衣装〟について話し、〝ボナントカ壁画〟についてもたくさん話し合い、議論の内容をエリカが猛烈な勢いで例の名高い計画表にパソコンで入力していた。いつだって彼女が愛してやまない作業だ。

一日の終わりには、マヤン・ウォリアーとエンド・オブ・ザ・ワールド・キャラメルが売り切れていた。わたしとエリカを横目で見ながらうわさ話をするために、たくさんのご近所さんが店に立ち寄ったからだ。「わたしたちがズボンのポケットから古代マヤ《マヤン》文明の壺を引っ張り出して、罪を告白するのを期待してるみたいね」日曜日はいつも六時閉店だが、それよりほんの少し早めに店じまいをしながらエリカに言った。

「マヤンじゃなくてマヤよ」ダイニングエリアの本棚を整理しながら、心ここにあらずという状態でエリカが言った。

店のドアをノックする音がしたので、わたしはうめいた。チョコレートに緊急出動を要請してるのはいったいだれ？

ブラインドの隙間から外をのぞいて、またうめいた。さっきより強硬な調子でドアをたたく音が響いた。

「リースだった」わたしは店内の片づけに戻った。

「いるのはわかってるのよ、ミシェル」残念だが、リースの鼻にかかった声であることは疑いようがない。

「とりあえず開けてやれば」エリカが言った。

ばか言わないで、という目を向けると、「事件のこと、何か知ってるのかもしれないし」とつけ加えた。わたしは皿洗いを命じられたティーンみたいにだらだらした足取りで入り口に向かい、ドアを開けた。「何の用？」

リースはなかにはいるなり、パーティのときに展示用のガラスケースが置いてあった場所にあるソファをいろんな角度からカメラに収めだした。長い手足をねじったりひねったりしながら写真を撮っているので、砂に頭を突っ込もうとしているダチョウみたいに見える。

「強盗について知ってることは？」誇張でなく頭を真下に向けた体勢でリースがきいた。

「強盗が起きたのはうちの店のなかじゃないわよ」リース専用の〝あんたばかね〟という口調で言った。

「知ってるわ」リースが言った。「でも実際の犯行現場は立入禁止なの。だからわたしがはいれる場所で、ある意味いちばん現場に近いのがここってわけ」

エリカはよじれたリースの体をおもしろがっているようだった。「実際に距離がいちばん現場に近いのはハイウェイ七十号線だけど」

「そういえば、昨日の夜、百万枚くらい写真を撮ってたわよね？」わたしはきいた。リースの全身を点検して、例のペン型ビデオカメラで隠し撮りしていないかたしかめた。

「あれはリバー家のものだから」リースは言った。「わたしには使用する権利がないのよ。まあ、合法的にはってことだけど」

どうやったらこんなにヤバい奴と秘密保持契約を結ぶ気になれるのだろう？

「犯人の目星はついてるの？」リースがきいた。「この事件も調査するんでしょ？」

今度はかまえていたカメラを下ろし、ビーズのようにキラリと光る小さな目をわたしに向けて、メモ帳を引っ張り出した。

「なんでわたしたちが調査するわけ？」質問には答えず、逆に尋ねた。

リースはメモを取った。「だってエリカが容疑者のひとりなんでしょ？　それならあなたたちで無実を証明しなきゃ」

「ねえ、知ってる？　あなたってぱっと見たところ普通の人なのに、口を開いたとたん、あれ、ちがうかもってみんな思いはじめるのよ」

リースはわたしの侮辱を無視した。同じことばをこれまで何度も浴びせられてきたのだろう。「情報交換できないかと思って来たの。こっちは警備員の情報をいろいろと仕入れたわ。まあ、まったく警備員の役割を果たしてなかったわけだけど」

エリカは眉を上げた。申し出に応じるべきか検討しているようだ。リースがどれだけわたしたちの人生を惨めにしたか、忘れてしまったのだろうか？　まだそれほどまえのことじゃないのに？

「だめよ」わたしはきっぱりと言った。リースと組むなんて絶対によくない。

リースはエリカに狙いを定めて質問しはじめた。「博物館の職員については何か知ってる？宣伝目的のやらせって可能性もあるわよね」

わたしはふたりのあいだに立ちはだかり、エリカに答えさせなかった。「そんなことしそうなのはあなただけよ。今月はたいしたニュースもなかったし。もしやあなたが……？」

リースは怒りをこらえるように歯を食いしばり、わたしをよけようと横に踏み出した。「今朝みんなのまえでムーディ教授がなんて言ったか聞いたわ。でも記事を書くまえに、あなたたち側の話を聞こうと思って一日じゅう待っててやったのに」まるで巨大な恩があるかのような言い方だ。

わたしは顔をしかめて声を荒らげた。「そんなふうに言うなら、ムーディ教授がまちがってたと証明されたあかつきには、ふたりで同じ弁護士を雇うがいいわ」

リースはきっとあごを突き出した。「ウェストリバーデイルの住民には真実を知る権利がある」

わたしはドアを指差した。「あんたなんて、真実にそのガリガリのお尻を嚙みつかれたって気づきもしないでしょ」


店を出て車に乗ろうとすると、嵐を予感させる黒い雲が空を滑るように流れていた。家にたどり着くころには、雲のうしろにまたいくつも雲が積み重なっていた。まるで、先頭のがふいに進む方向を変えたから、うしろの雲たちがつんのめってしまったみたいだ。

夕食はエリカがテイクアウトした中華料理で、チキンローメンを食べ終えてフォーチュンクッキーをかじるころには、各自の頭のなかで強盗の容疑者候補に思いを巡らすことから、ふたりで紙に書き出す作業へ移っていた。そしてティラミス味のアイスクリームをボウル一杯平らげたときには、パントリーのなかにある買い物リスト用のホワイトボードに名前を書きつけることまでしていた。

ふたりとも実際の調査に踏み出すかどうかについては沈黙を守っていたが、ついにわたしが口火を切った。「ひょっとすると内部の犯行だったりして。ボビーから警備員の名前を教えてもらえないかしら？　それからその人のことをゼインに調べてもらうの。もちろん合法的に」

ゼインはコンピュータ科学の学位を取ろうとしていて、過去には合法かどうかかなりあやしいやり方で情報収集を手伝ってくれたことがある。警察からは、もう二度とやるなと釘を刺されていた。

「名前なら知ってるわよ」エリカが言った。わたしといっしょに一線を越え、調査を実行に移そうとしていることには気づかずに。「ファーリー・オルセン。そういえば、演劇について少し話をしたわ。警備員の仕事のほかに俳優もやってるの。明日ゼインに調べてもらいましょう」

俳優？　どっちかっていうとナイトクラブの用心棒のほうがお似合いだけど。

「博物館の関係者のなかにあやしい人は……？」

「ウィンクはちがうわ」エリカが言った。「慎みがありすぎるもの」

「どういう意味？」

エリカはちょっと考えてから答えた。「若者の芸術教育に身を捧げてきた人は、宣伝のためだけに犯罪を計画するなんてできっこないってことよ」

彼女の論理にわたしが疑問を呈する間もなく、メールの返信をしなくちゃとエリカは部屋を出ていった。知り合いの教授たちからよくリサーチを引き受けていて、夜になるとその仕事をしているのだ。われわれのような凡人と比べて必要な睡眠時間が短く、最近は夜遅くまで部屋のなかを歩きまわる足音が聞こえた。普段より仕事の量を増やしているのかもしれない。

九時を少しすぎたころ、携帯電話が鳴った。わたしはすでにパジャマを着て、ベッドのなかでノートパソコンをいじっていた。出ようかどうか迷ったが、ワシントンＤＣからだったので、相手がだれか気になった。

「やあ、ビーンだけど」

がばっと起き上がって座りなおし、背中のうしろに枕をねじ込んだ。「あら、こんばんは」ちょっと息が上がっていた。

「ディナーの約束、守れなくてごめん」ビーンは言った。「エリカから事情は聞いたよな？」

「ええ。情報提供者が逮捕されたんでしょ。強盗のことは？」

「ああ、聞いたよ」彼は言った。「ボビーとも話した。まさかまた自分たちで調査をはじめるつもりじゃないよな？」少しのあいだ通信が乱れた。電波の悪い場所にいるのだろう。

「わからない」正直に答えた。「ムーディ教授がエリカにひどい言い掛かりをつけてるから。できれば」ちょっと間を置いた。「あなたも戻ってきたほうがいいと思う」

「教授のことは自分がなんとかするってボビーが言ってたよ」声がぐっと深刻になった。

「でもぼくが心配なのは教授のことじゃないんだ」

「そうなのね」別の理由で戻ってきてくれるといいのに。「じゃあ、何が心配なの？」

「話せば長くなる――」ビーンとはちがう男の声が聞こえた。「――からまた今度」電話が切れた。

いったいどういうこと？

十時には、月曜日用の計画に集中するのだと自分に言いきかせ、頭のなかからビーンを追い出そうとした。どう考えても「今度」は今日じゃないから。

月曜日は一週間のうちでいちばん好きな曜日だ。新しいフレーバーやレシピを試したり、その週にどんなおいしいチョコレートを作るか予定を立てたりする。ビー・ポーレン・アンド・フェネル・トリュフの残数を確認すること、と頭のなかにメモした。子どもの夏休みが終わるやいなや、毎週月曜の朝、よろこびいさんでうちの店で集まりだしたPTAママたちの最近のお気に入りだから。花粉《ポーレン》が健康にいいとどこかで耳にしたらしい。かすかなリコリスの風味もたまらないと言う。

わたしは一足早く秋の新作を考えることにした。とくにハロウィンとサンクスギビング用のものを。みんな秋の気配を感じると、それまでとはちがう味を本能的に求めるものだ。なんでもかんでもかぼちゃ味にしたいという欲求は、一七世紀のピルグリム（彼らが収穫に感謝してかぼちゃや七面鳥を食べたことがサンクスギビングのはじまりという説がある）に由来するのかもしれない。

明日の朝かぼちゃやさつまいもやバターナッツ（ひょうたん形のかぼちゃの一種）で遊ぶために必要なものは、もう全部買いそろえてあった。シナモンにオールスパイス、それからアップルサイダーも。どんなものができるだろうと想像するだけでつばがわいてくる。

真夜中、ビーッ、ビーッというエリカの電気自動車がバックするときの耳障りな音がして、目が覚めた。変だなと思ったものの、ふたたび眠りに落ちるのにあらがうほどではなかった。

午前一時、今度はびっくりして飛び起きた。数分かかって、玄関のドアをだれかがドンドンたたいているのだと気づいた。家じゅうに響きわたるほど大きな音だ。

「いったいだれなの？」玄関に向かうわたしに階段の上からエリカが声をかけてきた。

「わかんない」わたしはまだ寝ぼけていた。

バンバンとうるさくドアをたたく音。

「携帯電話、持ってる？」わたしがきいた。

エリカは手に持った携帯電話を見せた。

「だれ？」ドアを開けずに大声できいた。

「ラヴェンダー・ローリングスよ」たしかに彼女の声で、またもや怒っているようだった。

「今すぐこのドアを開けて」

「なんで開けなきゃならないの？」

「ムーディ教授がなかにいるのはわかってるのよ」ラヴェンダーは言った。「今すぐ彼と話す必要があるの」

〝どうする？〟という顔でエリカを見ると、エリカは首を横に振った。「ここにはいないわ」とわたしは大声で返事をした。

「お願い」ラヴェンダーが急に弱々しい調子で言った。「お願いだから助けてちょうだい」

「開けてやって」エリカが言うので、ドアを開けた。

「こんな夜中にどういうつもり？」これほど非常識な話はずいぶん聞かないというふうにわたしは言った。「それにどうしてうちの場所がわかったの？」ときいたものの、答えはわかっていた。せまい町だから。

ラヴェンダーはスクリーンドアを開けると、さっとわたしの脇をすり抜けた。「教授はどこ？」一階をくまなく見てまわり、ものすごい勢いで勝手口のドアまで開けた。わたしたちが教授を隠していると思っているようだ。

「ここにはいないってば」ついてまわって、何度も繰り返した。どんだけ頭おかしいのよ、と思いながら。出しっ放しのナイフを見つけたら何をするかわからないレベル？　遅ればせながら、わたしはパントリーのドアが開いているのに気づいた。さっき書きつけた強盗の容疑者リストが丸見えになっている。そっとドアを閉め、動揺しているラヴェンダーがリストに気づいていませんようにと祈った。

エリカの姿を見つけると、ラヴェンダーは一段とばしで階段を駆け上がった。こんなに素早く動ける人だとは。「アディソン？」彼女は大声で教授の名前を呼んだ。

エリカは警察に追い詰められた人のように両手を挙げ、ラヴェンダーに道をゆずった。わたしが走っていって追いついたのと同時に、ラヴェンダーはエリカのホームオフィスのドアを押し開けてなかに踏み込んだ。

「彼はどこなの？」ラヴェンダーの表情を間近に見ると、全世界に怒りをぶつけるいつもの彼女ではなく、半狂乱になっているのがわかった。

「ほんとうに知らないのよ」ラヴェンダーのうしろからエリカが言った。「お互いに用はないっていう結論に達したと思ってたけど」

「とりあえず座ったら?」わたしがうながすと、ラヴェンダーはクローゼットのドアに目をやった。「調べたければ開けてもいいけど、ほんとうに教授はここにはいないの」刺繍がほどこされた驚くほど小さなアンティークの椅子から山積みの本をどけて、ここにどうぞと手振りで示した。

「教授が行方不明なの!」ラヴェンダーがどすんと腰を下ろすと、椅子が不吉な音を立てきしんだ。彼女が強い不安を抱えているのがよくわかった。「お昼に出かけたきり、教授はホテルに戻ってない。もうこれ以上、ただ帰りを待つなんてできなくて」

まだ午前一時だけど。「デートしてて、帰りそびれただけかもよ?」

ラヴェンダーは首を横に振った。「ありえない」

「教授はいつもあなたに予定を伝えてるの?」わたしはきいた。

「ええ、いつもかならず」ラヴェンダーは力を込めて言った。

「まあ、今はちょっとごたごたしてるじゃない?」エリカが言った。「だから伝え忘れちゃったのかも」

「教授が忘れるはずない」ラヴェンダーが言った。「何かあったのよ。何か恐ろしいことが」

「最初から整理してみましょうよ」エリカが言った。「教授の今日の予定は?」

「博物館で打ち合わせをしたあと、ウェストリバーデイルに戻ってきて、リバー家の人たちと会っていたはずよ」ラヴェンダーは答えた。「そのあとわたしに電話をかけてきて、今から昔の教え子に会うけど、夕食までにはホテルに戻ると言ってたわ」

「あなたからも教授に電話してみた？」わたしがきいた。

「当たり前でしょ」ラヴェンダーは言った。「でもすぐに留守番電話に切り替わってしまうの」

強盗をして手に入れた品々といっしょに国外へ逃げたのでは、と想像せずにはいられなかった。エリカはわたしと目を合わせないようにしている。ひょっとすると同じことを考えているのかも。

「ヌーナン署長に連絡してみたら？　もしかしたら、強盗の件で何かいっしょに調べてるのかもしれないじゃない？」わたしは提案した。

「とっくに連絡したわよおお！」ラヴェンダーは今やむせび泣いているといっていい状態だった。「署長が教授と話したのは今朝が最後だって」

わたしもだんだん不安になってきた。ふと見ると、エリカもそんな表情を浮かべていたが、すぐに引っ込めた。「署長はどうしろって？」エリカがきいた。

「明日になったら捜索願を出しなさいって言われたわ」その恐ろしい単語を口にしたときには、声がかすかに震えていた。

捜索願？　考えただけで、わたしもぶるっと震えてしまう。

ようやくラヴェンダーが帰ると、もう午前二時だった。「教授はどこにいると思う？」わたしはエリカにきいた。

「見当もつかないわ」もうふたりだけになったので、エリカも不安を隠さなかった。「でもどう考えても、いいことではないわね。教授が今回の強盗に関わっているのか――」

わたしは口をはさんだ。「そして憔悴しきったラヴェンダーをよそに、南の島で日光浴でもしてるのか」

エリカはつづけた。「でも教授がそんなことをする理由がないわ。だって、リバー家の寄贈は、自分の新しいキャリアにつながるもの」さらにつづけた。「それともラヴェンダーの言うとおり、何か……悪いことが起きたのかしら」

そこでふと思い出した。「ねえ、真夜中に出かけたりした？」もしかしたら夢のなかの出来事だったのかもしれない。

エリカの顔がみるみるうちに真っ赤に染まった。

「え！」思わず大声が出た。「そんなふうに赤くなるところ、初めて見たわ！　いったい何をしたっていうの？」

「何もしてないわ」エリカはつとめて平静な声で言ったが、目が泳いでいた。

「いいから、ぶっちゃけなさいよ」

エリカの顔がまた尋常でなく赤くなった。「ちょっとつらい一日だったから、自分の気持ちをなにもかもボビーに説明してみようかなと思っただけよ」

「説明？」わたしはちょっと考えた。「え、なに、つまりお誘いに行ったってわけ？」

「しーーーっ！」エリカがとっさにまわりを見まわした。

「何が〝しーーーっ〟よ？」わたしは言った。「夜中の二時なんだから。ウェストリバーデイルで起きてる人間なんて、あなたとわたしと頭のイカれたラヴェンダーしかいないわよ」

「ああ、もう、わかったわよ」エリカが言った。「車で彼の家まで行ったけど、電気が消えてた。それでやっぱりやめて、帰ってきたの」

「どうだか」わたしは言った。「ちゃっちゃとヤッて、予期せぬ客のおもてなしに合わせて帰ってきたんじゃないの」

「ちがうわよ」エリカは首を横に振って、自分で笑いだした。「いざとなったら怖じ気づいたの」

そういうわけなら信じられる。「で、あなたたちふたりはどうなってるの？」

「うまくいってるわ」自分に言いきかせるようにエリカが答えた。「たぶんボビーは待ってるんだと思う。わたしが、なんていうか、先に動くのを」

「たとえば真夜中のお誘いを仕掛けるとか？」わたしはからかった。

エリカはまた赤面した。

「これ、いただき。つぎにダークチョコレートのトリュフを作ったら、こう名づける」わたしは言った。「真夜中のお誘い《ミッドナイト・ブーティ・コール》ってね」

空はまっ青で、ものすごく大きく感じられた。まるで無限の可能性が広がっているみたいに。夕方まえのこの時間は、日なたは暖かく、影のあるところは涼しく、運動をするにはもってこいだった。メリーランドの気持ちのよい午後だ。

自分で設定した四マイルのコースの三マイルあたりを走っていると、なんだか自信に満ちあふれてきた。ラヴェンダーの一件で深夜まで起きていたから、朝のランニングはあとまわしにしてその分休み、午前中から精力的にチョコレートを作って、いつもどおりに一週間のうちのいちばん好きな月曜日をいちばん好きなことをしてすごした。秋の新作チョコレートはどれも会心の出来で、手が止まらなくなる常連客の姿も見ることができた。オールスパイスがふわりと香るパンプキン・トリート。ダークチョコレートでできたカップにさつまいものムースを詰めたスイート・テンプテーション・トリュフ。そしてもっとも中毒性の高いのが、クッキークランブルを振りかけたバターナッツ・スクワッシュ・スクエア。わたしは閉店までの時間をコナにまかせ、自分は早めに店を出て、夕食まえにこっそりランニングをすることにした。

走っていると、目のまえの丘のてっぺんに州警察の車が見えた。道の右側の木立へ駆け込みたい衝動にあらがい、わたしは足を止めた。どうやら厄介事がすてきな一日を台無しにしようとしているようだ。

道路の脇に寄り、ぜえぜえ言いながら腰に手を当てて車を待ちかまえた。腰のくぼみに汗がたまっている。運動したからという理由だけではない。きっと顔も真っ赤で、例によってそばかすが濃く浮き上がっているだろう。ストロベリーブロンドの髪も頭皮にぺったりと貼りついていながら、ところどころ変なふうに飛び出しているにちがいない。

予想どおり、ロジャー・ロケット刑事の乗った車が、速度を落としてすぐそばに停まった。下ろした窓に片腕をかけている。制服の袖が上腕二頭筋でぱつぱつだ。きらりと光を反射するサングラスの奥からこちらを見ていて、口元にはうっすら笑みを浮かべている。わたしが汗まみれだからだろう。

最後に会ったとき、ロケットはふたりの殺人犯を長いこと牢屋にぶち込むに至った内部情報についてしぶしぶ教えてくれた。エリカとわたしが手伝って突き止めた殺人犯だ。そして、今後は警察の仕事にいっさい関わるんじゃないぞと念を押したのだった。

わたしはもちろん了承した。もう事件に関わる必要なんてあるわけないと確信しながら。

「悪い知らせ？」わたしはきいた。

「ぼーくからの知らせはぜーんぶそう」ロケットは答えた。短いセリフにも強いピッツバーグ訛りが出ていた。

悪い知らせだと確定された瞬間、胸がぎゅっと締めつけられた。「レオに何か？」

「ちがう」ロケットはきっぱり否定した。「きみの兄貴は無事だ。少なくともぼくが知るかぎりは。ぼくが来たのは、ムーディ教授のことだ」

ほんの少し緊張がゆるんだ。「悪いことをして手に入れた出土品とボラボラ島へ旅立ったとか？」

「いいや」ロケットはわたしをじっと見すえて言った。「彼は死んだよ」

5

ぽかんと口を開けてロケット刑事を見返した。きっと水面でぱくぱくと呼吸する魚みたいに見えるだろう。「ムーディ教授が死んだ?」驚きのあまり顔が麻痺したように感じる。

ロケット刑事はカチッと車のドアのロックをはずし、「乗れ」と言った。「きみの家まで送っていく」

「いいの? 汗で全身べったべただけど」ときいたものの、べつにロケットの返事を待っているわけではなかった。教授のことより、目のまえのくだらないことを考えているほうが不安にならずにすむ気がしたのだ。

「それなら、窓を開けておこう」

わたしは車のまえをまわり、助手席のドアを開けようとした。「そっちじゃない」ロケットが言った。「後部座席だ」

「は?」わたしはイラッとして言った。「それじゃ犯罪者みたいじゃない」

ロケットは肩をすくめた。どう見てもこちらの反応をおもしろがっている。「州法で決まってるんでね」

わたしはどすどす歩いていって、後部座席に座ると力まかせにドアを閉めた。

バックミラーに映ったロケットが顔をしかめた気がしたが、ふたりのあいだには格子の仕切りがあるからはっきりとはわからない。「おいおい。この車は州の財産だぞ」

座席は硬いプラスチックでできていて、汗ばんだ太ももがひっつく。「教授に何があったの？」わたしはきいた。ロケットはぐるりと方向転換して、車をうちへと走らせる。

「署長が説明してくれるから、それを待とうじゃないか」

「じゃあ、どれくらい悪い事態なの？」

ロケットはバックミラー越しにこちらを一瞥した。「まだわからない。きみが教授を殺したのか？」

勘弁してよ、というふうに目をぐるりと回して見せた。「わたしが人を殺すわけないじゃない。まあ、また店を営業停止にされたらわからないけど」

「その予定はない。今のところ」

彼の強腰な物言いは、話半分に聞くべきだと経験から学んでいたが、それでもやっぱりにらみつけずにはいられなかった。

「最近はちょーし、どー？」ロケットはわざとピッツバーグ訛りで言った。ピッツバーグ出身の子とルームシェアしていたことのあるわたしが、その独特な方言を聞くとよろこぶのをわかっているのだ。

「ぼーちぼちよー」わたしは答えた。「五月に会ったのが最後だけど、あーれからピッツバーグには帰ったー？」訛りをまねするのに以前かなり練習した。

「一度だけ」彼は答えた。「独立記念日に」

「ポイント公園の花火は見たー？」

ピッツバーグのポイント州立公園は、アレゲニー川とモノンガヒラ川が合流してオハイオ川となる、まさにその合流地点に位置している。わたしにはほとんど親戚というものがいなかったから、ルームメイトが帰省するときに何度かわたしも連れていってくれ、ポイント公園でたくさんピクニックをした。

「ああ。家族そろって」

「すてきね。ウェストリバーデイルの花火大会は中止になっちゃったの。だから、フレデリックの町まで遠出したわ」この町の新町長アビー・ブレントンは前町長が大事件を起こしたあと、町の政治を立ち直らせようと奮闘していて、来年こそは花火大会もやると約束していた。

ロケットのセリフがふと引っかかった。〝家族〟って言った？「子どもがいるの？」彼の私生活なんて想像したこともなかった。

「いない」車が家に着いた。すでに署長の警察車両が家のまえに停まっている。ご近所さんみんなに丸見えだ。エリカの車が専用の充電設備につながれているところを見ると、彼女も普段より早く帰ってきたのだろう。

「ボビー警部補もうちに来てるの？」

ロケットはなじるような目つきでこちらを見た。「ぼーくのこと、そんな野暮だと思ってるのかー？」エリカとボビーが昔つきあっていたことは承知していても、今のふたりの関係までは知らないのかもしれない。

なかにはいると、自分の家のキッチンテーブルに署長がいて不思議な感じがした。エリカは教授の死の知らせにショックを受けているようだったが、ちゃんとコーヒーとバナナ・ナッツ・マフィンでもてなしていた。

手はじめに書きつけた強盗の容疑者リストがあるパントリーのドアが閉まったままなのは幸いだった。ヌーナン署長もロケット刑事も、前回わたしとエリカがあれこれ動いて調査したことを快く思っていないから。

ロケットにもコーヒーを淹れてやり、クリームと砂糖の容器をわたした。サルの形をして、びよんと頭に伸ばした腕が取っ手になっている代物だ。「このおちゃらけた容れ物は、片づけちゃいましょうかね」わたしは言った。「それでその……そのことがあった夜、わたしたちがどこにいたか、でしたっけ？」

署長はマフィンのまわりの紙をめくる手を止めた。「どうして夜だと知っているんです？」

「知りませんよ」わたしは言った。「適当に言っただけです。ほら、刑事ドラマの刑事はみんなこう言うじゃないですか。〝七月十三日の夜、あなたはどこにいましたか〟って」

そんなふうにふざけるなんて、あなたには心底がっかりです、というように署長はため息をついた。署長は正しい。人がひとり死んだのだから。教授がエリカにした仕打ちを許せなかったとしても、昨日はちゃんと生きていたその人が今日になったら死んでいるというのは悲しいことだ。

それにかつては〝メリーランドの理想郷《メイベリー》（メイベリーは一九六〇年代のアメリカのテレビドラマ〈メイベリー一一〇番〉の舞台となった架空の町。ここでは平和な田舎町の代名詞として使われている）〟と呼ばれたウェストリバーデイルを、またもや殺人事件が襲ったことになる。いったいぜんたい何が起きてるの？

エリカの携帯電話が鳴った。エリカは電話をひっつかむと、通話拒否のボタンを押した。でもまたすぐに鳴り出した。

今度はわたしのが鳴った。レオだった。「ちょっと失礼します」と言って立ち上がり、廊下に場所を移してから電話に出た。「もしもし」

「人生最悪の日？」挨拶も抜きにレオがきいた。わたしたち兄妹のあいだで相手が大丈夫かたしかめるときのきき方だ。ふたりにとってほんとうに人生最悪だったのは、両親が亡くなった日だったが、レオはアフガニスタンに派兵されていたとき、最悪すれすれの日を数えきれないほど経験した。

「わたしなら平気よ。今、親友のロケット刑事とおしゃべりしてたとこ」

レオは笑った。「終わったら電話して」

キッチンに戻った。「携帯電話の電源を切っておいたほうがよさそうね」教授の一件が町の人の耳にもう届いているとしたら、きっとわたしとエリカに電話してくる。昨日の騒ぎがあったから、わたしたちが教授のことを大嫌いなのはウェストリバーデイルじゅうがご存じだ。

自ら口火を切ることにした。「午前一時にラヴェンダーが教授を捜してうちに来ました」わたしは言った。「なぜうちにいると考えたのかはわかりません」

署長が眼鏡をずらして上目遣いにエリカを見た。「教授が消息を絶つまえ、昔の教え子に会うと言っていました。その教え子とは、あなたのことですか？」

「いいえ、ちがいます」エリカは落ち着いた声で答えた。「わたしは閉店時間まで自分の書店にいて、それからまっすぐうちに帰ってきました」

「昔の教え子なんて、掃いて捨てるほどいるでしょ」わたしは言い立てた。

「それはそうだ」ロケット刑事が言った。「だが、教授に死んでほしいと思っている教え子は、そう多くない」

わたしは目を見開いた。「どうしてわたしたちが教授に死……そんなことを望んでると思うの？」

残念ながら切れ者のロケットは、わたしが否定はしなかったことに気づいた。「死んでほしいと思ったんだな？」

「思ってないわ！　たしかに超がつくほど嫌なやつで、さっさとウェストリバーデイルから出ていけ、二度と戻ってくるなとは思ったけど、死んでほしいとは思ってない」あと、失業すればいいとか、髪の毛も歯も抜けて友だちもみんな失えばいいとは思ったかもしれないけど。

ロケットはじっとわたしを見すえた。

「単純に事実に目を向けましょうよ」わたしは言った。「ラヴェンダーによれば、教授は昨日のお昼に出かけた。わたしとエリカはふたりとも閉店まで自分たちの店にいた。そこへリースがやってきた。そのあとわたしとエリカは家に帰ってきて、夜のあいだずっと家にいた」

「証明できるか？」ロケットはペンを持ち上げたままわたしの答えを待った。

「わたしとエリカがお互いに保証する以外に？　どうかしら。ふたりともパソコンを使ってたから、通信記録か何かを確認するとか？　携帯電話もあるし」エリカの顔がわずかに引きつったのを見て、彼女が真夜中に外出したのを思い出した。わたしはあわててことばをついだ。「ほかにどんなことをすれば証明できるかしら？」

署長とロケットが視線を交わしたので、わたしはため息をついた。「ふたりから別々に話を聞くのね？」

ロケット刑事が立ち上がった。「きみはぼくと」彼は言った。「家の外へ」

「なんでわたしが外に出るほうなのよ」

「におうからだ」

ああ、そうでした。自分が汗まみれなのをすっかり忘れていた。

わたしとロケットは玄関ポーチの木の揺り椅子にそれぞれ座った。ロケットは椅子を小さく揺らしながら、遠くに広がる野原を眺めた。「ミシェル、今回のことはぼくもほんとうにつらいんだ」

返事はしなかった。個人的な心境を打ち明けるのは、いかにも警察が使いそうな手だ。

「わたしたちは何もしてないわ」通りの向かいの家の子たちが鬼ごっこをする様子に目をやった。虹のなかの一色を大声で宣言するルールのようだ。

「それはわかってる」ロケットが言った。「だが、出しゃばり《ネビー・ノーズ》はやめておけ。今度の事件は前回よりずっと危険かもしれない」

「え？　ピッツバーグ弁のネタ帳から〝ネビー・ノーズ〟を引っ張り出してきたってわけ？」ルームメイトでさえ、地元以外では通じないと知っていたのに。

「はぐらかすな」この男のことばを受け流すのは至難の業だ。「ぼくら警察の仕事には関わらないと約束するな？」

「当然よ」

だがロケットは信用していないようだ。

「教授の……教授はどこで発見されたの？」身震いを抑えてきいた。

「ブルーバード公園だ」なにげない口調だったが、警察の性《さが》なのか、こちらの反応をじっと観察している。

「フレデリックの向こうの？」わたしはきいた。「そんな遠いところで何してたの？」殺されること以外で。

「鑑識班によれば、公園のピクニック用テーブルで殺害されたあと、小川まで引きずられて捨てられたらしい」

体がぶるっと震えたが、なんとか軽口をたたいた。「〝おがーわ〟って発音しなくていいの？」ロケットは内心あきれてぐるりと目を回したにちがいない。「どうやって……それは起きたの？」

〝そんなこと、きみに教えると思うか？〟という表情でロケットはこちらを見返した。

どんな質問なら刑事は答えてくれるだろう、と頭をひねった。「公園の近くには何があるの？」

けげんそうに刑事は眉を上げた。「個人向けの貸倉庫がすぐ近くにある」

「お金の無駄ね」わたしは言った。「みんな、物を捨てるってことを学ぶべきよ」

ロケットがにっこりした。わたしが意味不明な話で彼の気をそらし、そのあいだに別の質問を考えようとしているのはお見通しのようだ。

「教授の車は公園にあったの？」踏み込みすぎだとわかりつつ、きいてみた。

「ああ、あった」ロケットは忍耐力を大盤振る舞いして答えた。「〝二十の質問〟（二十の質問をして相手の選んだことばを当てるゲーム）でもする気か？」

「二十個も質問していいの？」わたしはきいた。「教授を発見したのはだれ？」

「ディスクゴルフをしていた人が――」

わたしは口をはさんだ。「ディスクゴルフ？」

「ああ、そうだ」

「それって、あの、リアルなやつ？」

「そうだ。リアルなやつだ」ロケットはわたしのことば遣いをまねてしまった自分にいらだって、もぞもぞと椅子に座りなおした。「スポーツのだ」

「老人向けの？」わたしはきいた。「ボッチャ（イタリア発祥のボールを使ったスポーツ）とか、そういうやつ？」

ロケットはげんなりしてきたようだ。「それも二十の質問のうちのひとつか？」

「ちょっとまさか」わたしは驚愕して見せた。「あなたもディスクゴルフをやる人なの？」

ロケットは首を横に振った。質問に対する答えというよりは、ただあきれかえっているようだ。「やらない」

「ボッチャは？」

ロケットがまたにっこりした。「することもあるかもな。半分はイタリア人の血がはいってるから」

「そう。で、ディスクゴルフ選手はどうやって、その、教授の……」声がだんだん小さくなり、最後まで言いきらなかった。

「発見者が投げたディスクがおがーわにはいったから、取りにいこうと川へ下りていった」ロケットが言った。

「それは試合ちゅうでいちばん楽しみなエクササイズなんでしょうね」わたしは言った。「待って。そもそも試合っていうのかしら？」

「そのへんでやめとけ」しつこすぎたみたいだ。「彼が小川へと斜面をすべり下りると、二羽のハゲワシが飛んでいった。見ると、教授の死体があった」

胃がむかむかしてきた。「ハゲワシ？」

「われわれ警察にとってはアンラッキーなことだが、そう、ハゲワシがいた」ロケットはこちらの表情の変化を楽しんでいるのだろう。「あん畜生めが死体をついばんだから、証拠となりうる痕跡が消えてしまったようだ。だが、教授がだれかに殺害されたのはまちがいない」

わたしは押し黙ったが、話はまだ終わりではなかった。「ラッキーなことがひとつ」

「なんなの？」

「昨夜、もし天気予報どおりに雨が降っていたら、ちょろちょろした小川は立派な川になって、遺体がどこまで流されていたか」

わたしはロケットをじっと見た。「それも犯人の計画のうちだったたってこと？　あらかじめしっかり考えてあったのね？」

「調べてみないとわからない」

そういえば、未解決の疑問があった。「カルロ・モラレスのこと、教授はなんて言ってたの？」

ロケットはわたしが何をにおわせているかを察して眉を上げた。「会ったこともないし、モラレス氏がパーティに来ているかどうかを気にしていたと他人に思われる理由もわからない、と」

わたしは眉根を寄せた。「この目で見たのよ。教授はすごく怒った顔してた」

ロケットは肩をすくめ、話題を変えた。「週末はベンジャミン・ラッセルが町に戻ってきていたと聞いたが」

質問の計算されたさりげなさにぞくっとした。「ええ、そうよ。でも土曜日から出かけてるわ」

「いつ戻る?」

「知らない」そう答えるしかなかった。

ロケットはじっとこちらの目をのぞきこんだ。「オーケイ」どうやらわたしがただ意気消沈しているだけなのを察知して、深掘りしたくないと思ったようだ。「彼と話をする必要がある」

「話っていうか尋問でしょ?」

「彼も教授のことを快くは思っていなかったようだからな」と刑事が言った。

「快く思ってる人なんている?」

ようやく署長とロケット刑事が帰っていった。唯一のいいことは、今まさにふたりがリースを尋問しに向かっているということだ。わたしがついうっかり口を滑らせて、強盗事件についてが嗅ぎまわっているリースが役立つ情報をつかんでいるかも、と吹き込んだから。

「ビーンの新しい携帯電話の番号を教えろってロケットが」わたしは言った。「まえのは電源が切れてるみたい」

「わたしは知らないわ」エリカはとくに気にならないふうに言った。「ひとつの事案に着手すると、プリペイド式の携帯電話を使うから。でも、問題となってる時間、ビーンは町にいなかった。もし近くにいたら、わたしとあなたの様子を見に、かならずうちに寄るはずだもの」

エリカほど自信たっぷりに、ビーンが会いたがってると思えたらいいのに。わたしはまだどこか信じられない気持ちでいた。知ってる人が殺されるなんて考えられる？　しかも一度ならず二度までも、自分が巻き込まれるなんて？

床に目をやりながら、ちらちらエリカの様子を盗み見て、話ができる状態かたしかめた。エリカが窓の外を見やり、両脚をぐっと伸ばして腕を組んだ。お気に入りの熟考ポーズのひとつだ。「教授の殺害と強盗とは密接なつながりがあるにちがいないわ」

「調査をしようと決心するにも、強盗事件と殺人事件じゃことの重大さが全然ちがうわよ」念のために言ったものの、あきらめと恐怖と興奮とがないまぜになって、自分でも妙だが、やるしかないような気がしていた。

「でも、やらなきゃならないのよ」エリカが覚悟を決めて言った。「ラヴェンダーはわたしが犯人だと思ってる。思い込みたいだけかもしれないけど。いずれにせよ、どんな手を使ってでも警察の捜査をわたしに集中させるはず」

日曜日に店でラヴェンダーがエリカに向けた敵意を思い出した。「オーケイ。容疑者について話しましょう」
エリカがにっこりと微笑んだ。

6

ウェストリバーデイルの心配性やうわさ好きに、うんざりするほどたくさん折り返しの電話をした。そのあと、エリカと一時間近くかけて、教授と関わりのある人の〝殺人指数《Murder Quotient》〟についで話し合った。容疑者が実際に教授を殺した確率を導き出す公式をエリカが考えついたのだ。彼女なら論文にまとめて発表するかもしれない。そうしたら全国の警察がこの公式を使いだすだろう。

　でもわたしはこの〝MQ〟を無視して、報復に燃えるラヴェンダーを容疑者リストの一位にした。今までに見た刑事ドラマによれば、無実の人を責めるのは、自分の罪から注意をそらそうとしている可能性が高い。とはいえ、ラヴェンダーがあれほどエリカを忌み嫌っていることを考えると、よっぽどの理由を思いつかないかぎり、直接話を聞くのはむずかしそうだ。

　ローズをのぞくリバー家全員を上位に入れる点では意見が一致した。でも、あの人たちがそこまでして手に入れたいものなんて想像もつかない。お金なら腐るほど持っている。博物館への寄贈にも熱心な様子だったし、そもそも自分たちの鼻先で寄贈品を盗まれるなんて不名誉だろう。社会的立場を危険にさらしてまで古びた壺をほしがる理由があるだろうか？　リバー家はみんな〝動機〟の欄が空白だった。

でもとりあえず、ひとりひとりについて知っていることを書き入れた。アダムは頭の切れる野心家だ。出世の階段を駆け上がっていたから、途中で敵を作った可能性はある。リバー家の工場のひとつで、彼が責任者につくなり大規模な一時解雇がおこなわれ、そのことを根に持っている人もいた。今回の強盗は、お宝云々というより復讐なのかもしれない。

ゲイリーはぬらりくらりと生きる怠け者。ジェニーは悩み多き少女で、ドラッグの問題もあるが、強盗するほど悪に染まってはいない。

「やっぱりいちばんあやしいのはヴィヴィアンじゃない？」わたしは言った。「家名を守るためなら、実の母親だってぶっ飛ばしそう」

「でも普通に考えれば、教授を殺すほうが、教授に何か暴露されるよりダメージが大きいわよね」エリカが言った。そんなに真剣に検討されるとは。

「パーティでゲイリーと少ししゃべった感じだと、母親のヴィヴィアンとうまくいってないのはまちがいないわよ」わたしは言った。「彼のコーヒーショップに行けば、何か役に立つ情報をくれるかも」

警備員はリバー家の面々より上位に入れた。「薬を盛られてたとしても、身内の犯行に協力してただけかもしれないし」エリカは言った。

「カルロ・モラレスとサンティアゴ・ディアスはどうしよう？」わたしは言った。

みるみるうちにエリカの顔がくもった。

「どうかした？」きいても、エリカは答えない。

「そのふたりのまえに、まずはほかの人を調べちゃいましょう」

お腹のあたりがぞわぞわした。「あいつらは危険ってこと？」パーティでサンティアゴを見たとき、たしかに天敵に狙われた小動物の気分になった。相手はふざけたポニーテールだったというのに。

自分もわからないというように、エリカは首を振った。「そうかも」

「わかったわ」わたしはすぐに引き下がった。「無茶はやめときましょ。でも、ムーディ教授がカルロのやつと知り合いっぽかったってのは書いといて。教授がロケットにした話とはちがうけど」

これっぽっちも怖くない人たちに話を移した。「〈エル・ディアブロ〉のファン・アビレスは絶対に入れとかないと」わたしは言った。「ゲイリーいわく、ヴィヴィアンはべた褒めらしいけど、彼女の知らないところで問題を抱えているのかも。店の経営がうまくいってないとしたら、お金がいるわよね？」

エリカはこれもパソコンで入力した。「ゼインに頼んで、アビレスのことを調べてもらいましょう。リストのほかの人たちのことも。公明正大な方法でね」

「それからフレデリックの町まで車を飛ばして、〈エル・ディアブロ〉の様子をチェックしなくちゃ」わたしが言った。

ファン・アビレスが作るカニのタマルのことを考えていると、お腹が減っていると気づいた。「ねえ、夕食をとりに〈イヤー〉へ行くのはどう？」

エリカの顔がぱっと明るくなった。「そうする？」わたしの誘いの真意をわかっているのだ。〈イヤー〉は、町のうわさを仕入れるにはうってつけの店だ。今日はわたしたちの話で持ちきりだろうが、それでも何か役立つ情報が聞けるかもしれない。着替えもせずにふたりで家を出た。

「ジェイクはきっと、耳にした話を教えたがってるはずよ」わたしは言った。

ほんとうは〈オショーネシーズ〉という名前のその店が、〈イヤー〉というニックネームを手に入れたのは六〇年代のこと。ネオンサインの〝B〟の湾曲した部分が焼き切れて、「バー《Bar》」の看板が「耳《Ear》」になってしまったのだ。ウェストリバーデイルのランドマーク的存在で、一杯引っかけたい人からビリヤードをしたい人、メリーランドいちの具だくさんポテトスキン（中身をくりぬいた皮つきのジャガイモにチーズなどを詰めた前菜）目当ての人まで、だれでも歓迎してくれる。

オーナーのジェイク・ヘイルは、いつも店でバーテンダーをしている。どんな製品のコマーシャルであれ、フランネルのシャツと色落ちしたジーンズ姿で仕事に勤《いそ》しむのんきなハンサムを出演させたいなら、ぴったりの男だ。

店にはいると、古くなったビールとピーナッツのにおいが押し寄せた。昔ながらのジュークボックスから「恋のハリキリ・ボーイ」が流れてくる。店内に響くおしゃべりがだんだん小さくなってしんと静まり返った。かと思うと、またわっとはじまり、ジェイクのいとこふたりが駆け寄ってきた。どちらも普通はよちよち歩きの女の子がするように頭のてっぺんで髪をくくってある。

「今回の殺人事件も調査するの？」いとこのひとりがわたしの腕をがっちりつかんできいた。と同時にもうひとりが「あんたたちがやったの？」と言い、いとこ一号からきつくにらまれた。

ジェイクはおびただしい数の全員そっくりないとこの女の子に悩まされつつ、そのうちの何人かをいつも店で雇っていた。

いとこ二号がエリカに向きなおった。「さっきのは冗談。調査をするなら、あなたのほうが州警察の彼よりずっとうまくやるに決まってる。ところで、彼を紹介してくれない？　超タイプなの。いかつくて無口で。きっとベッドの上じゃ虎ね」

わたしはまだ動揺していたが、エリカはさっさと態勢を立て直した。「州警察よりうまくやるなんてとんでもないわ。装備も人員もケタちがいだもの。それから申し訳ないけど、刑事の私生活については何も知らないのよ」

調査をするのかという質問をはぐらかされたことには、ふたりとも気づいていなかった。わたしたちがやったのかという質問も。

「おばあちゃんのローズが言ったとおり、あの壺、ほんとに呪われてると思う」想像しただけでわくわくしちゃうというように、いとこ一号がぶるぶるっと肩を震わせた。「教授はゴキブリに食べられちゃったのかも。『ハムナプトラ』の映画みたいに。墓を掘り起こした罰ね」

「あれはゴキブリじゃなくてスカラベよ」エリカが言った。「実際は人間を食べたりしない。それに教授は――」と、そこでやめた。相手の発言にまちがいが多すぎて、直しだしたらきりがないと悟ったのだろう。

いとこ二号がフェイスタオルをぱっと肩にかけた。「わたしはマヤ文明《マヤン》の神様かなんかのしわざだと思う。死後の世界からよみがえって、二〇一二年の人類滅亡説はでたらめだって言いにきたのよ」

「マヤンじゃなくてマヤよ」エリカが訂正した。

うんざりした顔でわたしは彼女を見た。とはいえ、この訂正癖にもそろそろ慣れるしかないのかも。

「どの神のこと？」エリカが律儀に尋ねた。相手は適当に言っただけなのに。

「えっと、どれだっけ」いとこ二号が言った。「チキンなんとかかな？」

「チチェン・イッツァって言いたいなら、それは遺跡よ」

そこへビリヤードルームからよれよれの男がバースペースにやってきて、いとこ二号の目がそちらに向いた。「あら、かわいそうに。もう負けちゃったの？」彼女は計算し尽くした動きでポニーテールを揺らすと、彼を慰めに向かった。

バースペースの奥にジェイクがいて、わたし用に〈パール・ネックレス・オイスター・スタウト〉という黒ビールを一本、エリカ用にシャルドネのグラスをボックス席へ出してくれた。「敗れた男はそっとしといてやれ」ジェイクがいとこ二号に言うと、彼女はテーブルを片づけにいった。ジェイクは首を振った。「いとこたちのことは気にしないでくれ。リアリティショーの見すぎなんだ」ビールの栓を抜いてグラスに注ぐ。「これ、飲んだことあるか？」わたしが地ビール好きなのを知っているのだ。

「オイスターが原料じゃないわよね？」

「まあ、飲んでみろよ」ジェイクが言った。「まずけりゃ金を返してやる」

ひと口すすってみた。「んまい」それからグラスでジェイクのTシャツを指した。〝マツでまつために練習するやつはいない〟と書いてある。もちろん、その上にはトレードマークである粗いチェックのネルシャツをはおっている。「どういう意味？」

「ほら、ベンチの材料は松だろ？　補欠としてベンチで待つために練習するやつはいないっていうダジャレさ」ジェイクは使用済みのグラスをバーカウンター裏の小さな流しに片づけた。「最近、トラブルつづきみたいだな」

「ちょっと！」わたしはむっとして言った。「ここ何カ月かはなんのトラブルもなかったわ。今回の事件だって、わたしたちは無関係よ」

「そうなのか？」ジェイクは言った。「あっちでやってる賭けじゃ名前が挙がってたぞ」

「あの人たち、もう教授を殺した犯人をネタに賭けをはじめたの？」わたしはきいた。

「ほっといたら最初にだれがトイレに立つかでだって賭けるやつらだからな」

エリカが微笑んだ。「わたしとミシェルより人気が高いのはだれなの？」

「一番人気は例のラヴェンダー嬢、つぎがヴィヴィアン・リバー、同点三位が女性陣の心をわしづかみにした見知らぬ男ふたりさ」

「どうしてラヴェンダーとヴィヴィアンが？」エリカがきいた。

「うーむ、うちのアマチュア胴元たちの解説によれば、ラヴェンダーは勇気を出して教授に愛を告白したものの鼻で笑われたから、かっとなって殺したってことらしい。ヴィヴィアンのほうは、今になって出土品を寄贈するのが惜しくなったんじゃないかって」

「まじで？　それだけの理由？」わたしは言った。

「わたしたちのオッズは？」エリカがきいた。

ジェイクは携帯電話を取り出した。「ミシェルのオッズは三対一で、殺した派が多い」

「まるで〈クルード〉（推理ボードゲーム）で遊んでるみたい。〝ミス・スカーレットが、ビリヤードルームで、ロウソク立てを使って、プラム教授を殺しました〟ってね」エリカが楽しそうに言った。

「どっちかっていうと『ギリガン君ＳＯＳ』（アメリカのドタバタコメディドラマ）って感じ」わたしがぼそっと言った。

「わたしのオッズは？」エリカがきいた。

「四対一だな」ジェイクは申し訳なさそうな顔をした。どっちのオッズがいいのか、わたしにはよくわからないけど。

「胴元の設定だと、わたしたちの動機はなんなの？」わたしはきいた。

ジェイクは氷のなかからワインボトルを取り出してゴム栓を抜いた。「マヤ文明《ママヤン》のお宝を盗んだのが教授にバレて、口封じのために殺したってことになってる」

わたしがエリカをじろりとにらむと、彼女はなんとか〝マヤよ〟と訂正するのをこらえた。

「そもそも盗んだ動機は？　胴元たちのいびつな世界ではどうなってるの？」

「金のためだって」〝それしかないだろ？〟という調子でジェイクは言い、エリカのグラスにシャルドネを注いだ。

「だとしても、わたしたちがどうやって盗んだマヤの出土品を売りさばくっていうの？」

ジェイクは肩をすくめた。「そこまで考えてないよ」わたしのふくれっ面を見て、彼が笑った。「たわいもない遊びさ、ミシェル。ばかはばかで楽しませてやろうぜ」

「ほかの候補は？」エリカがきいた。

「そうだな、いちばん疑わしくないやつが疑わしいっていう理論に基づいて、アイリス、ナラ、アビーがはいってる」

「ウェイトレスとホテルのマネージャーと町長？」わたしが言った。「わけわかんない」

「おれに言われても」ジェイクが言った。「みんな『ＣＳＩ』の見すぎなんだ」

エリカが顔をしかめた。「実際のところ、殺人事件の約七十七パーセントでは、被害者と加害者は個人的な知り合いなのよ」ワインをひと口する。「ラヴェンダーたちのほかに、わたしとミシェルよりオッズが高いのは？」

「アダム・リバー。あとは大穴ばっかり」

「どうしてリバー家の人が？　これ以上お金はいらないでしょ？」わたしが言った。

「うーん、そうだな。でも金って、いくらあってもほしくなるものじゃないか？　とくに金持ち連中は」ジェイクが言った。「一応言っとくけど、リストもオッズもおれが作ったわけじゃないぞ」彼はにっこりと笑った。あいつらは頭がおかしいけど、だからこそ愛すべき存在なんだとでも言いたげだ。「で、きみたちは今回もシャーロック・ホームズの探偵帽をかぶるつもり？」

「まさか」わたしが答えた。

ジェイクはやれやれと頭を振った。バーテンダーの勘というやつか。「やっぱりな。首を突っ込まずにはいられないタチだと思ったよ」

「そのタチのせいで、前回はひどい目にあったのよ」エリカが教えてやった。

「だな」ジェイクが言った。「ふたりとも警察に尋問されたって聞いたけど」

「ええ、でもちゃんとアリバイがあるから」わたしは言い立てた。

「なんてこった」ジェイクが携帯電話を取り出して、何かの数字を変更した。

「今のでわたしたちに賭《ベット》ける人が減ったかしら？」エリカがきいた。

「だろうな《ユー・ベット》。おっと、ダジャレは無視してくれ」ジェイクは携帯電話をしまった。「ところで調査してないなら、最新情報なんて興味ないよな」

「最新情報？」わたしがきいた。

大真面目なふりでジェイクは顔をしかめた。「いやいや、きっと興味ないよ。それがわかってるのに、貴重なお時間をいただくのは申し訳ないから」

「ちょっと、ジェイク」わたしは真剣な声で言った。

彼はたっぷりと時間をかけて小皿にナッツを入れ、それから言った。「リバー家がディアドラをクビにした」

「ディアドラってメイドの?」エリカがきいた。

ジェイクはうなずいた。「興味深いタイミングだよな?」

「もうずっと長いあいだ、というか生まれてからずっとリバー家にいたんじゃなかった?」わたしがきいた。

「そのとおり」ジェイクが言った。「まさに赤ん坊のときから。彼女の母親もずっとリバー家で働いてたしね。代々リバー家に仕えるのが習わしなんだ。知ってるか? ディアドラはほんとにリバー家の屋敷のなかで生まれたんだ。産気づいた母親が銀食器を磨き終えるまでは帰らないと言い張って、赤ん坊は待ちきれなかったってわけさ」

エリカがちらりと視線をよこした。「ワオ。そんなに長く仕えてた人をクビにするなんて、よっぽどのことがあったんでしょうね。いったい何をやらかしたのかしら」

「それは知らない」ジェイクが言った。「でもダイナーのアイリスが言うには、ディアドラはカンカンに怒ってて、一族じゅうの恥をぶちまける準備はできてるらしい」

「どうしてまだぶちまけてないの?」わたしがきいた。

「情報に金を払う人が現れるのを待ってるんじゃないか? リバー家みたいな人種には、敵が大勢いて、なかには脅しのネタのためにしぶしぶ大金を出すやつもいるだろうから」

ジェイクのいとこのひとりが叫んだ。「ジェイク！　氷持ってきて」

彼はため息をついた。「おれがなんと言おうが、殺人はビジネスになるってわけさ」

「あなたはだれに賭けてるの？」彼の背中に向かって大声で尋ねた。

ジェイクは笑顔で振り向いただけで、質問には答えなかった。

「メイドを探し出す必要がありそうね」わたしは言った。

エリカはこれを聞き流しつつ、爪の先でワイングラスをとんとんたたいた。ディアドラの件を脳内の計画表に書き込み、それが何を意味するのか、さっそく分析しはじめたのだ。少なくとも、リバー家のだれかの殺人指数が上がったにちがいない。

ジェイクのいとこのひとりが給仕カウンターにやってきた。「バドワイザーふたつ」とジェイクに言い、わたしたちのボックス席のところで足を止めた。「だれだったか思い出した。マヤ《マヤン》文明の神様のなかにエル・チョコラテとかいう名前のがいなかった？　マヤ人がチョコレートを捧げてたっていう」

チョコレートの神様？　胸がときめいた。

「エクチュアのこと？」エリカが言った。「それはインターネット上の伝説よ。彼は下級の神様で、長距離の行商人の守護者だとされてる。たしかにマヤ人は食事のたびにチョコレートを飲んでた。相当な量でしょうね。でも、チョコレートを捧げ物にはしてない。放血儀礼をして、自分たちの血を神ではなく祖先に捧げたのよ」

〝食事のたびにチョコレートを〟という部分に頭がぽうっとなった。なんてすてきなんだろう。

「じゃあ、ほかの神様が人間の生贄《いけにえ》を求めたのかも」らんらんとした目でいとこが言った。

「それでだれかが教授を差し出したってわけ」

わたしだっていちばんに彼を選ぶわ。

7

翌朝起きると、キッチンにビーンがいた。うれしい驚きで眠気が吹っ飛ぶ。「おはよう」わけを知りたい気持ちが声ににじみ出た。

彼はコーヒーを淹れて、テーブルで待っていた。ちらりと窓の外に目をやったが、車は見当たらない。

ビーンは挨拶もなしに切り出した。「ほんとにごめん。自分からはじめておいて……中途半端に投げ出すなんて。でも今、あるネタを追っている最中で、ぼくといるところを見られると、きみの身が危なくなる。ぼくがこのへんをうろつくのもまずい」

「どうして?」

「ぼくは……一線を越えてしまったかもしれない」いったん黙って、またつづける。「ある集団のなかに、というかこのネタの渦中に、飛び込むことにしたんだ」また黙り込む。どこまで話すべきか、迷っているようだ。「だけどまだ彼らの信頼を得てないから、ちょくちょく尾行されてるのはまちがいない。だから、ぼくがこの家に近づくのはよくないんだ」

「彼らって?」いろんな気持ちが渦巻いていた。完全にフラれるわけではないらしいという安堵。秘密の任務を抱えて不安そうなビーンへの心配。そして、まだ歯を磨いてないからおはようのキスができないという落胆。さよならのキスだろうか。なんのキスだか知らないけど、とにかくだめだ。

「それは教えられない」ビーンは言った。「ごめん」

「なら、とにかく気をつけて。ね？」ごちゃまぜの気持ちを全部、このことばに込めようとした。

ビーンの表情がやわらぎ、笑顔がこぼれた。「ああ、気をつけるよ」

わたしは首をすくめてコーヒーをすすった。さっと洗面所に行ってクチュクチュっとマウスウォッシュをしてくるのはイケてないだろうか。

「この件が片づいたら」ビーンが何か大事なことを言おうとした。

「この件ってあなたの？　わたしの？」ちゃかして言った。

「きみにはこの件なんてないはずだけど」

「あなたが無事かどうか、たしかめる方法はあるの？」すがりつくような自分の声が嫌になる。

ビーンは目を合わそうとしない。「方法はない。わかるのは――」

わたしがあとを引き取った。「何か悲惨なことが起きたときだけ」

「まあ、もし殺されても、調査しなくていいからな」

恐怖に顔を引きつらせると、ビーンがわたしの手をぎゅっとにぎった。「悲惨なことなんて起きっこないよ」

目をぱちぱちさせて涙をおさえた。彼を手に入れてもないのに、失うかもしれないと不安だった。「そうよね」でもそのとき、彼を手に入れる場面が頭に浮かんで、息が止まりかけた。

「今朝戻ってきたのには、ほかにも理由がある」ビーンが言った。「ボビーから事情を聞いて、ムーディ教授の殺害事件には絶対に関わるなと釘を刺しにきたんだ。ボビーが言うには、強盗事件が起きたことを考えると、教授は国際的な美術品の密売組織に協力する犯罪者とつながりがあったかもしれないそうだ。わずかだけど、可能性があるらしい」

「エリカは、その可能性はまずないって」と言ったものの、ビーンのことばを聞いただけで体が震えた。

「これはヨーロッパ風のアクセントで話す金持ちがお互いのものを盗み合うようなテレビドラマとはちがう。密売人は残忍な悪党で、商売の邪魔をするやつは容赦しない」ビーンは真剣に心配しているようだ。前回の殺人事件では、調査をするようにとけしかけていたのに。

「わかった。気をつけるわ。でもあなたのしてることだって危険なんじゃないの？」

「仕事だから」

「そうね」わたしは言った。「でも身を守るためにこそこそ隠れなくてすむ仕事が世の中にはほかに山ほどあると思うけど？」一瞬、息がうまくできなくなった。彼に何かあったら耐えられない。わたしとエリカの場合は危険といっても仮定の話だが、ビーンにはすぐそこに危険が迫っているのだ。ちょっと待って。これって初のけんか？

そのときエリカが階段を下りてくる音がしたので、わたしは焦って切り出した。「えっと、だから、その、ケイラとコナが使ってるアプリがあってね。〈ファインド・マイ・フレンズ〉って名前だったかな？　ほら、もしかしたらあなたとエリカがお互いの居場所を確認するのに便利かもと思ってみたり」〝あなたとわたしが〟という意味だ。ことばが漫画チックな文字になって空中でゆらゆらしているのが目に見えそうだった。

ビーンはしばらく考えていた。「それを使えば、ちょっとは安心できそう？」

「ええ、できるわ」声に力がはいりすぎたかも。超絶イケてない。

「探してみるよ」ビーンが言った。「新しいお仲間に見つからないよう、こっそりダウンロードできればいいけど」

キッチンの入り口にエリカが現れ、ぱっと顔を輝かせた。「ビーン！」とハグをする。「朝ごはん、食べてく時間ある？」

わたしは兄妹に水入らずの時間を与え、自分は大急ぎで歯磨きをしにいった。でもビーンときたら、わたしが洗面所から戻ってもさよならのキスをすることなど頭にないようだった。ビーンは、ジャーナリスト仲間のひとりが追っているネタについてエリカに話して聞かせていた。「中米では伝説的な存在になりつつある」

「だれの話？」わたしがきいた。

「エル・ガト・ブランコと名乗る男さ」ビーンが答えた。「正体はだれも知らない。でも話半分に聞いても、何千とは言わないが、何百もの出土品を略奪者の手からもとの国に返還したことになる」

「現代のロビン・フッドね」エリカが言った。

「まさしく」ビーンが言った。「残虐さもロビン・フッド並み。出土品を取り戻すためならなんだってやる。金で買うこともあれば——つまり、かなりの資金があるってことだ——力ずくで奪うこともある。やり抜くためには銃も使う」

「名前の由来は？」エリカがきいた。「白い猫って意味よね。あんまり怖そうじゃないわ」

「たしかなことはだれも知らない。けど、ベリーズの小さな町が、密猟者やならず者から白いジャガーをかくまってると言われてる」ビーンが説明した。「それに、白い帽子をかぶってる人は善人だってイメージがあるし。密売人たちの怒りを買ってるから、首には相当な額の報奨金がかかってるだろうけど」

「でもどんな外見なのか、だれも知らないの？」わたしが言った。「名前から想像するようなふわふわの白い仔猫とは全然ちがいそうね」

ビーンが微笑んだ。「そういえば、例の猫はどうしてる？」

「妊娠中で、いつポンッとお腹がはじけてもおかしくないわ」と言うなり、その場面を想像して嫌な気分になった。「ねえ。ひょっとして博物館の展示品を盗んだのはエル・ガト・ブランコなんじゃない？」

ビーンは首を横に振った。「ウェストリバーデイルは彼の猟場からずいぶん離れてるからね。たしかに彼がやりそうな類いの盗みではあるけど、東海岸で実際に行動を起こしたことは一度もないんだ。アメリカで彼の仕業だとうわさされてるのは、カリフォルニアで起きた小規模な博物館の連続強盗事件だけ。自分のいる地域だけでもやるべき仕事は十分あるんだろうな」腕時計に目をやった。「もう行かなきゃ」

エリカとわたしで順番にさよならのハグをしてしまうと、きゅっと胸の奥が締めつけられた。「ほんとに気をつけてね」

勝手口から出ていくビーンは〝心配いらない〟という笑顔を浮かべていたが、エリカは不安そうだった。「〈ウィスパリング・パインズ〉の納屋の裏に車を停めて、そこから歩いてきたみたい。尾行されてないのを確認しながら、原っぱを突っ切って」

わたしとエリカはしばらく顔を見合わせた。「人生ってほんとに複雑」わたしが言った。

「そう思わない？」

「じきに落ち着くわよ」とエリカは言ったが、当人でさえ本気で思っているかはあやしかった。

〈ファインド・マイ・フレンズ〉のアプリをダウンロードして、出かける支度をした。

車で走っていると、携帯電話の通知音が鳴った。見ると、さっそく〝ジョン〟から招待が届いていたので承諾した。これで安心とはとうてい思えないけど。

店に立ち寄ると、うれしいことに、裏口のドアの外でココがわたしを待っていた。足にまつわりついて、今すぐえさをくれと要求してくる。でっぷりしたお腹のなかには仔猫が何匹もいるのだから、腹ペコなのも当然だ。妊娠中の猫にはこれがいいとメイが太鼓判を押す特別なサーモンの缶詰を出してやると、食べているあいだ、そばに座って背中をなでることを許してくれた。そして食べ終えると、ふわふわの小さな顔をわたしのズボンにこすりつけた。こりゃどうも。さっさとズボンの裾を洗って、朝いちの任務に向かわなければ。ゲイリー・リバーのコーヒーショップ〈ビッグ・ドリップ〉が開店したら、早朝のコーヒー客ラッシュがはじまるまえに彼をつかまえるのだ。

店のドアを開けると、今日もココが忍び込もうとしたから、足で追い払わなければならなかった。生花店の裏にメイが完璧な寝床を作ったのに、ココがそこに落ち着くことはなかった。

洗ったズボンの裾を自然乾燥させようと、店の戸締まりをして歩きだした。ゲイリーを突っつけば、リバー家の内情をしゃべるかもしれないという一縷の望みを抱いて。

小耳にはさんだ話によると、コーヒーショップを成功させなければ信託財産を取り上げるぞ、とアダムがゲイリーに最後通牒を突きつけたらしい。リバー家の面々は、ウェストリバーデイル唯一の〝信託財産《トラストファンド》ベイビー〟だった。働かなくていいというのがどんな気分なのか、想像もつかない。自分だったら、世界じゅうのお金を手に入れたとしても、おいしいチョコレートをこの世に送り出して、みんなを幸せにしたいと思う気がする。とはいえ、売上の厳しい月も従業員の給料を払えるか心配せずにすむなら、どれほど気が楽だろう。

ココには超能力があるにちがいない。コーヒーショップへ向かう途中で、毛糸店〈ニット・ウィッツ〉の脇の路地から出てきた彼女と鉢合わせした。しんとした早朝の町の通りを歩くにも、ココがいっしょだと気持ちがなごんだ。

〈ビッグ・ドリップ〉はこうこうと明かりをつけて営業をはじめており、ゲイリーがカウンターのうしろからガラスケースに焼き菓子を並べているのが見えた。それから彼は入り口のドアを開けて、ドアストッパーを差し込んだ。気温が上がるまえに、ひんやりした朝の空気を取り入れようとしているのだろう。わたしが店にはいると、ココもついてきた。

「おはよう、ゲイリー」

「そっちの猫はだめだよ」

「あら、ごめんなさい」と言って、ココを抱き上げようとした。だがココは身をよじらせてわたしの手から脱出し、歓迎されていないとわかったのか、自ら店を出ていった。「最近、店のなかにはいってくるようになったの。ドア、閉めとく?」

ゲイリーは、去っていくココのうしろ姿をじっと見ていた。ココはすっかり機嫌を損ねたようにぴんとしっぽを立てている。「いや、もう出ていったからいいよ」

「すてきな店ね!」レトロなダイナーの高級版といった内装だった。革張りのシートのバーガンディ色が映えるメタリックの椅子と、クロムめっきのテーブル。天板を覆う分厚いプラスチックの下には、年代物の車や過去の名だたるダイナーのポストカードが敷き詰められている。ぴかぴかのカウンターには、同じくぴかぴかの赤い七〇年代風バースツールが感じよく添えられ、隅の小さな長椅子とふたり掛けのソファは秘密のおしゃべりにぴったりだ。壁にも赤い額縁入りの小さなメニューが見栄えよく飾られている。

ところどころに写真がテープで貼り付けられ、なかには内装デザイナーの苦労もむなしく、装飾品の上に貼られたものもあった。

「そりゃどうも」ゲイリーが言った。

「今まで来なかったのが信じられないわ」以前、〝新経営者〟のもとでリニューアルオープンしたという広告を何度も見かけたが、実際に足を運ぶ機会はなかった。うちの店の競合相手として、コーヒーの味くらいはチェックしておくべきだった。焼き菓子は食料品店で買ってきたやつみたいだから、コナのトルテの圧勝はまちがいない。「調子はどう？」

「ぼちぼちだけど？」ゲイリーがけげんな顔で答えた。

「うちの店のコーヒーマシンが故障しちゃったの。でもカフェインを体に入れなきゃ、仕事をはじめられないもの」わたしは言い訳をした。「コナが出勤して修理するまで待ってられなくて」

「彼女、マシンの修理ができるの？」ゲイリーは感心した様子だ。「すごいな」

新しいスキルを身につけたことにしろと、コナによく言っておかなくてはならない。壁に直接チョークで書かれたメニューを見上げ、手を伸ばして触ってみた。「ワオ。壁に何か塗って黒板みたいにしたの？」

「ああ、そうだよ」ゲイリーが言った。「塗料は〈ダンカン金物店〉に売ってる。そのイカした字は妹が書いたんだ」

「ラージサイズのカプチーノをいただくわ」作るのに何分かかるものがいい。店内をなんとなく歩きながら壁の写真を見てまわった。どれもスケートボードでとんでもないジャンプを決める人や、わが家を超える高さの波に乗るサーファーが写っている。そのなかで大写しの一枚が目に留まった。「これってあなた？」

「ああ、何枚かは」ゲイリーが答えた。「サーフィンするんだ」コーヒー豆を挽いてポルタフィルターに詰める。

「へえ。だったら経営者に収まるタイプじゃなさそう」目は写真に向けたまま、探りを入れた。

「当たり。なのに、うちの兄貴ときたら――」ゲイリーは口をつぐんだ。

その気持ちよくわかる、という顔で彼のほうを振り向いた。「わたしにも兄貴がいるの。あの人たちって下の子の罪悪感を利用して思いどおりに操るのが得意よね？」そう言いながら、自分の知るもっとも慎ましやかな兄貴のレオに心のなかで謝った。

と、店の奥からココがふらっと現れた。「裏口があるの？」

「ああ、あるよ」ゲイリーは〝なんでそんなこと聞くんだ？〟という調子で言った。そして猫を見つけた。「でも閉まってるはずなのに」彼がマシンのボタンをぱぱっと押すと、コーヒーが小さな金属製のピッチャーにぽたぽたと落ちはじめた。

「わたしにまかせて」と言い、羊飼いの犬みたいにココを追いかけて裏口から外に出した。

スクリーンドアの下のほうに隙間があり、どうやらココはそこに体をねじ込んではいってきたようなので、重い木のドアも閉めておいた。「悪く思わないでちょうだいね」

ゲイリーがプロみたいな手つきでミルクスチーマーをいじっていると、スケートボードを抱えた少年四人が「ヨウ！」と口々に言いながらはいってきた。

「寝坊助たちがこんな朝早くに、いったい何事だい？」ゲイリーは、にこにこしながら片方の手でスチーマーを操作し、もう一方の手でひとりひとりとハイタッチした。

「ニューヨークシティで〈ハウス・オブ・ヴァンズ〉（スケートボード等を扱うアパレルメーカー、ヴァンズが主催するカルチャーイベント）があるんだ！」赤のハンカチを脚に巻いた少年が言った。「そのまえに一杯やらないとな」

少年はカウンターに身を乗り出し、ゲイリーがまだ出していなかったテイクアウト用のカップに手を伸ばした。いくつか取り、慣れた手つきで自分の頭の上を通して別の少年に放った。四人ともカウンターの隅のガラスのボトルからカップにコーヒーを注ぎ、砂糖とクリームをどっさり入れはじめる。

「おまえら、全部で五ドルだぞ」ゲイリーが言った。

「は？」赤のハンカチの少年がむっとしたように言って、わたしのほうを見た。「わかったよ、店長さん」

少年はポケットに手を突っ込むと、一ドル札数枚をカウンターにたたきつけ、チップ用の瓶に二十五セント銀貨をチャリンと落とし、バンとドアを開けてみんなで出ていった。

「お友達？」気まずい空気をかき消そうとしてきいた。

「ああ、おれのお友達はしみったれのスケボー野郎ばっかりでね」ゲイリーは少年たちの背中に向かって大声で言った。ひとりがよからぬジェスチャーをしたが、にやりと笑って本気ではないことを示した。「最終的には払ってくれるんだ。金があるときに」ゲイリーは完璧なミルクの泡を載せてカプチーノを仕上げ、わたしに紙コップを手わたした。眺めているだけで、口のなかにつばがわいた。

「わたしにもああいう類いのお友達がいるわ」何かしら共通点を作って打ち解けたいところだ。「試食用のチョコレート目当てで店に来るの」

「いるよな、そういう輩《やから》」ゲイリーが言った。「店を維持するのがどれほど大変かわかってないんだ」

「ありがとう」

「この店はほんとにすてき」カプチーノをふうふう吹いた。「感動しちゃった」

そこに店の奥からまたココが現れた。「いったいどういうこと？」わたしは言った。「まだほかに入り口があるの？」

「いいや、ないよ」ゲイリーは超常現象でも見るような目でココをじっと見た。

「古い建物は、ちょっとした隙間がたくさんあるものよね」店の正面からココを追い出した。やっとわかってくれたらしく、ココは明かりのつきはじめたメインストリートのほうへ歩いていった。

「強盗のこと、災難だったわね」わたしは言った。「リバー家の美しい品々が盗まれるなんて」そしてわたしの美しいボウルが盗まれるなんて。

　ゲイリーは肩をすくめた。「もう博物館に譲ったあとだったからね。とはいえ、やっぱりいい気分じゃないよ」

　カプチーノをすすった。「ん〜最高」わたしは言った。「あなたのお母さんは、強盗の記事が出るのを嫌がるんじゃない？　とくに教授が死んだとなると」

「ああ、嫌がるだろうね」ゲイリーはうなずいた。「全部アダムのアイディアだったんだ」

　情報を頭のなかのファイルに保存した。「アダムが寄贈したいって言い出したの？　すばらしい考えね」

　ゲイリーは乾いた声で笑った。「まえは母さんもそう思ってただろうな」

「殊勝な気持ちが踏みにじられたと思うとたまらないわよね」仕掛けてみることにした。

「わたしとエリカが警察に尋問されたって聞いた？　なんの関係もないのに」

「ああ、聞いたよ。警察はばかばっかりだ」ゲイリーが言った。「うちの家族は顧問弁護士が動いてくれて、警察の尋問を受けずにすんでる。ありがたいよ。パーティの最中どこにいたか、母さんに知られたらやばいから」

　わたしはこくこくうなずいた。「怒られちゃうってこと？」

　ゲイリーは鼻を鳴らした。「大激怒だろうな」

「つまり、何か楽しいことをしてたのね？」

「いいや、別のパーティでジェニーの子守りをしてただけ。ジェニーとばっくれたってのが逆鱗《げきりん》に触れるポイントなんだ」

「そっちのパーティは何時ごろまでやってたの？」

そう尋ねたが、踏み込みすぎたみたいだった。

ゲイリーが訝《いぶか》しむような目をした。「しゃべるなって弁護士に言われてるから」

「警察の捜査が進めば、いずれわかることだと思うけど」わたしはプラスチックの蓋をつかんで、そっとカップに取り付けた。「ほかの寄贈活動はつづけるの？」

「ああ、まえから決まってることだから。盗まれなかったものがまだたくさんあるし」ゲイリーはかったるそうにレジへ向かった。「ほかに何かいる？」

もう帰れの合図だ。「いいえ、けっこうよ」わたしは五ドル札を引っ張り出した。「カフェインをどうもありがとう。今日は十分摂取できそうにないけど」

ゲイリーからわたされたお釣りを、〝チップはキッズへ！〟という手書きのカードが添えられたティキ（ポリネシア神話に登場する地上最初の人間。トーテムポールなどにかたどられる）の形の瓶に入れた。「どうも」ゲイリーが言った。「いい一日を」


子どもの小学校が同じママたちがお茶会をして帰ったあとのテーブルを片づけていた。彼女たちは毎週火曜日、上の子を学校に送り届け、下の子を公園で遊ばせたあと、お昼にならないうちにこの店に来る。テーブルのそばを通るたび、ようやく歩きはじめたくらいの子どものひとりが、〝いないいないばあ〟をしようとしつこく誘ってくる。甲高い声で「見えてるよー」と言ってから、きゃっきゃと笑って椅子の背もたれに隠れる。椅子は透明の素材でできているのだが。

ママのひとり、サマンサがモカ・スプリームをひと口かじっただけで、あとは残してあった。わたしはにやりとし、その物証をコナに見せにいった。「サマンサが妊娠してる」

コナはカウンターを拭きながら笑った。「トリュフ診断？」

「まあ、見てなさいって」わたしは言った。「妊婦さんのなかにはコーヒーの風味を受け付けなくなる人がいるのよ」コーヒーなしの日々？　想像もできない。「ウェブサイトから注文がはいってるか確認してくれる？」

「了解」コナはカウンターの裏でわたしのノートパソコンをかちゃかちゃやった。「信じられない。注文殺到よ！」

「まじで？」

コナがパソコンをくるりと回して画面を見せた。

「すごい！」ふいに胃がむかむかしてきた。「もしかして教授があれしたから……？」

「考えちゃだめ」コナが言った。「教授のニュースを見たパーティの招待客がみんな、あなたのチョコレートのすばらしさを思い出したってだけよ」

わたしは何度か深呼吸をしながら、画面をじっと見た。そしてコナと目を合わせた。

「だとしても、さすがに怖いわね」コナも認めるしかなかった。

お昼ごろ、隣に住むヘンナ・ブラッドベリーから電話があった。「悪い知らせで申し訳ないんだけど、あなたの家が警官であふれ返ってるわよ」

「なんですって？」わたしは叫んだ。「ヌーナン署長のやつ、殺してやる」今の、声に出ちゃってた？　店のお客たちがけげんな目でこちらを見ている。「なんちゃって。彼、おもしろいことするわね」

「おやおや、たいへんだ」ヘンナが言った。「うちにも向かってきてる。じゃあね！」

エリカは店の奥のオフィスにいて、革表紙の古びた本を手に、稀覯書ビジネスの顧客と電話をしていた。「ええ、ほんとうに残念です。でも初版本ではないんですよ」

「緊急事態発生」わたしは声をひそめて、でもはっきりと言った。

エリカは人差し指を立てた。「もちろんです」だれだか知らないが、電話の相手に言った。「すぐに手配しますわ。もっとご期待に沿うものがあればよかったんですけど」それから何度か「ええ」と「わかりました」を繰り返したあと、ようやく電話を切った。

何事かときく間も与えずにわたしは言った。「警官がうちに来てる！」見知らぬ人が自分の物をあさっていると思うと気が狂いそうだった。わたしの洋服。洗濯まえの下着。ああ、それから高校のときの日記帳の束。

エリカは目を丸くしたが、落ち着いた声で言った。「大丈夫よ。心配するような物は何もないもの」

「家に帰ったほうがいいかしら？」

エリカはちょっと考えてから答えた。「いいえ。相手がこちらに来るのを待ちましょう。わたしはこれからフラッシュモブとデートだし」

8

ロケット刑事が店に来るのをそわそわしながら待っていた。エリカのほうは、のんきにフラッシュモブの打ち合わせをしている。ほかの参加者は、博物館の職員ウィンク、学校の昼休みを抜け出してきた高校教師のジョリーンとスティーヴ夫妻、衣装係のジャニスだ。ジャニスは、地元高校の演劇クラスと青少年劇団すべての衣装を担当していて、靴ひもしか買えないような予算でがきんちょをつぎつぎ物語の登場人物に変身させている。五人とも動画の計画に夢中だったが、さすがにわたしの秋の新作チョコレートは無視できないみたいだ。

教授が死んだってときにフラッシュモブってどうなの、とエリカに問いかけたが、今こそ明るい話題を発信することが大切だと五人で判断したと言う。

ウィンクは青のピンストライプがはいった真っ黄色の毛糸のベストに、糊《のり》のきいた白いシャツの袖をちょうど肘の上まで丁寧に折り返してあった。ズボンの裾もほんの少しまくり上げてあり、そこからのぞくサイケデリックな靴下が目を引いた。この男はとにかく、まくり上げずにはいられないらしい。「さっきのパンプキン・トリュフ、隠し味はオールスパイス？」ウィンクがきいた。

わたしはにっこりした。「なかなかの舌の持ち主ね」

「きみって天才！」ウィンクが言った。「こんなの、食べたことないよ」

「今日の服、イベントでもあるの？」わたしはジョリーンにきいた。アフリカっぽい柄のターバンを頭に巻き、同じ柄のワンピースを着ている。

「学校が決めた〝多様性の日《ダイバーシティ・デー》〟なの」ジョリーンは両手の指で引用符を作った。「新しい校長はいじめ撲滅企画をつぎからつぎに思いつくのよ」面倒くさそうに言った。「みんな自分のルーツを表す服装をしなきゃならないの」

彼女の黒い肌に鮮やかな色彩が映えていた。「とっても似合ってるわ」わたしはそう言って、夫のスティーヴに目を移した。こちらは蛍光グリーンのゴルフシャツに、ど派手なオレンジのチェックのバミューダパンツを合わせている。「あなたのはどこの国？」

スティーヴはニカッと笑った。「これほどＷＡＳＰっぽいものはないだろう？」

ジョリーンはスティーヴを引きずってウィンクのところに行き、三人で背景幕について相談しはじめたので、わたしはみんなの食器を片づけた。

ロケット刑事が店のドアを開け、コリーンと彼女の三人の子どもを先に通し、つづいて自分ものそりとなかにはいってきた。コリーンは予期せぬ離婚に向けた話し合いのさなかだったが、今日はずいぶん穏やかな表情をしている。

二歳の双子は一直線にわたしのほうへ飛んできた。「シュメルおばさん！」そう叫んで、脚にしがみつく。わたしは子どもにかまうタイプではないが、コリーンの子どもたちは特例だ。九歳の長女プルーデンスは手を振って挨拶すると、書店スペースへ向かった。エリカに負けないくらい、その場所が好きなのだ。双子もわたしから離れ、エリカの店のプレイコーナー目がけて走っていった。まもなくエリカがレコーダーを引っ張り出してくるだろう。話しことばの上達にともなってふたりのあいだだけで通じる双子語が失われつつあると気づいてから、残された分だけでも記録しようとしているのだ。コリーンが気をつけていないと、論文にまとめて発表しかねない。

ロケットが眉を上げた。「シュメルおばさん？　ぼくもそう呼んでいいかい？」

「生きて帰りたかったら、やめとくことね」と冗談で返した。だがすぐに、殺人事件を捜査中の刑事に言うべきセリフではなかったかも、と思い至った。「ところで、家宅捜索にはそれ相応の理由がいるんじゃなかった？」殺人事件の捜査に関わった経験がここに来て役立った。

「みんなのまえでその話をしたいのか？」ロケットが言った。「話をするならエリカもいっしょに」

わたしはうんざりしてぐるりと目を回し、エリカに声をかけた。打ち合わせを終えた彼女は、プレイコーナーで小さな子どもを膝に載せ、クマがいびきをかく物語を読み聞かせていた。背中では双子がそれぞれミニカーを上へ下へと走らせている。

わたしはロケットを指差した。「裏のオフィスに来て」声のいらだちを隠す気にもならなかった。

「すぐ行くわ」とエリカは答えた。あとを頼まれたコリーンは、棚に並べはじめていた本の箱を床に置いた。

オフィスへ行くと、エリカのアシスタントのゼインが机で作業していた。ベージュのズボンにブルーのボタンダウンシャツとアーガイル柄のベストを合わせた彼は、メリーランドいちプレッピーなのではないか。定番のパステルカラーのベストは全色持っている気がする。ひょっとすると、ゼインとウィンクは同じベスト店で買い物しているのかも。

くるりと椅子を回してゼインが振り向くと、ロケットはうなずくようにして挨拶した。

「やあ、ゼイン・ウェストくん。最近はお行儀よくしてるかい？」

ゼインは真面目くさった顔で答えた。「ええ、ご覧のとおりですよ」

「よかったわ。今度はあなたんちの家宅捜索令状を取るらしいから」

わたしのたわ言に動じる様子もなく、ゼインはまたくるりと椅子を回してパソコンの画面に集中しだした。

「はずしてもらわなくていいのか？」ロケットがエリカにきいた。彼女がうなずくと、ロケットは書類を何枚か取り出し、警察の令状と聞いてイメージするとおりのものを手わたした。

「教授が殺された日、真夜中に出かけた理由を教えてくれ」

「へ？　なんで知ってるの？」わたしが言った。

エリカはぱらぱらと書類に目を通した。「ゼイン。悪いけど、郵便受けを見てきてくれる？」

「お安い御用だよ」逃亡の機会を得てよろこんでいるにちがいない。目をぎょろりとさせて〝巻き込まれるのは勘弁〟という表情をしていたから。

声の届かないところまでゼインが遠ざかるのを待って、エリカがわたしに説明した。「わたしの車は乗車履歴が残るの。そこにはGPSによる詳細な位置情報も含まれてる」彼女はロケットのほうを向いた。「そういうことでしょ?」

ロケットがうなずくと、エリカは落ち着いた声でつづけた。「話は簡単よ。眠れなかったから、ムーディ教授と過去に何があったか、ボビーに打ち明けようと思ったの。ボビーはまだ知らないから。わたしと教授の……あれこれを」

「それで話したのか?」ロケットは気楽な様子でドアの脇にもたれかかったが、鋭い目つきは隠せなかった。

「車のデータを見れば、ボビーの家のまえで停まって、五分後にまた出発したとわかるはずよ」

「なぜすぐに帰った?」

エリカの声が小さくなった。「恥ずかしかったから。大学にいたころは、つらいことが多くて、まちがった判断をいくつもした。そのことをだれかに、とくにボビーには、知られたくなかったの」

「理由はそれだけ?」

わたしはエリカに寄り添った。「それだけよ」と言い立てた。

エリカがわたしの肩に手をかけた。「ロケット刑事、このことはボビーに言わないでほしいの」

ロケットはうなずいた。約束を守るかどうかはかなりあやしいが。

「ご存じのとおり、わたしとボビーの関係は複雑だけど、最近また交際しはじめて」エリカはぐっとあごを上げた。「ふたりの関係をもう一歩進めようとしたの。残念ながら、最悪のタイミングだったわけだけど。いろんな意味で」

「つまり、結局は何も話さなかったんだな？」ロケットが確認した。

「ええ、何も」エリカは答えた。「車から降りることさえしなかったわ」

ロケットはうなずいた。彼の仮説とエリカの話が一致したのだろう。「店の防犯カメラの映像を確認したところ、このまえ聞いた話の裏も取れた」

「当然でしょ」わたしは言った。「手がかりになりそうなものは映ってなかったの？」

「エリカ」とコリーンが顔をのぞかせた。

「もう用はすんだかしら？」エリカがきいた。

「とりあえずはな」ロケットが答えた。

「どうしていつもなんとなく脅しっぽい言い方をするの？」エリカとコリーンが書店スペースへ向かうと、わたしはロケットにきいた。

彼は肩をすくめた。「きみがいつもなんとなくうしろめたいからでは？」

こんな苦痛を味わわされるなら、せめて情報を引き出したい。ロケットを連れて裏廊下を歩いていたわたしは、足を止めて振り返り、正面から彼と向かい合った。「で、防犯カメラの映像には何も映ってなかったのね？」エリカといっしょに目を通してはいたが、なんといっても彼はプロだ。

「何も」

「じゃあ、わたしたちの家で何を探してたわけ？」

ロケットは長いことわたしを見すえ、それから答えた。「司法解剖の結果が出た。検視官によると、ムーディ教授は先のとがった細い管状のものを使って殺されたらしい。だが、そういったものは遺体の近くでは発見されなかった」

「つまりストローみたいなもの？」

「まさしく」ロケットは答えた。「そしてラヴェンダー・ローリングスが、それと似たような刺し傷をつけられそうなものをエリカの部屋でいくつか見たと主張した」

「いったいなんだって――」一度ことばを切り、わたしは深く息を吸い込んだ。「ラヴェンダーは報復することで頭がいっぱいで、自分が何を言ってるかわかってないのよ」

「それは警察も承知している」ロケットが言った。「だが大騒ぎするから、念のために調べたまでだ」

「で、うちから殺害の凶器ってやつは見つかったの？」

「見つかってたら、今この会話をしてないだろうな」ロケットは言った。「凶器は折れて、一部が教授の脇腹に残っていた」

頭にぱっと『CSI』のドラマの一場面が浮かび、くらっとした。被害者の体内の状態や、残忍な血みどろの死の詳細が解説されるのだ。

「大丈夫か?」ロケットがきいた。

わたしはうなずいた。「ええ、平気」

「凶器の管は翡翠輝石《ひすいきせき》でできていた」ロケットは言った。「聞いたことあるか?」

「翡翠はわかるけど、翡翠輝石は聞いたことないわ」わたしは答えた。「どんなものなの?」

「ずっと昔、マヤではその石を材料にして放血用の器具、つまり体を切って血を出すための器具を作っていたらしい」

しばらく声を失った。今度はほんとうに意識が遠のいた。「人間を生贄にするとかそういうこと?」

「そのとおり」ロケットは顔をゆがめた。「器具の使い方は聞かないほうがいい」

殺人事件を担当するベテラン刑事が恐れおののく内容なら、わたしは絶対に知りたくない。

「じゃあ、どこかで翡翠の管を見かけたら知らせるわね?」

「翡翠輝石だ」ロケットが訂正した。「ああ、頼む」

「ひょっとして〈ダンカン金物店〉にないかしら?」わたしは言った。「ほら、たしか十四番の棚は、園芸用品と天井用のファンと、それから放血器具じゃなかった?」

ロケットはにっこりした。「あの店に十万ドルのものがあるかな」

「へ?」わたしは驚きの声を上げた。「教授は十万ドルもするもので殺されたの? 大きさは？」

「そんなに大きくはない」ロケットは答えた。「まあ、長さ二十センチ程度だ」

「ってことは、一センチあたり五千ドル？」

ロケットはため息をついた。

たしかに、言うまでもなかった。「じゃあ、この殺人事件は展示品が消えたことと関係があるって前提で捜査を進めてるのね？」そのとき、管っぽいものを何本か見たのを思い出した。「ちょっと待って。展示品のなかにあったわよね？」

「ああ」ロケットは認めた。

胃のあたりがちょっとむかむかした。「じゃあ、あのなかのどれかを使って……？」

「凶器が見つかるまで、はっきりとはわからない」

それにしてもロケットがいっこうに帰ろうとしないので、嫌な予感がしてきた。「ここに来た理由をあらためてきいてもいいかしら？」

彼はじっとわたしを見た。「ゲイリー・リバーから、きみが彼のコーヒーショップに行って妙な質問をしたと聞いてね」

「コーヒーを飲んでただけよ」わたしは言い張ったが、最後の最後で目が泳いでしまった。やっぱりしくじった。尋問ってやつにもっと強くならなくては。「でもリバー家の人を疑うのは当然でしょ」

「全員アリバイがある」ロケットは言った。「あの一家から何か聞き出そうとするのはやめろ」壁にもたれていた彼は身を起こして帰っていった。

エリカとオフィスへ戻り、凶器のことやラヴェンダーの言い掛かりについて話した。「あの女、どんな手を使ってでもあなたをやっつけるつもりよ」

エリカは気にならないようだった。「教授の死を心底悲しんでるのよ。その気持ちはどこかにぶつけないと」ノートパソコンを開き、カチカチとクリックする。「放血用の器具ね。とても興味深いわ」

「まじで？」わたしは言った。「気色悪いとしか思わなかった」

「的確な感想ね」エリカが言った。「マヤの出土品の多くには、さまざまな儀式が描かれているの。なかには――体でいちばん敏感な場所とでも言っておきましょうか――そういう部分に穴を開けて、紙の上に血を集めるものもある。その紙を燃やして捧げ物にするのよ」

こんな話、聞きたくなかった。「今日いちにちその映像を頭のなかに貼り付けとかなきゃいけないの？」ロケットが吐き気をこらえるような顔をしていたのも不思議はない。「展示用のガラスケースのなかにも、その器具がいくつかあったわ」

「思ったとおり、教授の殺害は強盗事件と関連がありそうね」エリカはそう言うと、郵便物を抱えて戻ってきたゼインのほうを向いた。「ファーリー・オルセンの調べはついた？」

ゼインは封筒や小包をどさっと置くと、自分の机の上を掘り返して何枚かの紙をエリカにわたした。「警備員の経験はほぼない。本職は役者さ」

「テレビドラマで警備員の役を演じた経験くらいはあるんじゃない？」わたしは冗談を言っ

たが、ふたりとも無反応だった。

エリカがゼインの調査結果を読み上げた。「ボルティモアのイースタン大学でアルバイトをしている」

「教授の大学？」わたしはエリカの近くに行って、うしろから手元をのぞきこんだ。「かなりあやしいわね。ほんとに内部の犯行だったのかも」

「このことは警察も知ってるはずよ。ファーリーについても調べたにちがいないもの」と言いつつ、エリカはどこか腑に落ちない様子だった。

「ボビーにきいてみたら？」

エリカは〝冗談でしょ〟という顔でこちらを見た。

ゼインは興味津々でわたしたちを眺めていた。

「ねえ、ひょっとして完全に合法なやり方で教授の昔の教え子たちのことをちょろっと調べたりできるのかしら？　ウェストリバーデイルとか、博物館とか、そのあたりと関係のある子がいないかどうか」わたしはゼインにきいた。

ゼインは肩をすくめた。「できるよ」

「それであなたが面倒に巻き込まれることはないわよね？」

「ないよ」ゼインは答えた。「その手の情報は、だれでも閲覧可能なサイトにいっぱい載ってるから。朝飯まえさ」

「一応言っとくけど、べつに事件の調査をしてるってわけじゃないのよ」

ゼインは鼻を鳴らすと、パソコンに向き合った。「その調査じゃない何かのために協力できることがあれば、なんでも言ってよ」

ゼインと彼の皮肉をオフィスに置き去りにして、エリカと店の仕事に戻った。チョコレートは放っておけば勝手に売れていくものではないのだ。


その日の閉店直後、イカれ頭のレポーター、リースがまたもや店のドアをバンバンたたいた。「ミシェル、エリカ、話があるの」

「わたしは出ないわよ」とエリカに言った。「今日は長い、長い一日だったんだから」店のなかには焦げかけの砂糖のいいにおいが漂っていた。厨房のケイラが鮮やかな手つきでキャラメルをかき混ぜているのだ。これを一晩かけて冷まし、明日の朝わたしが仕上げをして、通常の半分サイズのフルール・ド・セル・キャラメルを作る。みんながこれを〝ゲートウェイ・ドラッグ（依存のきっかけとなる薬物）〟と呼ぶのには、それ相応の理由がある。新規のお客を店に誘い込むために試食用として道端で配るのだが、ねっとりとしたキャラメルの甘さとシーソルトのしょっぱさの組み合わせにあらがえる人など皆無だからだ。

エリカがリースを迎え入れた。「何かご用かしら？」

片側だけでも脳みそがあれば、エリカの物言いから、社交辞令できいているにすぎないとわかるはずだ。だが、リースはつかつかとなかにはいってきた。「アディソン・ムーディ教授の陰惨な殺害事件に町じゅうの人が怯えています。あなたと教授はどのような関係だったのですか？　そして、あなたはなぜ容疑をかけられているのですか？」

「出てけ！」わたしはすっ飛んでいって、リースのまえに姿を現した。「もう閉店よ」気づいたときには手遅れだった。だれもがビデオカメラだと知る、異様に大きなペンがリースの胸ポケットからのぞいている。「リース、本気？　またご近所さんを違法に撮影しはじめたの？　三流ジャーナリズム界の底辺に逆戻りってわけ？」

「ミシェル」エリカがわたしをたしなめると、リースはすっと息を吸い込んだ。

「店は公共の場なんだから、プライバシーの保護を期待するのはまちがいよ」リースが言った。

「もう閉店してるの。つまり、プライバシーはばっちり保護されるってこと」わたしは反撃した。そして彼女の胸ポケットからペンを引き抜き、電源スイッチを探した。

「どうやって電源を切るの？」

「返してよ」

店の入り口に向かってペンを放り投げると、〝ウェルカム〟と書かれたマットの上に落ちた。「あなたの質問に答える気はないわ。協力するつもりもない。調査の結果を共有するつもりも――」そこで口をつぐんだが、もう遅かった。こんなヘマをするなんて！

「やっぱり！」リースがわたしを指差した。「あなたたち、殺人事件の調査をしてるんじゃない」

「リース、誤解しないで」エリカが事態の収拾を試みた。「あなたほど才気あるジャーナリストなら、ムーディ教授を殺したのは、とっても危険な人たちかもしれないと気づいてるはずよ」

リースはエリカをじっと見た。

エリカはつづけた。「教授のような名のある人があれほど残虐な手口で殺害されたんだから、邪魔者はだれであれ、あっさり殺されるでしょうね。あなたもよくよく気をつけたほうが身のためよ」エリカは嘘をつくとき、普段に輪をかけて高慢なしゃべり方になる。

リースがひるむ様子はなかった。「盗まれたのは、そんなに価値の高いものだったの？」

エリカはうなずいた。「総額二十五万ドルはくだらないわ」

ここであきらめるリースではなかった。「闇市場でその値段？　そんな金額のために人を殺すとは思えないわ」

じゃあどんな金額なら人を殺すっていうの？　わたしはそう言い返したかったが、エリカはリースのことばを真面目に検討しているようだった。

「真の動機はだれにもわからないわ。警察が犯人を突き止めて理由を聞き出すまではね」エリカが言った。

リースは食い下がった。「出土品泥棒って、そんなはした金のためにメリーランドの西の果てまで来るものなの？　それとも殺人と強盗の両方に関係しているだれかが、お金以外の動機でやったと考えるほうが妥当かしら？」

リースは思ったよりばかじゃないのかも。

エリカは両方の手のひらをくるりと上に向け、〝わたしたちの知ったことじゃない〟というジェスチャーをした。「兄を見てればわかるけど、ジャーナリストっていう人種は、なぜか普通の人より勇気があるわよね。だけど、ミシェルとわたしは、警察のほうがずっと効率よく捜査できるとわかってるのに、自分の命を危険にさらすタイプじゃないの」ほんとうのことを言っているのかをリースが苦りきった表情で見定めようとするなか、エリカはつづけた。「この事件なら、FBIが動いたって驚かないわ」

ワオ。エリカの嘘の上達っぷりったら。一瞬、わたしまで信じそうになった。

「いいわ」リースが力なく言った。そしてポケットから何かを取り出し、カウンターの上にバンと置いた。「これを見れば、少しはその気になるんじゃない？」

フラッシュドライブだった。

フラッシュドライブのなかには、レセプションパーティの写真が何兆枚というほどはいっていた。自宅のキッチンテーブルでエリカが目を通すあいだ、わたしは夕食のあとの洗い物をしていた。夕食は店からの帰り道に〈ゼリーニズ〉でテイクアウトした、ペパロニ（わたし用）とブラックオリーブ（エリカ用）を半分ずつ載せたピザで、満腹になったわたしは上機嫌だった。

「ねえ、本気で思ってるの？　リースがフラッシュドライブをくれたのは、自分じゃ契約にしばられて画像を使えないからだって」わたしはきいた。「ひょっとしたら、わたしたちが盗んだって騒ぎだしたりするんじゃない？」リースが自ら手がかりとなる情報を人と共有するなんてありえない。とくにわたしたちとは。

「画像データを持ってることを、だれかに言う必要なんてないわ」エリカは眉をひそめた。

「歩み寄りのしるしのつもりなんじゃない？　手を貸してほしいのよ」エリカは手早く順番に写真をクリックし、ときどき中断して、拡大した一枚をじっくり見ている。「あら、あなたのもあったわ」

うしろから画面をのぞきこんだ。ボウルを凝視する姿を撮られていた。自分のものにしたいという欲望が丸出しの表情にぎょっとした。だが、髪型はこの夜にかぎりばっちり決まっている。

「なぜ教授がうちの店でパーティをしたいと言ったのか、疑問に思ったことはないの？」わたしはエリカがタキシード姿の教授の写真に移ったところで尋ねた。「今のあなたをあざ笑おうとでもしたのかしら？」

エリカはじっと考え込んだ。「ヴィヴィアンが〈チョコレート&チャプター〉を選んだのは自分だって言ってた」

「けど？」先をうながした。

「たしかめようがないわ」

「どうして承諾したの？」

「店のためにはいいことだと思ったの」エリカは目を細めてひとつの画像を注視し、それかた。


ら画面いっぱいに拡大した。

「どうしたの？」わたしはきいた。「何か見つけた？」画像に写っているのは、背が低く横幅の大きい形の壺で、展示ケースに並ぶほかの品々と比べると、ずいぶん色があせていた。

とはいえ、十分に美しい。

「ちょっと待って」エリカはさらに写真を拡大し、壺のいちばん下の部分の模様をじっと見た。

わたしはじりじりしながら待った。

「手がかりを見つけたかも」エリカはノートパソコンの画面をわたしのほうに向けて、サンティアゴ・ディアスが展示品のガラスケースのほうに鋭いまなざしを注いでいる写真を見せた。つぎの写真では、彼がしかめ面でリースのカメラをのぞきこんでいる。

「彼が見てるのは何？」

エリカは質問を無視して、教授がみんなに送った、展示品の一部の詳細に関するプレスリリースを読みだした。そして、また壺の写真をクリックし、今度は壺の横に添えてある小さな解説カードの部分を拡大した。「この象形文字を調べなきゃ。ちょっと待ってて」エリカははじかれたように席を立つと、二階へ駆けていった。

「象形文字って？」彼女の背中に向かって大声で言い、わたしはパソコンの画面をにらんだ。

「記号みたいなものよ」エリカが大声で答えた。それから、階段を駆け下りて戻ってきた。

「今回は、この文字が重要な鍵をにぎってるかも」

エリカは二階から持ってきた本——『マヤの王と女王の年代記』——をわたしに見せてから、キッチンテーブルの上で開いた。「この壺にはね、普通にはない、特別な象形文字がひとつよけいに書かれているの」エリカは画像の壺と本のページを何度か見比べると、がばっと身を乗り出し、ぽかんと口を開けてわたしを見つめた。

「なんなの?」これほど驚いたエリカを目にしたことがあるだろうか。

「わたしの考えが正しければ」彼女が言った。「この壺は教授の推定よりはるかに価値があるわ」

「はるかにってどれくらい?」

「教授は四万ドルほどと見積もっていたけど、そうね、たぶん……」声がだんだん小さくなり、エリカは黙り込んだ。

「いくらよ?」わたしはせっついた。

彼女は肩をすくめた。「百万ドル?」

「百万ドル!」思わず叫んだ。

9

キッチンの椅子にどかっと腰を下ろした。「うちの店に百万ドルの壺があったってわけ？」

エリカがしっと言って黙らせた。「わたしの推測どおりなら、この壺は考古学者が何十年も探し求めてきたものよ」

「教授が鑑定をまちがうなんてありえる？」

エリカは首を横に振った。「それはないでしょうね。プロだもの。わざとまちがえたのよ」画面の壺の写真を食い入るように見ている。新情報が持つ意味を分析しにかかっているにちがいない。

「なんのために？」もしわたしが百万ドルの壺を手にしたら、見つけたぞって星空に向かって叫ぶのに。写真をよく見ようと、椅子を寄せた。

「ちょっと待って」エリカがほかの画像を全部閉じた。わたしのボウルの画像もぱっと消えた。「展示品の写真は全部、リバー家の寄贈を発表するプレスリリースに掲載されてたわよね。例の壺の写真はこれ。特別な象形文字が見えない角度で撮影されてる」

「その文字を隠すと、教授にどんな得があるの？」

「わからない」エリカは言った。「リバー家が寄贈をやめて売ろうとするのを心配したのかも」ようやく壺の写真から視線をはずす。「壺が完全に博物館の所蔵になったあとで、真の価値を公表するつもりだったとか」

「写真をだれかに見せて、推測が正しいかどうか確認できる？」わたしはきいた。「べらべらしゃべらない人に」

「ええ」エリカはまたサンティアゴが壺を凝視している画像を開き、唇を噛んだ。写真からでさえ危険を感じる表情だ。「でも、いいのかしら……ほかの人を巻き込んで」

「遠くに住んでる人なら大丈夫じゃない？」国際的な美術品の密売組織の手が及ばないくらい、遠くの人なら。

エリカは大きく息を吸って吐いた。「アフリカにいる友だちが協力してくれるかも」メールソフトを開き、メッセージとともに写真を送信した。

「ほんとに思ったとおりの価値があったらどうする？」

「正しいことをするだけ。ロケット刑事に報告するの」エリカは写真のソフトを終了させ、容疑者についてまとめたスプレッドシートを開いた。「ほかにもだれか、壺の価値に気づいてるとしたら……強盗をする大きな理由になるわね。教授を殺す理由にも」

「リースに言ってたこと、でたらめよね？」まずは教授を殺した犯人を気にするべきなのだろうが、情け容赦ない国際的な密売組織のほうがわたしはずっと恐ろしかった。「ねえ、リースは壺に気づいてたのかしら？　それでフラッシュドライブをわたしてきたとか？」彼女がそこまで賢いとは思えないが。

エリカはペンの先でテーブルをとんとんたたいた。「彼女にわかるかしら？　特別な象形文字が写ってて、重要な意味を持つ一枚の画像にずばり目を留めなきゃいけない。そのうえ、普通の人よりずっとマヤ美術に詳しくないと」

リースがばかげた陰謀論以外に詳しいはずがなかった。「じゃあ、なんの見当もつけずに、手がかりっぽいものを探させようとしたってこと？」

「たぶん、写真をわたして、こちらの出方を見ようとしたのよ」エリカは容疑者リストを眺めた。「どうしても教授の知り合いのだれかだって気がしちゃう。その人が展示品を盗んで、教授を殺した」

「壺に推測どおりの価値があったとしても？」わたしは大事な点を指摘した。「教授自身が強盗に関わっていて、共犯者のだれかともめた可能性もある」

「だとしたら、今度はその共犯者を突き止めなきゃ」エリカはそう言ったが、脳みそがもうへとへとなのが目に見えそうだった。

「それか、教授が殺されたのはマヤ云々とは全然関係ないのかも」わたしは言った。「だって、嫌なやつだったもの。わたしたちが知らないだけで、だれかの恨みを買ってたんじゃない？」

エリカはすっと目を細めた。「なぜ教授が大学を辞めて博物館のキュレーターに転身したのか、その理由を探ってみましょう。ちょっと待ってね」パソコンの画面をカチカチとクリックする。「新しいウェブサイトができたって聞いたの。〝教授に成績をつけろ《レイト・マイ・プロフェッサー》〟みたいな名前で、運営者の検閲がないらしいわ」

「そんなのがあるの？」わたしは言った。「教授のゴシップサイトってわけ？　あんまり真に受けないほうがよさそうね。成績に納得できない学生が、勝手放題に書き込んでるかも」

「読む人がどの程度信じてるのかわからないけど、ひょっとしたら……」エリカがサイトの書き込みを読みだしたので、わたしはマヤの王と女王の本を手に取った。

一ページ読み終える間もなく、エリカがぱっとこちらを見た。ひどくうろたえた表情だ。

「どうしよう。教授からセクシャル・ハラスメントを受けたっていう人がいる」マウスをにぎりしめ、クリックを繰り返す。「同じ被害に遭ったっていう女子学生がほかにもたくさん」

「たしかなの？」

「なんてこと。八人も？」エリカは取り乱した様子で立ち上がり、うろうろと部屋のなかを歩きだした。「口を閉ざしてる被害者もいるはず。わたしがちゃんとしてれば、こんなことにはならなかったのに。あのとき、教授に屈することなく訴え出ていれば」

わたしはノートパソコンを自分のほうに向け、サイトにすばやく目を通した。書き込みをひとつ読むたびに、ぞっとした。典型的なハラスメントだった。性的な内容の発言にはじまり、成績の操作からまぎれもない痴漢行為まで。

「こんなひどいことをして、今の時代にお咎《とが》めなし？」怒りに駆られてわたしは言った。

エリカは窓辺に立ち、こめかみを押さえている。「なんらかの処分はあったはず。内々にね。大学の評判が傷つかないように」

「ねえ、あなたは……同じ目に遭ったわけじゃないんだから。教授がここまで卑劣だなんてわかりっこないでしょ？」

「でも、二年まえに教授をクビにすることはできた」エリカは力なく言った。「証拠は全部そろってたのに」

「悪いのは教授よ。あなたじゃない」わたしは言った。「でもこれが事実なら、教授がイースタン大学から博物館に移ったのも説明がつくわね」

「何か手を打っておくべきだった」エリカがつぶやいた。

彼女が自分を責めないように気をそらさなければ。「ねえ、このLibrarySophieっていう投稿者、すごい剣幕よ。話を聞いてみたほうがいいかしら？」

エリカはぐっと胸を張った。「いいえ、まだよ」

「でも彼女の書き込みは怒りでいっぱいよ」強力な動機だ。「ロケット刑事に知らせたほうがいいんじゃない？」

「絶対にだめ」エリカは有無を言わさぬ口調で言った。「彼女たちはすでに十分傷ついてる。二度としないとムーディ教授に誓わせるにはもう遅いし。さあ、ギアチェンジして、容疑者を当たるわよ」

目のまえにある岩をひっくり返さないなんて、エリカらしくなかった。たとえ、きらきら輝く一粒の小石であっても、重要な何かが明らかになるならひっくり返すのが彼女だ。それにこの岩は巨岩といっていいほどで、下にはのたくるミミズの群れのように多くの情報が隠れているかもしれないのに。

「オーケイ。でもせめて、ラヴェンダーにウェブサイトのことを知らないかきくべきじゃない？」わたしは片手を上げて、エリカが反論しようとするのを押しとどめた。「サイトの内容にはいっさい触れないで、教授をむちゃくちゃに非難している学生がいた、知ってることがあれば教えてほしいとだけ言うの」

エリカは眉をひそめてわたしを見た。

「調査をするなら、あらゆる観点から検証する必要がある」わたしは落ち着いた、理性的な調子を保って言った。「わかってるでしょ」

エリカがふっと肩の力を抜いた。「オーケイ。ラヴェンダーに電話してみる。でも、今はそこまでよ」

わたしはLibrarySophieの書き込みを読み返した。〝みんなで教授を呼び出して、ケツを蹴っ飛ばしてやろうよ！！！　二度とあんなことしないように。これくらい当然だし、もっとやってもいいくらいでしょ〟

ひょっとすると投稿者のひとりが、ほんとうに二度とあんなことができないようにしたのかも。そう思ったが、胸の内にしまっておいた。

「ところで、ジェイクが言ってたわよね。われらがウェイトレス、アイリスがディアドラのことを何か知ってるって」わたしは言った。「明日、ダイナーでランチする時間ある？」

「時間がなくても、行かなくちゃ」エリカは言った。まだ思い詰めた顔をしている。彼女の意識が女の子たちの書き込みから離れるよう、もっとがんばらないと。「ラヴェンダーの殺人指数はどうしよう？　教授を殺すのに十分なくらい嫉妬心がつのったと考えていいかしら？」わたしがラヴェンダーだったら、ストックホルム症候群（拘束下の被害者が加害者に好意を抱く現象）のせいで正気を失っていたのだと主張する。そう思ったが、これも胸の内にしまっておいた。

エリカはしばらく思案して、首を横に振った。「教授を捜しにうちに来てなければ、そう考えたかも。でも、あれが演技だったとは思えない」

「リースの意見が正しい可能性は万にひとつだろうけど、博物館の職員が犯人だとしたら？」わたしはきいた。「どんな得があるかしら？」

「ウィンクはちがうわよ」エリカがむっとしたように言った。「でも、ほかの職員のことを少しきいてみる」パソコンにメモを打ち込んだ。「ところで木曜の晩、衣装の打ち合わせでうちのリビングルームを使うことになったの。ジョリーンが学校でフラッシュモブ用の小道具を作りはじめるから」

「どうぞどうぞ」と言いながら、わたしはパントリーの扉にかけた容疑者リストを眺めた。

キィーッと家のまえに車の停まる音がした。立ち上がって外をのぞくと、警察車両からボビーが降りてくるのが見えた。決然とした表情で、玄関ポーチの階段を一歩一歩のぼってくる。どうして玄関の鍵をかけておかなかったのだろう。急いでパントリーの扉を閉め、その場から飛びのくか飛びのかないかのうちに、ボビーが家にはいってきた。彼はまっすぐパントリーのところに行き、扉を開けた。目のまえには、ばっちり文字《イン・ブラック・アンド・ホワイト》にした容疑者リストがある。まあ、ホワイトボードだけにね。

　ボビーはエリカのほうを振り返った。「おれの仕事を信頼してくれよ」

「してるわ」

「いいや、してない」わたしがエリカだったらぶち切れそうな言い方だ。その下に隠れた彼の心の痛みが伝わるといいのだが。

「え～っと、わたしはちょっと……」ふたりともわたしの声など耳にはいっていなかった。二階に上がって、エリカの部屋に逃げ込んだ。聞き耳を立てたい気持ちと、ひどい結末にそなえて枕の下に頭を突っ込んでいたい気持ちがせめぎ合った。両親のけんかをやりすごす子どもの気分だ。

　早くも玄関のドアの開く音がして、ポーチの階段をどすどす下りる足音が聞こえた。円満解決とはいかなかったようだ。

　わたしはそうっと一階に下り、キッチンをのぞいた。「どうなった？」

　エリカは困惑した顔で、さっきと同じ場所に座っていた。「合意しないことに合意したわ」

「おとなしくしてないとブタ箱にぶち込むぞって脅された？」わたしはちゃかした。

「いいえ」エリカが言った。「でも……しばらく会わないでおこうって」

　びっくりして、わたしも椅子に腰を下ろした。だれが見てもボビーはエリカに首ったけなのに。「え？　なんで？」

エリカは眉根を寄せた。「よくわからない。おれの頭じゃ自力で事件を解決できないと思ってるんだろとかなんとか」

「あら。またそれね」エリカをまえにすると卑屈になる気持ちは痛いほどよくわかる。そこではっとした。「パントリーの扉に容疑者リストがあるってどうしてわかったの？」

「ラヴェンダーが教授を捜しにきたときに見てたのよ」

「彼、このまえの殺人事件を調査したときより、ずいぶん怒ってたわね」

「今はつきあってるからだと思う」ことばにすることで頭を整理しているようだ。「つきあってたと言うべきかしら。それにひょっとしたらあのことを耳にしたのかも……」

「真夜中のお誘いのこと？」

エリカが顔をしかめた。「そう。あちこち話を聞いてまわってたのも気にさわったみたい」

わたしはしばらく黙って座っていた。「それなら、調査はもうやめようか」

「絶対にやめないわ」エリカが言った。「警察にわからなくて、わたしたちにわかることがあるはずだもの」そして、大好きなセリフを口にした。「計画を立てましょう」


翌日のお昼どきに〈ウェストリバーデイル・ダイナー〉へ行くと、店にはいるやいなやパンケーキの甘いにおいとハンバーガーが鉄板で焼けるにおいに迎えられ、元気がわいてきた。店のオーナーの信念は、一日じゅう朝食メニューを出すことと〝安く、早く、脂っこく〟だ。

アイリスは受付カウンターのところに立っていた。「来ーるのが遅い」真っ青な目をぎらりと光らせて言った。彼女はわたしが子どものころからこのダイナーのウェイトレスをしている。ダイナーを一歩出ると、ニコチン依存症かと思うほど煙草を吸いまくり、ずっと日射しの下にいるので一年じゅう小麦色の肌だ。

「ごめんなさい、アイリス」わたしとエリカが声をそろえて言った。

彼女はうなりながら、メニューをふたつひっつかみ——長年使っているせいでまわりのプラスチックが黄ばんでひび割れている——いつものブース席に案内してくれた。ゲイリーの〈ビッグ・ドリップ〉がレトロなダイナー風なのに対して、この店はどこまでもど直球のダイナーだ。「大ニュースを耳にしたら二十四時間以内に来なきゃだめじゃない」アイリスが諭すように言った。

「ごめんなさい」またふたりで謝った。

「あのクソ野郎が殺されたってのは、大ニュースだろー？」

「ええ、そーねー」わたしは言った。つい相手の訛りにつられてしまう。とくに、アイリスの強いヴァージニア南部の訛りには。

アイリスは、わたしたちが注文したダイエットソーダを取ってきた。「悲惨な目に遭っても仕方がない男だとは思うけど、ハゲワシにつっつかれたってのはあーんまりだよね」彼女はちょっと考えるように黙ってから言った。「まー、当然の報いか」

昼食のまえにハゲワシの話は勘弁してほしかった。「教授のこと、何か聞いてる？」

「そーねー、短いあいだしかこの町にいなかったから、たかがしれてる。店に来たとき、グラスが汚れてるって怒鳴るもんだから、出てけーって言ってやったー」

「だれといっしょだった？」エリカがきいた。

「薄紫の女だよー。あの子もかわいそうに」アイリスが言った。「常識ってもんを教えようとしてたけどー、教授は聞いちゃいなかった」彼女はカウンター席に並んだ建設作業員の注文を取りにいった。

戻ってくるのを辛抱強く待って、エリカはきいた。「ディアドラとは知り合い？」

アイリスがいかにも描きましたという感じの眉を上げた。「ディアドラに知り合いなんていないさー。どーこにも出かけないし。広場恐怖症ってやつじゃないか」

「外に出るのが怖いの？」エリカがきいた。

「そうじゃない」アイリスが小さなお尻をエリカの隣に滑り込ませた。フロアの様子が見えるように、体を外側に向けている。「若いころにやんちゃしたから、母親が手綱を締めたのさ。今もそのままなんじゃないか。理由は聞かないで。彼女にも守るべき生活があるからー」

「リバー家をクビになったらしいじゃない？」わたしはきいた。ジェイクが言ってたとおり、アイリスが何か知っていますように。

「アイリス」ボルティモア・オリオールズのキャップをかぶった男が大声で呼んだ。「おれのワッフルができたみたいだぞ」

「黙って待ってな、このうすのろ」アイリスはそう言い返しただけで動かなかった。

男はため息をつくと、自分でカウンターのうしろまで取りにいった。常連の態度が悪ければ、平気で頭をはたく女だとみんなわかっているのだ。

アイリスはくるりと体をこちらに向け、声をひそめた。「署長にもだれにも言ってないことを教えたげるー。ディアドラが母親にこう話してた。自分は何も盗んでないし、ヴィヴィアンもそれは承知してるって」

エリカも小声で返した。「それなら、なぜ警察に言わないの？」

アイリスは肩をすくめた。「リバー家はなんでも内輪ですますからー、その習慣が染みついてんのよ」

「署長はもうディアドラと話したの？」わたしがきいた。

「いいや」アイリスが答えた。「だけど、話そうとしなかったわけじゃない。ディアドラがぱっといなくなっちゃったのさ」

「あら、たいへん」わたしは言った。「わたしたちも話したかったのに。伝言してもらう方法ある？」

アイリスは顔をゆがめた。「やってみるよ。リバー家の庭師がだいたい一日おきにここへ来るからー。ディアドラとわりと仲がいいのさ」そう言うと立ち上がった。「ジャスパー！椅子から足を下ろしな！」

エリカと店に戻ると、ゼインはウェブサイトの古本の在庫ページを更新していた。エリカがお客の対応に追われているあいだに、わたしは彼のところへ話をしにいった。「エリカに内緒で、ある人物を調べ上げることはできる？」

ゼインはこちらを向いて、しばらく目をぱちくりさせた。「ある人物ってエリカ？」

「ちがうわよ！」親友にそんなことをする人間と思われてるなんてショックだ。

「なら、いいよ」

「よかった」わたしは言った。「ちょっとパソコンを借りられる？」

エリカに隠れてこんなことをしていいのか、まだ迷っていた。でも、彼女から容疑者のラベルをはがす助けになるなら、わたしはやる。教授のセクハラ疑惑をまとめたページを開いた。「こういうウェブサイトがあるの」

エリカは投稿者たちに感情移入しすぎて、いろんな可能性をちゃんと考えていなかったのだ。彼女たちを調べちゃいけないなんて、本気で言ったはずがない。クソ教授からハラスメントを受けたからといって、人を殺していいわけがないのだから。

「このサイトなら知ってる」ゼインが言った。

ムーディ教授に関する内容をざっと説明し、LibrarySophie の書き込みを指差した。「この子のこと、徹底的に調べてほしいの」

「了解」

ゼインは書き込みを読みはじめ、しばらくしてキーボードからわたしの手をどかした。

エリカがこちらの店のカウンターにやってきたとき、わたしは長い軸つきの新鮮なイチゴをちょんちょんとチョコレートにつけていた。ときどきこんなふうに、お客から見える場所で派手に仕上げをし、購買意欲をあおるのだ。真っ赤に熟れたイチゴからフェルクリン社のなめらかなミルクチョコレートがしたたるのを見て、手を出さずにいられる人がいる？　さらに粗糖を振りかけてキラキラにしたら効果てきめんだ。

チョコレートをつけたばかりの一粒をお皿に載せてエリカにわたした。「一分ほどで固まるわ」

「このままが好き」エリカはイチゴの先をかじり、唇についたチョコレートを舐めた。「おいしい。ラヴェンダーの携帯電話にメッセージを残したわよ」

「電話した理由も言ったの？」

「具体的には何も」エリカが言った。「インターネットで気になるものを見つけたから話したい、とだけ」

「オーケイ」と返事をしたものの、胸騒ぎがした。と、廊下からゼインが紙の束を手に歩いてくるのが見えた。彼はエリカに気づくとすぐに、くるっとUターンをしてオフィスに戻っていった。

エリカが食べ終えて書店側に戻るのを待ち、調査結果を聞きにゼインのオフィスへ走った。

「あのウェブサイト、けっこうガードが固い」ゼインが言った。「コンピュータ科学の教授に手伝ってもらえばもっといろいろわかると思うけど、今の時点で判明してるのは、彼女がイースタン大学図書館のパソコンからサインインしたってことだけ」

「つまり、自分がだれだか特定できないようにしてるのね」

「閉館後の時刻に書き込まれたものもあった」ゼインが言った。「だから図書館の職員かも」

「なるほど」それで〝図書館《ライブラリー》のソフィ〟ってわけね。

「フェイスブックをあさってみたら、こんなのが見つかった」ゼインが差し出した紙には、ソフィ・アンダーソンという若い女の子の写真が印刷されていた。ライトブラウンの髪に大きな茶色の目をして、こちらに笑顔を向けている。「あと、これ」つぎの写真も同じ女の子だったが、黒のアイライナーを太く入れた目はつり上がり、髪も真っ黒に染め、首にはスパイクのついた革の首輪をしている。

顔を上げてゼインを見た。「ずいぶんわかりやすいビフォー・アフターね」

ゼインは眉をひそめた。「ムーディ教授とウェストリバーデイルに接点がないか調べろって言ったの、覚えてる?」

こくりとうなずいた。

ゼインはパソコンの画面に、学生による古代マヤ文明研究プロジェクトのウェブサイトを表示させた。「マヤ人の美術品に関する貿易の重要性」という課題で二十三人の学生が論文を掲載している。

ジェニー・リバーの名前があった。

10

　エリカに気づかれずにボルティモアへ行ってLibrarySophieの正体を突き止めるなら、いつがいいだろう。そう考えていると、カルロ・モラレスが店にやってきた。わたしの全ワードローブを引き換えにしても買えなさそうなスーツだ。店の賃料一カ月分を追加しても無理かも。わたしは深く息を吸い込んだ。何しにきたんだろう？

「いらっしゃいませ」ほかのお客にするのと同じように声をかけた。「お好きなところへどうぞ。メニューをお持ちしますね」

「ありがとう」人殺しの密売人と疑っていなければクラッとするような渋い声でカルロが言った。「でも、コナに会いにきただけなので」

　驚きがもろに顔に出てしまった。「そ、そうなんですね」わたしはまごついた。「呼んできます」

　カルロは黙ってうなずいた。人が自分の意のままに動くことに慣れきっているようだ。わたしはゆっくりと歩いて厨房へ向かったが、ほんとうは走っていって、あんな男といったい何してるのよ、と問い詰めたかった。あれだけ言ったのに。コナのワンナイトラブを好ましく思うときがあるとすれば、まさに今だ。厨房にはいってドアを閉めた。「コナ、カルロのやつが来てるわよ！」

ヘーゼルナッツ・ダークスに絞り袋でガナッシュを詰める手を止め、コナははっと壁の時計を見た。「あらやだ！　つい夢中になっちゃってたわ」袋のガナッシュをぎゅっと端に寄せ、作業の速度を上げる。「これが終わって着替えるまで、彼の相手をしててくれる？」

「いいけど」わたしは言った。「自分が何をしてるか、ちゃんとわかってる？」

コナは〝冗談でしょ〟という目でちらっとわたしを見ると、トレイに覆いかぶさるようにして作業を終わらせにかかった。「それ本気？　すっかりわたしの母親気取りってわけ？」

「そうじゃなくて――」わたしは口ごもった。「あなたは彼のこと、全然わかってないのよ。彼は……危険な感じがする」犯罪者かもしれないというのは伝えないほうがいいだろう。なんの証拠もないのだから。

コナは笑った。「それって悪いことかしら？」片手をひらひらさせる。「いいから行ってよ。ちょっとのあいだ、彼を楽しませておいて。でも、楽しませすぎはだめよ」

店頭に戻ると、カルロはカウンターのところに立っていた。この状況でわたしにどうしろっていうの？　「すぐ来ますから」わたしは言った。「待ってるあいだ、何か出しましょうか？」

「いいえ、でもありがとう。あなたのチョコレートはほんとうにおいしいね」ただでさえうれしいことばだが、彼のエキゾチックな訛りと低く響く声で言われると、なおさらいい気分になる。コナがあらがえないのも無理はない。

　ふいに、友だちを守りたいという強い気持ちがわいてきた。「それで、この町にはいつまで？」

「あまり長くは」カルロは答えた。「仕事が片づくまでかな」

「お仕事っていうのは？」詮索しているのではなく、純粋に興味がある感じを出そうとがんばったが、どうしてもとげのある声になってしまった。

「美術商をやってるんだ」カルロが落ち着いた声で答えた。

「あら。じゃあその関係でリバー家のパーティに？」

　カルロはこくりとうなずいた。「間接的な理由だけど」

　詳しく聞かせて、というようにわたしは眉を上げた。

「博物館がああいった品を入手して、価値があることを示すと」彼は説明しはじめた。「わたしの顧客も同じようなものを買いたがる。普段よりずっと高い値段で」

「この町に顧客がいるんですか？」

　カルロは、おもしろい質問だなという顔をした。「顧客は世界じゅうに」そこで少し黙り込んだ。「われらがコナの、母親みたいな気分なのかな？」

「われらがコナ？　「そうじゃないわ。いえ、そうよ」この際はっきり言うことにした。「コナはまだうんと若いし、あなたはうんと……」

　カルロは目を見開いた。「年寄り？」挑発するような口ぶりだ。わたしに失礼なことばを吐かせたいのかもしれない。

「世間慣れしてる」わたしは毅然とした態度であごを上げ、彼を正面から見すえた。

「どうしてあなたのようないい大人が、コナみたいな小娘に興味を持つんですか？」

カルロの顔がこわばった。だが答えるより先に、廊下から色鮮やかなサンドレス姿のコナがやってきた。春のタンポポみたいに初々しくて愛らしい。カルロから目をそらさずにいると、その表情から自信が失われていくのがわかった。わたしが指摘したコナとのちがいを痛感しているのかもしれない。そしてすぐにまた、お得意の物腰柔らかな大人の男の顔に戻った。

コナはただならぬ雰囲気を感じとったらしく、〝引っ込んでて〟という目でじろりとわたしをにらんだ。

カルロがコナの手を取ってキスすると、彼女は満面の笑みを浮かべ、彼の頬にぶちゅっとキスを返した。カルロは驚きつつも、うれしくてたまらないようだ。「また明日ね、ミシェル」コナが言った。

カルロはそっと会釈した。「お嬢さんのことは、おまかせください」

わたしは曖昧にうなずいた。だからあんたが心配なんだってば。

コナとカルロが出ていったあとも長いことドアを見つめていると、ゼインがやってきた。

「いけ好かないやつだな」

彼とコナは夏のあいだに何度かデートをしたものの、お互い燃え上がるものがないとすぐに結論を出した。コナがケイラに話しているのを盗み聞きしたところによれば、ふたりとも努力はしたらしい。いろんな点で。

　そういうわけで、この件についてゼインの直感は当てにならないかもしれないが、それでもまったく同意見だ。「彼のこと調べてみたら？　強盗が起きた時間帯には……たしかなアリバイがあるらしいけど」

　ゼインは顔をしかめた。

「でもだれかに命じてやらせた可能性は否定できないわよね」

　ゼインはうなずいた。「そのとおり」

　水曜の夜は、わたしもエリカも店じまいの担当だ。いっしょにいると知られているのだから、カルロがコナに危害を加えるはずはないと言って、エリカはわたしを安心させようとした。でも、ずっしりと不安がのしかかってくる。親ってこんな気分なの？

　何か聞き出せないかとケイラに電話をしたが、友だちのことをべらべらしゃべるのは気が進まないようだ。「あの男だから心配してるだけなのよ」わたしは訴えかけた。「今までコナのデート相手に口出ししたことなんてなかったでしょ？」

「それはそうだけど」まだ少し警戒している。

「じゃあ、あなたはカルロのことどう思うの？」

「わたしは何も知らない」ケイラは言った。「大丈夫よ。結婚するってわけじゃないんだから」

すっかり疲れ果てて家に帰ったのに、妙に神経が高ぶっていた。「落ち着きなさいよ」キッチンをうろうろするわたしにエリカが言った。「チョコレート作りでもすれば」

エリカの携帯電話が鳴ってメールの受信を知らせた。「それか、車で出かけましょうか」

「どこへ？」

「例の警備員、ファーリー・オルセンが、今晩リハーサルのあとに会ってもいいって」そう言うと、エリカは地図アプリを開いた。「劇場まで三十分かからないわ」

「いいわね」わたしは言った。「何かしていたいし」動いていれば、不安から逃れられるかもしれない。

エリカがファーリーに返信した。「三十分後なら話せるって。行きましょう」

彼女の電気自動車が充電不足だったので、〈チョコレート&チャプター〉のロゴがついたわたしのミニバンに乗っていった。地元の劇場に着くと正面扉は鍵がかかっており、そのまえでファーリーを待った。彼はここで上演予定の『ノイゼズ・オフ』（トニー賞にもノミネートされたコメディ）の主演を務める。劇場は全国的に評価が高まっていて、出身俳優が何人もワシントンDCや、さらにはニューヨークへ羽ばたいていったことでも知られていた。

「この脚本、なかなか笑えるのよね」近日上演予定作品の宣伝ポスターに顔を近づけながら、エリカが言った。「劇中劇のお手本だわ」

劇場から出てきたファーリーを見て、わたしはあんぐりと口を開けた。パーティのときとまるで別人だった。少なくとも十キロはやせたのではないか。彼はわたしたちをなかに入れてくれた。「ごめん」彼は言った。「通用口にまわってくれと言えばよかったよ」舞台用の老けメイクを施し、首には凝った作りのアスコットタイをしている。

「気にしないで」エリカは言った。「それより、お時間ありがとう」

三人でロビーの長椅子に腰を下ろした。劇場に早く到着した幸運な数人しか座れないやつだ。

「まだリハーサルの途中だから、何分かで戻らないといけないんだ」ファーリーは言った。

「ワオ。俳優ってずいぶん長時間労働なのね」わたしが言った。

ファーリーは肩をすくめた。「裏方のリハーサルは全公演が終わるまでつづくしね」化粧のせいでよけいに疲れて見える。

エリカはすぐ用件にはいった。「それで、ムーディ教授とはどうやって知り合ったの？」

「イースタン大学《ＥＵ》でセキュリティの仕事をしてるんだ」ファーリーは答えた。

ＥＵ？　欧州連合かと思ったわ。「その〝セキュリティの仕事〟って具体的には？」わたしがきいた。

「大学の寮の警備室に座って、出入りする学生のＩＤを確認するんだよ」ファーリーは今まで会った大方の俳優と同じく、正しい発声を身につけていた。

「その職につくには何が必要なの？」エリカがきいた。

「基本的には身元調査をパスするだけでいい」ファーリーが答えた。「自分がＥＵの学生だったときにはじめて、卒業後もスケジュールが合うときはつづけてる」

「パーティの警備に、どうして教授はあなたを雇ったの？」わたしがきいた。

「どうしてだろう」ファーリーは言った。「思い当たることといえば、建築用木材をごっそり盗もうとしたやつをつかまえたことかな。あのまま盗まれてたら、教授の研究室がまた何百ドルも払って買い直さなきゃいけなかっただろうから」

「教授はなぜもっと……ちゃんとした警備会社に頼まなかったのかしら？」エリカがきいた。

ファーリーは気を悪くした様子もなく答えた。「警備の予算がないって言ってた。ぼくのバイト代も教授の自腹だって。それに警備といっても、寄贈者のためのショーみたいなものだとも。展示するのは有名な絵画や美術品じゃなかったからね。そういうわけで、ぼくが演劇用品店で買った警備員の制服と腹の詰め物と筋肉パッドを身につけて、警備員っぽく振舞ってたんだ」

「あの晩、何が起きたんだと思う？」エリカがきいた。

ファーリーは首を振った。「ほんとうにわからない。アメリカ国内でマヤの出土品があんなふうに強奪されたなんて聞いたことがないってみんな言ってる。ぼくの最後の記憶は、展示品を車に積み終えて、ミスター・リバーに挨拶したこと」

「それってアダム？」わたしは口をはさんだ。

「ああ。気づいたらつぎの日の朝で、ハイウェイ近くの丘かどこかをよろよろ歩いてた。学生のときの、ヤバいレイヴ・パーティの週末って状態だったよ」ファーリーはふと黙り込んだ。

エリカは小首をかしげた。「何か思い出した？」

「ああ」彼はじっと考えるように言った。「だれかに名前を呼ばれた」

「目を閉じて、どんな声だったか思い出してみて。もう一度、頭のなかで声を再生するような感じで。舞台袖で待っているところを想像するの。あなたは出番の合図に耳を澄ませている」

ファーリーは言われたとおりに目を閉じたが、やっぱり無理だと首を振った。「思い出せないなんて、ほんとに気持ちが悪いよ」

「女性の声？　それとも男性？」エリカがきいた。

ファーリーはもう一度目を閉じた。「男だ。まちがいない」

「その調子よ」エリカが言った。「ひょっとしてムーディ教授の声かしら？」

頭のなかの映像をとらえようとするように、ファーリーは閉じた瞼《まぶた》をひくつかせた。「ちがうと思う。申し訳ないけど」

エリカがギアを入れ替えた。「警察は何があったと考えてるの？」

ファーリーは肩をすくめた。「真相を突き止めてたとしても、ぼくは聞いてない」

「リバー家のなかで、まえから知り合いだった人はいる？」わたしはきいた。

「いいや。当日、パーティの少しまえに初めて会った」

わたしは粘った。「じゃあ、リバー家のメイドのディアドラ・キャッシュは？」

「知らないよ」ファーリーが笑いだしたので、ふたりがかりで追い込みすぎたことに気づいた。

だがエリカは追及の手をゆるめない。「パーティ会場に、見覚えのある人はいた？」

ファーリーは首を横に振った。「ムーディ教授だけ。リバー家の人もみんな親切だったよ」

エリカが何かひらめいたときの顔をした。「どんな人たちだと思った？」

「さっきも言ったけど、ほとんど話してないんだ」ファーリーの声にいらだちがにじむ。

「でもなにかしら印象は残ってるでしょ」エリカが言った。「リバー家の人たちを演劇か映画に出演させるとしたら、それぞれなんの役かしら？」

ファーリーの目がきらきらと輝きだした。ようやく彼と同じ言語で話すことができたのだ。

「アダムはどう？」エリカがきいた。「ぱっと思いついたことを言ってみて」

「ゴードン・ゲッコー。『ウォール街』の」

「ぴったりね」エリカがその気にさせるように言った。「じゃあヴィヴィアンは？」

「レディ・マ――」ファーリーははっと口をつぐんだ。「彼女の名前は劇場のなかじゃ言えない」

なんの話だかわたしにはさっぱりわからなかったが、エリカには通じた。

「シェイクスピアのね？」エリカは確信ありげに尋ねた。

「マクベス？」わたしが当てにいった。

ファーリーが口を大きくOの字に開けて、恐怖に顔を引きつらせた。「しーっ！」と言って、自分の肩のうしろに何か投げる振りをした。

「その名前を口にするのは縁起が悪いと考えられてるのよ」エリカが説明した。せっかくの配慮を無にされてうんざりしている。「じゃあゲイリーは？」

わたしの失言からファーリーの気をそらそうと努力しているのがわかった。

ゲイリーについてはしばらく考え込んでいた。「『ハートブルー』のボーディかな」

「あのサーフィン映画？」わたしはきいた。

「ああ。観たことはないんだけど。とにかく、サーフィン野郎ってタイプ」

「その役、犯罪者じゃなかった？」わたしはエリカにきいた。

エリカはこちらを向かなかったが、黙っててくれと思ってるのが伝わってきた。

「じゃあちがうな。犯罪者っぽくはなかったから」ファーリーが言った。「『リッジモンド・ハイ』（高校生の青春映画）に出てくるサーファーって感じかな」

「ジェニーはどう？」エリカがきいた。ジェニーと教授の接点については報告済みだった。

ファーリーはかぶりを振った。「ひと言もしゃべってないんじゃないかな。でも強いて言うなら、『バックマン家の人々』のアンバーあたり」

人生に迷えるティーンエイジャーってことか。

「おもしろい考察ね」エリカが言った。「とっても参考になったわ」

ファーリーにお礼を言って、リハーサルに戻る彼を見送った。

「結局どういうこと？」わたしがきいた。

「どういうことかしらね」エリカが言った。「せっかくだから彼の演技をちょっと見ていきましょうよ」

こっそり観客席にはいり、こぢんまりした空間の後方に座った。舞台上の俳優の動きについてだれかの指示が飛んだ。「よし、第二幕の頭からやってみよう」

ファーリーが肩をいからせ、ぐっとあごを上げると、たちまち人生に不満だらけの演出家にしか見えなくなった。

「すばらしい役者ね」エリカが言った。

「そうね」わたしは言った。「これじゃあ、彼がほんとのことを言ってたかどうか、わかったもんじゃないわ」


翌朝、携帯電話の音にたたき起こされた。「きみの猫がうちの備品庫で子どもを産みやがった！」激怒した声が耳元でわめいた。ほぼ意識不明の状態で、携帯を耳にぴったりくっつけていたわけではなかったが。

「へ？　だれ？」体を起こし、ここはどこの惑星だっけと考えた。時計に目をやる。まだ朝の五時半だ。

「ゲ、イ、リー、だっ」ぶち切れそうなのを我慢してやっていると言わんばかりだ。「今朝店に来て、備品庫にものを取りにいったら、きみの猫がシャーッと威嚇してきやがった。仔猫を産んでたんだよ！　うちの店の備品庫で！　しかもなかはぐっちゃぐちゃ」

「ココが仔猫を産んだの？」不思議なよろこびと誇らしさがこみ上げるのを感じた。あのココがお母さんに？　「すぐ行くわ」跳ねるようにベッドを出た。まず何をすべきか、しばらく考えた。布切れでもあれば役立ちそうだ。

階段の下まで走っていって、二階のエリカに呼びかけた。「起きて！　ココがついに産んだわよ！」それから部屋に駆け戻って着替え、歯磨きをしに洗面所へ行った。

「エリカ！」廊下に出て、歯ブラシをくわえたまま叫ぶ。「起きてる？」

階段の上にエリカが現れた。すでにTシャツとジーンズ姿で、髪をバレッタで留めようと引っ張っている。「あと一分」

「何を持ってけばいいかしら？」わたしはきいた。「タオル？　お湯？　何か食べるもの？」

エリカは笑った。「たぶん、大変な部分の後始末は、ココが自分ですませてるわ。あなたはボウルをふたつと、キャットフードを用意して。わたしは箱をいくつか、それから清潔なシーツを。あとは行ってから考えましょ」

わたしが車をぶっ飛ばすあいだ、エリカはすっすとはさみでシーツを切り、さらに小さく手で引き裂いた。〈ビッグ・ドリップ〉のまえに車を停めると、開け放されたドアから店に駆け込んだ。ゲイリーは、苦虫を嚙み潰したような顔でカウンターのところに立っていた。「さっさと連れてってくれよ」ブロンドの髪が、あっちこっちに跳ねている。まだとかしてもいないのだろう。

彼の脇を走り抜け、ココの様子を見にいった。上下に二枚の扉が並んだ備品庫の、上の扉を開けてあったので、そこからなかをのぞきこむことができた。

人生でいちばんきゅんとする光景だった。コーヒーシュガーやマドラーの箱が詰まった棚の下の隅に、ココは紙ナプキンを大量に破いて寝床を作ってあった。ココはちょっと顔を上げたが、すぐに茶色い小さな鼠みたいな六匹のわが子を舐める作業に戻った。か細い声で鳴いたり、お乳を吸ったり、もぞもぞ体を動かしたりしている。小さな手足は思うように動かないらしく、ママにすり寄ろうとしても変な方向に曲がってしまう。

新しい命を目の当たりにして、涙がこみ上げてきた。ココはたったひとりで、こんなすばらしいことを成し遂げたのだ。

エリカが隣にやってきた。「なんとまあ」とつぶやいて、わたしの手をぎゅっとにぎった。「おめでとう、おばあちゃん」

「ありがとう」洟《はな》をすすり、涙を拭った。

突っ立ったまま眺めていると、しばらくして背後にゲイリーが現れた。「連れてってくれるのか、どうなんだ？」

エリカが振り向いた。「ほんとうに気の毒なんだけど、数日はあのままのほうがいいわ」

「は？」ゲイリーとわたしが同時に言った。

「ココは、居心地がいいと思ってあの場所を選んだの。だから危険なところじゃないかぎり、動かすのは仔猫たちによくないわ」エリカが説明した。

「店に動物を置いとくわけにはいかないんだよ」ゲイリーがぴりぴりした様子で言った。

「保健条例違反になっちまう」

「せいぜい四日よ」エリカが言った。「そうしたら、わたしたちが連れて帰るわ」

わたしもエリカに調子を合わせた。「面倒は全部わたしたちで見るから。えさも水も持ってくるし、ココがほかの場所に行かないようにする。あなたはなんにもしなくていい」

「ふざけてんのか？」ゲイリーが言った。「そんな無茶な。店で使うものは全部あのなかにあるんだぞ」

「何がいる？」わたしはきいた。「必要なものはわたしとエリカで取り出すから、別のところに置いとけばいいわ。たった四日間だもの」

ゲイリーがむっつりとして言った。「わかったよ。掃除用具とカップとそのほかもろもろ、全部出しといてくれ。あとはおれがやる」彼はどすどすとカウンターにはいり、コーヒーを淹れはじめた。

自分の店で仔猫やよく知らない女たちに好き勝手されたら、わたしだって嫌だと思う。

「何もかもまかせて」安心させようとして言った。

備品庫の下側の扉を開いたときに、ココは一度シャーッと威嚇したが、すぐにミャーミャー鳴いている仔猫たちをべろべろ舐めるという大切な仕事に戻った。「心配しないで、ココ」わたしはささやいた。「大丈夫だからね、ママ」わたしは棚のものを取ってエリカにわたし、エリカがそれを廊下に積み上げた。モップと箒《ほうき》が横をすり抜けるのをココはぴしゃりと前足でたたこうとした。

それからエリカは箱に清潔な綿のシーツを引き裂いて詰めたものをすっと備品庫のなかに滑り込ませた。わたしは車からお皿を取ってきてえさと水を入れた。ココはもう新しい箱に仔猫を移しはじめている。

「なんて賢いお母さん」エリカがつぶやいた。

六匹全員の移動が終わり、安心した様子でお乳を吸いはじめるのを待ってから、まわりに散乱している紙ナプキンを掃除した。

仔猫たちを残していくのはつらかった。「またすぐに来るわ」ゲイリーに言った。その表情を見るかぎりでは、仔猫を置いておくしかないと観念したようだ。

〈チョコレート&チャプター〉に戻るとすぐにメイに電話をした。彼女はわたし以上に大よろこびで、今から見にいくと電話を切った。猫用のトイレも持参すると請け合ってくれた。

定刻通りにコナが出勤してきた。ぐっすり休んだ様子だ。わたしは彼女のあとについて厨房にはいった。

「デートはどうだった?」何気ない口調を心がけたのに、声が言うことをきいてくれなかった。

冷蔵庫からトリュフのトレイを取り出していたコナは、途中で動きを止めた。「カルロの何が問題なの?」

「それは——」

「あのね、ただ楽しんでるだけなのよ」コナが言った。「カルロはおもしろい人だし、よろこんでいろんなことを教えてくれる」

「でしょうね」

「変な意味じゃないわよ。まあ、ベッドの上でもすごいけど」

それを聞いたわたしの顔を見て、コナはけらけら笑った。「ワインの話とかしてくれるのよ。彼は演劇も好きだし。今度、DCのウーリーマンモス劇場に連れていってくれるって。アフリカの女性の権利を題材にした舞台を観るの」

「わたしはただ、ああいう男には気をつけたほうがいいと思っただけ」わたしは言った。「それから、あんまり……のめり込まないほうがいい」

「本気の恋をしてる暇なんてないわ」コナが言った。「それで思い出した。最近〈コナズ・クリエイション〉が大忙しなの。あなたも焼き菓子はそれなりでいいって感じだし、ウォーカーズヴィルの町にある〈グウェンズ〉ならわたしのと大差ない。彼女の焼き菓子を卸してもらうのはどうかしら？　店頭に〈グウェンズ〉からってポップでも立てれば、かなり割引してもらえそう」

わたしは驚きを顔に出さないようにした。「あなたがいいなら、わたしはかまわないわ。てっきり店の焼き菓子作りが好きなんだと思ってたけど」

「好きよ」コナが取り繕うように言った。「ただ、新しいことに飛び込むのってわくわくするから」

「がんばってね」と口では応援したものの、心のなかではこう思っていた。コナを失ってしまう。今すぐではなくても、ゆくゆくは。彼女がすばらしい従業員である理由はどれも、彼女がすばらしい社長となる理由でもあるのだ。

そこではたと気づいた。「ちょっと待って。もしかして、カルロから話をそらすために、その件を持ち出したの？」

コナはため息をついた。「心配はもうやめて。二週間くらいして彼が町を出たら、もう会うこともないと思う。それまでのあいだ、未知の世界を、未知の文化を知ろうとして何が悪いの？」

「彼がいなくなったら悲しい？」

「そりゃそうよ」コナは答えた。「でもいつまでもってわけじゃない。ほら、ボンボンを食べながら『フォエバー・フレンズ』を観て悲しくなるのと似たようなもの。だから平気」

11

仔猫の様子を見にいこうと、お客が途絶えた隙に店を抜け出した。そのとき、携帯電話が鳴ってメールの受信を知らせた。どうせコナが戻ってこいというのだろうと思いつつ、画面を確認した。

ジョン、つまりビーンからだった。

〃例の白猫がアメリカ東部に向かった可能性ありとのこと。友人が正確な情報を収集中。詳しくは添付を参照。用心して。Bより〃

へ？　それだけ？　〃愛を込めて、Bより〃ではなく？　〃元気で、Bより〃でさえなく？ただの〃Bより〃？

添付ファイルを開いて読んだ。このあいだビーンが話していたエル・ガト・ブランコに関する内容だった。情報提供者はビーンの友人で、今回の情報はすべて裏取りまえだと但し書きがある。過去に裏が取れている情報として、つぎのことが書いてあった。コロンブス以前の時代の遺物が、ここ数年、中米の一部の博物館にぞくぞくと返還された。その数は四桁には達せずとも、数百にのぼる。返還先の博物館を運営するのは、密売組織とは無縁の管理団体と、略奪された宝をもとの場所へ戻す活動を支援している政府機関。

裏付けのある情報はこれだけで、ほかは出土品を奪い返すエル・ガト・ブランコを目撃したという人々の証言、すなわち、全身黒ずくめで、ジェームス・ボンドさながらのスパイ術と小道具を身につけているらしき男の、度肝を抜く物語だった。あるときは、代理人を立ててオークションに参加し、大金を積んで古代の遺物を落札した。するとまもなくその品が、子飼いの博物館のひとつに出現した。またあるときは、出土品を略奪した地元民が密売人のもとへ向かうところをつかまえてたたきのめした。厳重な警備をかいくぐって、個人のコレクションや分別のない博物館から略奪品を盗み出すこともあった。高値がつく土器を掘り起こすために考古学的価値のある遺跡が破壊されることがないよう、建設重機をたびたび爆破してもいた。さらに、重機の資金提供元である有名な麻薬カルテルのリーダーを暗殺したのも彼ではないかと言われている。

彼の風貌を語ることのできる者はいなかった。正体を知る者もいなかった。法の執行人のなかにさえ。

そして今や、彼の首には巨額の懸賞金がかけられていた。

ビーンによれば、男は東海岸に向かっていると推測されているらしい。でも、うわさどおりの暗躍ぶりだとしたら、そんな人がウェストリバーデイルの出来事に興味を持つとは思えない。それに、幽霊も同然のエル・ガト・ブランコの行き先なんて、だれがどうやってわかるというのだろう？　絶対にわかりっこない。

〈ビッグ・ドリップ〉に着くと、まだメイがいた。備品庫のまえで仔猫がいちばんよく見える位置を争う人々に目を光らせている。メイは上から下までペールピンクの装いだった。ということは何の花を売り出し中なのだろう、とわたしは頭をひねった。

　ゲイリーは腕組みをして見物客をにらみつけていた。

　彼女たちを肘で押し分けて早く仔猫を見たかったが、コーヒーを注文するのが先だと思い直した。備品庫のまえに群がる人のほとんどは、手が空っぽだから。

「またカプチーノをお願いできる？」ゲイリーに言うと、彼はくるりとうしろを向いて作りはじめた。「すてきなことよね。この人のもとで出産しようと思うくらい、ココに信頼されてるんだから」

　ゲイリーは顔だけこちらに向けて〝冗談も休み休み言え〟という目をした。

「どうにか持ちこたえてる？」わたしはきいた。

「ああ、なんとか」彼が答えた。「町じゅうの人が押しかけてくるけど」

「コーヒーくらいは買ってくれるんでしょ？」

　ゲイリーは肩をすくめた。「人によっては。それがせめてもの救い」彼は、キャーキャー言っているヨガパンツのママ集団をじろりと見やった。まわりの見物客が、しーっと言って黙らせた。

「お金を取れば？」わたしはふざけて言った。「コーヒーを買うか、仔猫の見物料を払えって」

「仔猫誕生特別メニューも作ろうかな」ゲイリーが言った。「熊の爪《ベア・クロウ》って焼き菓子があるけど、仔猫の爪《キトウン・クロウ》に変えてもいいし」全然やる気がなさそうだった。

わたしだったら無料で試食品を配るのに。「悪くないかもね」わたしは言った。「とにかくいいことじゃない。今に町じゅうの店が仔猫を住まわせて客を呼び込みだすわよ」

「それでほんとに金が儲かるなら、どこも猫さま大歓迎だろうな」ゲイリーは恨めしげな笑みを浮かべて言った。

彼がカウンターをまわって出てきた。

リースが現れたのだ。カメラを手に、人を押しのけてまえへ進む。カメラをかまえたそのとき、メイが見たことのない速さで駆け寄った。「フラッシュ撮影禁止！」きっとなって言う。「仔猫の目がつぶれちゃうじゃない」

リースはむっとした顔をしつつも、カメラの設定を変更した。彼女がぱちぱち写真を撮りはじめると、ココが喉の奥からシャーッと威嚇の声を出すのが聞こえた。

「そこまで」メイがリースのまえに歩み出た。「ココ母さんがボスよ」

カウンターのわたしとゲイリーのところに、リースがやってきた。どうしたことか、質問攻めにしてこない。それどころか、わたしにはほとんど目もくれない。「いい考えがあるの。見物客の数を減らすと同時に店の宣伝ができる方法よ」リースがゲイリーに言った。「ウェブカメラを設置してあげる。〈ビッグ・ドリップ・キャット・カメラ〉と名づけましょう。

それでみんな、この店に押しかけることなく、オンラインの生中継で猫の様子が見られる」

ゲイリーは首を横に振った。「勘弁してくれ」

「どうして？」リースは備品庫の扉のまえの人々を手で示した。「すごくいい宣伝になるわよ。店のイメージアップまちがいなし」

会話への参加は遠慮して、わたしは仔猫の様子を見にいった。

待ってましたとばかりに、メイが声をかけてきた。「ミシェル！　この子たち、かわいすぎない？」

メイは人を脇に押しやって、わたしをまえに呼び寄せた。ほんの数時間のうちに、仔猫たちは毛がふわふわになったのか、体がひとまわり大きくなっていた。ちょっと複雑な気分だ。

「ゲイリーには相談したんだけど、何日かしたらうちの生花店に連れていこうと思ってる」メイが言った。「あなたが賛成ならだけど」彼女は、仔猫が生まれもしないうちから、栄えあるおばあちゃんの座に立候補していた。母猫の母親役を務められる人がいるとしたら、それはメイだ。

「もちろん大賛成よ」仔猫が自分のすぐ近くに来るのもうれしい。「店の裏廊下に出さないようにだけ、気をつけないとね。そういえば、賭けはだれが勝ったの？」

メイはにんまりした。「出産日をぴたりと当てたのは、このわたしよ」

「えさ代の足しになるわね」

ノートパソコンとウェブカメラを手にしたリースが、人を押しのけて最前列にやってきた。

ゲイリーとの議論に勝利して、さっそく機材を取ってきたのだろう。彼女が見物客をうしろに下がらせ、備品庫の下側の扉を開くと、ココが今にも襲いかかろうとする豹のような、低いうなり声を発した。

「さすがココ、わかってるじゃない」わたしが言った。

リースはこれを無視して、わたしにクリップ付きのウェブカメラを手わたした。「はい、設置してきて」と言って、下の段の棚を指差す。「ほら、あそこに」

わたしはゆっくりとかがみこんだ。仔猫に近づくのがわたしであっても、ココが抗議しないとはかぎらない。でも、どうやら気にしていなさそうだ。紙ナプキンの大箱を横にずらし、棚の縁にウェブカメラを取り付けた。リースのほうは、長い脚を折り曲げ、酔っ払ったキリンのようにゆうゆうと隣であぐらをかいている。彼女がノートパソコンをかちゃかちゃいじると、しばらくして備品庫のなかの様子が映し出された。

「すごい」思わず歓声を上げた。たとえ実現させたのがリースであっても、すごいものはすごい。

「下に向けて。もうちょい上」リースの指示でわたしがウェブカメラの向きを調整すると、仔猫がちょうど真ん中に映るようになった。

「完了」リースはノートパソコンを床に置いて立ち上がった。「二十分後にわたしのウェブサイトを見てみて。オンラインで生中継されてるはずだから」大声でゲイリーに告げると、リースは店を出ていった。

ここは賛辞を贈っておこう。見事な手際だ。

最後にちらりと仔猫をのぞいて、自分の店に戻った。ノートパソコンをカウンターに置いて、リースのブログを開いた。ウェブカメラの中継は完璧だった。だが、脇に地元企業の広告がずらりと並んでいる。あれほど〈キャット・カメラ〉をごり押ししていたのは、こういうわけだったのだ。クリック数が増える分だけ、リースが儲かる。ゲイリーにも少しは分け前がはいるといいのだが。苦痛を強いられているのは、彼なのだから。

そのとき、リースから「われらが猫ちゃん、六匹のママに」というタイトルのメールが届いた。開くと、彼女のウェブサイトのリンクが貼り付けてあった。どうやらウェストリバーデイルじゅうの人に送りつけているらしい。いや、メリーランドじゅうかも。

ゲイリーの店から彼のうめき声が聞こえた気がして、メールの宛先リストに保健局がはいってないことを祈った。ウェブサイトの下に表示されたクリック数は、すでに五百四十を数えている。ココは仔猫たちを包み込むように丸まって寝ており、町じゅうの家から「は～」といっせいにため息のもれる光景が頭に浮かんだ。と、クリック数の表示が目まぐるしく動きだした。

うしろからエリカが画面をのぞいた。「すごい。ぞくぞく拡散されてる。フラッシュモブの動画でやりたいのはこれよ」

「じゃあ、仔猫を登場させたら?」わたしはにっこりして言った。「で、今日の作戦は?」

「もう一度、ラヴェンダーに電話してみる」エリカが答えた。「昨日は寝つけなかったから、劇場で聞いた話をパソコンに入力してたの」店にお客が来たので、わざともごもご言った。

ファーリーの話がどれほど役に立つだろう。「わたしは何をすればいい?」

お客が声の届かないところまで行ってテーブルにつくのを待ってから、エリカは切り出した。「ちょっと決めかねてることがあるの」ずいぶん悩ましい顔をしている。「ゼインが思ったようにリバー家の情報を集められてなくて。わかったのは表面的なことだけ。あの人たち、ソーシャルメディアはあまり使ってないし、経営してる会社はどれも民間企業で、財務内容を公にする義務がないから」

「それで何を決めかねてるの?」

「ローズに壺が呪われてると思う理由をききたいけど、倫理的にいいのかどうか」途方に暮れた様子でエリカが言った。

彼女の葛藤は理解できた。ローズは明らかに認知症の類いを患っている。でも、壺について何か重要な事実を知っているのもたしかだ。「お花でも持っていって、向こうに話すべきことがあるかどうか、様子を見るのはどう? 問い詰めたりはせずに」

わたしの提案にも、エリカは決心がつかないようだった。「とりあえず、その件はおいときましょう」

「容疑者リストにはほかにだれがいたっけ?」ときいたところで、わたしの携帯電話が鳴った。レオだった。「ちょっと待ってね」とエリカに言って、電話に出た。

「エリカといっしょか?」レオがきいた。

「ええ」わたしは答えた。「店で仕事中よ」

「今からそっちに行く」

レオの緊迫した声に、不安を感じた。「何かあったの？」

「まだ見てないのか？」

「見るって何を？」

「リースのブログだよ」

心臓が止まりそうになった。「今度はなんなの？」

「エリカについての記事が……」これ以上は説明できないとばかりに、レオは口をつぐんだ。

「すぐ行く」

「どうしたの？」エリカが言った。

クリックをして、リースのウェブサイトをもう一度開いた。

エリカと教授を並べた加工写真が画面の半分にでかでかと表示された。その上で〝恋の三角関係殺人事件？〟の文字が斜めに躍っている。

茫然とするエリカを連れて裏廊下からオフィスに行き、いっしょに終わりまで読んだ。ひどい内容で、エリカとムーディ教授の過去に関する憶測と卑猥な嘘にあふれていた。記事にはこう書かれていた。教授に恋心を抱いたエリカが、ストーカー的な行為に走り、教授が大学の懲戒委員会に訴えるぞと脅すと、逆に論文の盗用をでっち上げて教授を責めたてたと。

さらにこうつづく。〝教授と近しい知人〟によれば、学生が教授を好きになるのはよくあることで、ムーディ教授ほどハンサムで魅力的な人ならなおさらだが、今回はそれが殺人にまで発展してしまったようだ。

ブログ記事を締めくくる問いかけが、そこまでの内容以上にわたしの身を震わせた。〝秘めた動機を持つ素人探偵が、尊敬される学者の悲劇的殺人事件を勝手に調査しているというのに、なぜ警察は野放しにしているのだろうか？〟

「ラヴェンダーね」エリカが淡々と言った。

「まちがいないわ」自分の顔が怒りで真っ赤なのがわかった。「でも、むしろ悪いのはリースよ。今回は訴える。ふたりとも」

レオがどしどしと店にはいってきた。わたしと同じくらい怒りに燃えている。「今回はやりすぎだ」レオが言った。「業務停止にしてやる」彼は足を引きずってエリカのもとに行き、やさしいハグをした。だがその表情は真逆だった。わたしはエリカの背後から、レオに向かってうなずいた。わたしたち兄妹でリースの息の根を止めてやろう。

レオは体を離し、エリカの目をのぞきこんだ。「人生最悪の日？」

兄の思いやりに涙がこみ上げた。レオはエリカの味方だ。あのひどい教授との過去を何ひとつ知らなくても。

エリカは瞼を閉じ、深く息を吸って吐いた。つぎに目を開けたときには、ふっきれた顔をしていた。「オーケイ。ラヴェンダーに会いにいきましょう」

ラヴェンダーは不運にも、近隣の町ノーマルのホテル〈ウィリアムズ・スイート〉を宿泊先に選んでいた。なぜ不運かというと、ホテルのオーナーはわたしのチョコレートの大ファンだからだ。数種のクロスグリの実をミックスしたエレクトリック・カラント・ミルクや、ストロベリー風味のポップ・ロックスを毎週箱買いするほどで、クロスグリがちりりと舌に与える刺激とポップ・ロックスが口のなかでぱちぱちはじける感じが好きでたまらないと言う彼女の熱い思いは、作り手のわたしにも負けはしない。

というわけで、わたしは電話一本でラヴェンダーの部屋番号を突き止め、つぎの瞬間にはエリカとドアをノックしていた。ホテルは東洋的な内装で、廊下には精巧な花模様の青いカーペットが敷かれ、窓辺にはところどころ大ぶりな中国風の陶器が飾られていた。ラヴェンダーがドアを開けた。さっきまで泣いていたのか、カエル顔がぱんぱんにむくんで真っ赤になっている。彼女がドアを閉めるより先に、わたしが足を差し入れた。ぐっとドアを押すと、ラヴェンダーはうしろによろけ、ありもしない逃げ口を探してあたりを見まわした。

「こんなつもりじゃなかったの！」ラヴェンダーは言った。「リースが何もかも悪いほうにとったのよ！」

「ほんとに？」わたしは言った。「頭のイカレたリースにあんなでたらめを吹き込むつもりじゃなかったって言うの？　エリカを売って、殺人の動機があると世界じゅうに思い込ませるつもりはなかったって？」

「ほんとにちがうの！」ラヴェンダーは泣き叫んだ。「あのビッチ……じゃなくてリースのやつが、隣のバーで何杯かおごってくれて、いろいろ事情を尋ねてきたの。まるで……」一瞬ことばを詰まらせたが、震える声でつづけた。「わたしのことを心配してくれてるみたいに」ラヴェンダーはベッドに這い上がって、隠れようとするように薔薇の模様の掛布団を頭からかぶった。

これほど憐れな人をまえにして、怒りを保つのは難しかったが、なんとか踏ん張った。

「記事の撤回を要求して。今日のうちに」ラヴェンダーがうんともすんとも言わないので、追い打ちをかけた。「そうすれば、訴訟は勘弁してやってもいいわ」

ラヴェンダーは枕に顔をうずめたまま、こくりとうなずいた。ちょっと気の毒になってきた。

エリカの目が細く鋭くなった。「教授のとっておきの企画について聞かせてちょうだい」

やるぅ。ラヴェンダーの罪悪感を利用するつもりだ。

「進行中の企画で、だれかの怒りを買っていたものは？」エリカがきいた。

「ないわ」ラヴェンダーは体を起こしてベッドの上に座った。「彼はマヤの展示会に集中してた。そのことしか考えてなかったわ」目からこぼれ落ちる涙を拭った。

「あなたのことも、考えてたはずよ」エリカは戦法を変え、慰めるような声で言った。「そうじゃなきゃ、あんなふうに信頼しきったりしないでしょ？」

エリカは机のまえの椅子をラヴェンダーのほうに向けて座った。「この騒動について、最初からたどってみましょうか？」ラヴェンダーが曖昧にうなずくと、エリカは尋ねた。「あなたのアディソン・ムーディは、どうやってリバー家の所蔵品のことを知ったの？」

わたしはラヴェンダーの気が散らないように、部屋の隅の赤茶色の椅子にそっと腰を下ろした。揃いのオットマンに足を投げ出したい気持ちはぐっとこらえた。

ラヴェンダーは、心の荷を下ろす準備をするように、大きく吸い込んだ息を震わせながら吐き出した。今度こそ何か重要な話が聞けるかもしれない。「博物館の資金集めのためのパーティがあって、教授はそこでアダムと出会ったの。アダムは自分の大伯父が旅先から持ち帰った出土品のことを話した」ラヴェンダーが言った。「その鑑定をムーディ教授が申し出たの」一息ついて、またつづけた。「教授はひと目見るなり、特別なものだって気づいた。アダムが気前よく寄贈してもいいと言ったときには大興奮だったわ」

「つまり、ムーディ教授からアダムに話を持ちかけたのね？」

「ええ、そうよ」ラヴェンダーは答えた。「歴史的価値が高いものだから、博物館で所蔵すべきだと説明したの。教授は〝ゲームに戻りたい〟って言ってたわ」彼女は両手の指で引用符を作った。「大学を辞めて、博物館の仕事をはじめたばかりだったから。リバー家にコレクションを寄贈させることができれば、博物館の信頼を得られると考えたのよ」

「教授が転職した理由は？」エリカがきいた。

ラヴェンダーの顔がみるみる赤くなった。「博物館からの引き抜きよ」彼女は答えた。「絶対に断れないような、ものすごくいい条件を提示されたの。すばらしい学者だから、引っ張りだこなのよ」

そうね、とわたしは心のなかで相槌《あいづち》を打った。ラヴェンダーの口調が自分に言い聞かせているみたいだったから。

「なるほど」と言ったあと、エリカは慎重につけ加えた。「インターネット上で妙な書き込みを見たからてっきり――」

「あんなのでたらめよ」ラヴェンダーが身を乗り出した。「成績の悪い学生が寄ってたかって彼の評判をずたぼろにしようとしてるだけ。なんて恥知らずな女たち！」

「わたしもそう思う」エリカが言った。「たしかにわたしと教授は意見の合わないところもあったけど、あんな話は聞いたこともないわ」

「彼はいい人だった」ラヴェンダーは怒りに震えて言った。

本気で思ってるのかしら？　こんなふうに善人だと力説するときは、事実はまるで逆だったりする。ラヴェンダーも心の底ではわかっているはずだ。

「ええ、まちがいない」エリカはうなずいた。「気を引くためにあることないことわめきちらす人っているのよ」

なんでそんなふうに言えるの？　エリカは必要な情報を手に入れるために、無理やり自分の感情を胸の奥に埋めようとしているのだ。

「じゃあ寄贈についてては、アダムが家族を説得したのね？」エリカがきいた。「反対する人はいなかったの？」

「家族内でどんな議論があったかは知らない。わたしがリバー家の人たちに会ったときにはもう、話はついてた」ラヴェンダーは答えた。「みんな納得済みって感じだったわ」

「ところで、展示された出土品のうち、ムーディ教授のお気に入りはどれだったの？」エリカがきいた。ラヴェンダーが彼女のことをもう少しよく知っていたら、この何気ない口調こそ、のどから手が出るほど答えを欲していることの証拠と気づいたはずだが。

「背の低い壺よ」ラヴェンダーは答えた。あの壺は教授の鑑定よりはるかに価値があるというエリカの理論を裏付けている。「それから日記」

「日記？　どうして？」

「壺が本物だと証明するのに必要なことが書かれていたから」ラヴェンダーは言った。「歴史的記述の詳細さにも舌を巻いてた」

「盗まれちゃって残念ね」わたしは言った。「何か手がかりが隠されていたかもしれないのに」

「コピーを持ってるわ」ラヴェンダーが言った。

エリカは驚きのあまり、思わずぴょんと跳び上がった。何かわかりそうだと期待もわいたのだろう。「見せてくれる？」

「もちろんよ」ラヴェンダーは手を伸ばして、ばかでかいバッグをベッドの上に引っ張り上げると、なかから大判の封筒を取り出した。それをエリカに向かって放った。

エリカを褒めてあげなければ。彼女はベッドの足元からすっと封筒を取り、自分の巨大なバッグにしまった。なんでもないふうだったが、早く読みたくてうずうずしているにちがいない。

「これって完全版？」エリカがきいた。「最後の数ページは損傷がひどかったって、ムーディ教授が作ったプレスリリースに書いてあったけど」

「その部分は専門の研究所で解析中よ」ラヴェンダーは言った。「結果はまだ受け取ってない」

「届いたら、ぜひ見たいわ」エリカが言った。

わたしはさっと立ち上がった。ラヴェンダーの気が変わらないうちに、お暇したほうがよさそうだ。「記事の撤回要求も頼んだわよ？」と念押しした。

ラヴェンダーは神妙な面持ちでうなずいた。「ほんとうに申し訳ないことをしたと思ってるわ」

12

ホテルの駐車場から車を出すより先に、エリカは封筒を開けて日記を読みはじめていた。「何が書いてあるの？」自分ものぞきこみたい気持ちをこらえ、道路に視線を集中させながらきいた。

「今のところ、旅の準備の話だけね」エリカが答えた。「わたしが聞いたこともない遺跡に行こうとしてたみたい」

「ワオ。あなたにも知らないことがあったのね」

エリカはにっこりした。「こういう場所はすでに破壊されてるか、自然とジャングルに呑み込まれた可能性もあるのよ」ぱらぱらとページをめくり、ぱっとこちらに向けた。「すごい。バートランドってアーティストでもあったのね」

ちらっと見るとシャツを手に持って目のまえにかざしているサルのスケッチだった。穴が開いていないか検分するような様子が細かいタッチで描かれており、いたずらっぽい目つきまでよく写し取られている。エリカは日記のつづきに戻った。「わたしは家で降ろしてくれる？　フラッシュモブの打ち合わせの準備をしなきゃ」

「いいわよ」近所の丘のてっぺんに差し掛かると、うしろからぐんぐん警察車両が近づいてきた。けたたましくサイレンを鳴らし、警光灯をぴかぴか光らせている。先をゆずろうと脇に寄ったが、警察車両はわたしたちのすぐうしろで停まった。

「げっ。そんなにスピード出してないのに」今日はもういろいろあったから、この上いまいましい違反切符なんて最悪だ。ため息をつき、バッグから財布を取り出そうとした。

エリカがうしろを振り返った。「ボビーよ」日記を自分の大きなバッグに突っ込む。それからふたりで〝何も悪いことはしていませんよ〟という顔をこしらえた。

ボビーがエリカのほうにずんずん歩いてきた。ものすごく怒っているみたいだ。「わたすんだ」応じなければ拘束も辞さないような勢いで要求した。

「わたすって何を？」わたしが言った。

ボビーの顔がみるみるうちに真っ赤になった。「日記だ。さあ出せ」

「令状を取らなくていいの？」エリカがきいた。

「バッグから紙の束が飛び出てるぞ」ボビーが言った。「殺人事件を調査してる証拠に見えるが？」

それでも動こうとしないエリカに、彼は言った。「きみに勝ち目はない。寄越せ」

エリカはぶつぶつ言いながらもバッグに手を突っ込み、日記をボビーにわたした。「署長のところに持っていこうとしてたのよ」エリカが言った。「あなたはわたしと口もきこうとしないから」軽い口調だったが、傷ついた心が隠れているのは見逃しようがなかった。

ボビーの表情がわずかにくもった。自分たちが会わなくなった理由を見つめるように紙の束に目を落とす。

わたしは割ってはいった。「リースの嘘の出どころはラヴェンダーだって突き止めたのよね？　わたしたちが来たってラヴェンダーが告げ口したの？　それともあなた、尾行してたの？」

ボビーは無言で立ち去った。

彼の車が走り去るのを見届け、わたしたちも出発した。「で、どうする？」わたしがきいた。

「まったく」エリカが言った。そして電話をかけた。「もしもし、ラヴェンダー？」電話の向こうから、堰《せき》を切ったように興奮した声でしゃべりだすのが聞こえた。

「わかってるわ」エリカは言った。「あなたは悪くない」

ラヴェンダーにぐだぐだ話させているあいだ、わたしは運転をつづけた。「それは理解できる。でも、大事な人を殺されたんだから、犯人を探す努力をやめちゃだめよ」

努力？　エリカがついに本領発揮だ。相手には本人が気づいてもいない使命があった体《てい》で話を進め、なおかつよろこんでその使命を果たさせるのが彼女のやり方だった。

ラヴェンダーの声は聞こえてこなかった。わたしが眉を上げると、エリカは口元で微笑んだ。ラヴェンダーの気持ちが揺れだしたのだろう。

「もし、日記のデータをメールで手に入れられるなら」エリカがゆっくりと言った。「わたしに転送してくれる？　事件解決の突破口になるかもしれない」

事件解決の突破口？　テレビの私立探偵みたいな物言いだ。

ラヴェンダーはまだ黙りこくっているようだ。

エリカはつづけた。「それに、あなたもわたしも容疑者リストからはずれることができる」

これにはラヴェンダーも何かことばを返したが、わたしの席からだと妙な金切り声としか聞こえなかった。

「もっともだわ。それに、自分の良心に従うのがいちばんよ」エリカは言った。「でももし、勇気を振りしぼって、日記のデータを、損傷したページの解析結果といっしょに送ってくれたら、ほんとうに助かるわ」

家のまえに車を停め、シフトレバーをパーキングに入れると、エリカはラヴェンダーにさよならを言って電話を切った。「もうコピーをわたすなってボビーに言われたのかしら？」

「そうみたい」エリカが言った。「でもラヴェンダーは、きっと考えを変えるわ」

警察からの命令を普通の人がどうとらえるか考えてみた。ラヴェンダーが協力してくれるとしても、しばらくは無理だろう。「ローズ・ハドソンは日記のことを何か知らないかしら？」

エリカの表情からすっと自信が失われた。「彼女を訪ねずにすむことを願いましょう」

車から降りようとエリカがドアを開けたが、ふたり同時にメールを受信した。いい知らせであるはずがない。レオからだった。〝〈エグザミナー〉のオフィスを見てみろ〟という。短い距離を町へと走り、横道を抜けて道路脇に車を停めた。向かいの小さな店舗がリースの会社〈エグザミナー〉のオフィスだ。午後になって涼しくなりはじめ、下ろした窓から秋の訪れを告げるひんやりした風がはいってきた。

オフィスのまえには退役軍人が軍服姿で集まっていて――レオの友だちだ――おのおの〝リース・エバーハードは恥を知れ、〈エグザミナー〉を業務停止に〟とのプラカードを持っている。直立不動で無言の彼らは、叫んだりわめいたりするよりなぜかずっと威圧感があった。

「まあ」エリカが畏れと心配の入り交じった声を出した。

「リースにはこれくらい当然よ」わたしは言った。「思い知るがいいわ」

「でもどうしてレオが？」エリカがそう尋ねたので、わたしは驚いた。

「どうしてって？」おずおずときいた。「あなたはレオの妹同然よ」

エリカは唇を噛んだ。「こういう振る舞いって何か悪い兆候じゃないのかしら？　レオのセラピストにきいたほうがいいかも。ここまでするなんて……レオらしくないわ」

わたしはずらりと整列した兵隊に目を向けた。たしかに少し極端な気がしたが、セラピストは何も答えてくれないとわかっていた。「リースはどうするかしら？」わたしはきいた。

「すべて無視して、怒りが収まるのを待つでしょうね」

せめて報道に対する姿勢をあらためてくれるといいのだが。車を駐車場に入れ、エリカがみんなをハグできるよう、抗議団のもとへ向かった。

「すごいわ、レオ」わたしは兄に声をかけた。「効果あると思う?」

「どうかな。でもすでに例の記事は取り下げられた」レオは誇らしげに言った。そして、列の端にいる年配の男を指差した。「ジェニングズはリースのブログに広告を出してる企業のボイコットを組織してるし、彼の兄貴も町長のところに行って、町議会にどうにかしろと掛け合うつもりでいる」

リースのオフィスは薄暗く、がらんとしていた。〈ウェストリバーデイル・エグザミナー〉と書かれた看板代わりの幕がずたずたになり、壁から一カ所はがれてひらひらと頭の上で揺れている。「この光景、リースはもう見たの?」

「ああ、見たよ」レオは言った。「車で来てそのまま走り去ってった」まわりにいる軍人のなかからクックと忍び笑いがもれた。

「最終目標は?」少し怖くなってきた。これが引き金になって、つぎにどんな問題が起こりうるだろう。よく知っている悪魔のほうが、代わりに来たやつよりましだったということもときにはある。

レオはすうっと目を細めた。「リースに別の仕事を見つけさせることさ」

「ビーンからエル・ガト・ブランコの情報来た?」わたしはエリカにきいた。レオとその友だちの協力をよろこぶというより心配している様子だった。白猫男の噓みたいな物語が、現実の問題をいっとき忘れさせてくれるかもしれない。

「いいえ」エリカが言った。「何かわかったの？」

「わかったというほどじゃないけど」わたしは情報提供者のメモの内容を話した。エル・ガト・ブランコが東海岸へ向かった可能性があるとビーンが言っていたが、結局これは伝えないでおいた。慈善目的とはいえ、人を殺す謎の男のことで不安にさせたくない。

家のまえでエリカを降ろし、店へ向かった。

やっとわたしが戻ってきたので、コナはほっとしていた。「早めに上がってもいい？〈コナズ・クリエイション〉の注文がさばききれてなくて」もちろん許可した。

書店のレジカウンターでコリーンが勉強をしていた。お客はひとりだけで、旅行書の棚を熟読し、『リック・スティーブスのアイルランド旅』と『ロンリープラネット・アイルランド』のどちらにしようか考え込んでいた。

カプチーノと最近気に入ってくれているチョコレートを持って、コリーンのところに行った。冒険的な常連だけが愛するジンジャー・グラント・ダークスは、チョコレートガナッシュのなかに爆発を引き起こす生姜《しょうが》とわさびが埋まっていて、表面にゴマを振りかけてある。

「夕飯は〈ゼリーニズ〉のピザを取るけど、何かいる？」

コリーンは微積分の教科書を閉じてため息をついた。「いいえ、自分で持ってきてるから。でもありがとう」

「それ、むずかしそうね」わたしは言った。

コリーンはぐっと伸びをして、肩をぐるぐる回した。「ええ。でもおもしろいわ。授業に何コマか出るだけで、なんていうか、世界が丸ごと大きくなった気がする」

「いつも成績優秀だってエリカが」

コリーンは微笑んだ。姉が自分の自慢をしていたのがうれしいのだろう。

「ほかにはどんな授業を受けてるの？」

「専攻したい分野を見極めてる最中なの」コリーンは言った。「だから、あらゆる講座に出没してるって感じ」指で科目を数えだす。「生物学、アメリカ史、それから英文学」

「文学の授業は楽勝でしょ。ずっとここで働いてきたんだから」

「そうかも」ちょっと照れたように認めた。

「環境が変わって、子どもたちはどう？」わたしが見るかぎり、なんともなさそうだった。

だがもちろん、家庭のなかはまた別の話だ。

「実を言うと、思ってたよりずっといい感じ」コリーンの顔に不思議な表情がよぎった。

「でも最近マークがちょっと……変なの」

「変って？」すぐにでもやつに飛びかかってコリーンを守る準備はできていた。

「彼が……何度か酔っ払って電話してきたの」そう言う彼女の顔には、甘い充足感としか形容できない表情が浮かんでいる。

「へ？」

「まあ、男ってそういうものよね。〝きみと別れるなんてばかだった〟みたいな、わけのわからないこと言うのよ。びっくりするくらいみんな同じだって離婚した友だちが言ってたわ」

「マークがよりを戻したがってるってこと？」

「今のところ、酔っ払ったときだけ」コリーンは軽い口調で答えた。真に受けてなんかないというように。「このまえの夜、家に行きたいって言われたけど、ありえないって断った」

「しつこいようなら、性根をたたき直してくれる人を少なからず知ってるわ」わたしもそのひとりだ。それに、今ではマーク嫌いを公言するお客も大勢いる。ほんの数カ月まえに彼がコリーンの心に負わせた傷は、とてつもなく深いのだから。

コリーンは口の片端を上げた。「大丈夫。というか、嫌な気はしないの」それからあわててつけ足した。「よりを戻してもいいとかじゃないわよ。ただ、今さらだけど、彼が後悔してると知るのは悪くない。やっと気がついたみたい。自分が手放したものは、なんというか、すごく特別なものだったんだって」

「ええ、あなたはほんとに特別な人よ」ふと見ると、うちの店のカウンターでお客が待っていた。「おっと。ちょっと行ってくるわ」

「気にしないで」コリーンが言った。「わたしも導関数の問題に戻らなきゃ」

ちょこちょこお客の対応をすませたところに、お隣さんのヘンナが駆け込んできた。ヘンナの青春は、ずいぶん遅くに訪れた。幼いころからまじめ一方だった彼女は、六十代で夫を亡くすと、心に隠し持っていたヒッピーの旗をひるがえすことに決めたのだ。今や立派なアーティストで、いつも色鮮やかな服に身を包み、最近は髪の毛を奇抜な色に染めるのに凝っている。今日のズボンだって、裾から紫のインク壺にちょんと浸けたみたいなやつだ。

「手がかりを持ってきたわよ」ヘンナはカウンター越しに顔を近づけて、共犯者めいた調子で言った。

「なんの話？」わたしはきいた。

「もう、水くさいわね」ヘンナが言った。「町じゅうが知ってるわよ。あなたとエリカが何をしてるか。それでみんな、いろいろ探ってあげてるの。あなたたちが勝てるように」

「勝つ？」

「そうよ。勝たなくちゃ」力強く言った。「警察より先に、悪いやつを見つけ出してね」

「いったいぜんたい、なんでわたしたちは警察に勝ちたがってるの？」

「そんなの、わたしに聞かないでよ」彼女は言った。「あなたたちふたりは、そういう子でしょ」

無言で見返すと、ヘンナはいらいらしはじめた。「聞きたいの？　聞きたくないの？」

「聞くわ。あなたの言う手がかりって何？」こうなったら〝ミシェルたちが調査をしてるのに気づいて助けてやった〟とヘンナが言いふらすのは甘んじて受け入れよう。

「アーツ・ギルドの年間助成金のことでヴィヴィアンに会いにリバー家の屋敷に行ったんだけど」ヘンナは話しはじめた。「今年はなぜだか、いろいろやらなきゃリバー財団からの助成金は出せないって言われたの。でもなんとか説得して助成金をもらえることになったから、屋敷を出て帰ろうとした。すると、納屋のほうから声を荒らげるのが聞こえた」彼女は〝なんて言ってるのかな?〟という手のジェスチャーをしながら背中を丸め、つま先立ちで納屋へ向かう様子を再現した。「ゲイリーが妹のジェニーを怒鳴りつけてたの。やるべきことをやらないと、つぎはブートキャンプにぶっ込むぞって。あの、軍隊系のやつよね」そう言うと背中を伸ばした。「ゲイリーも苦労してるわ」

「それだけ?」

「そうだけど」ヘンナはちょっとむっとして言った。そして、急に真顔になった。「どういうことだと思う?」

「今の時点では、見当もつかないわ」

ヘンナが肩を落としたので、気を取り直させようとして言った。「でも話してくれてありがとう。もしかしたら、わたしたちに必要なパズルのピースかも」

ゲイリーの忠告は事件となんらかの関連がありそうだと思わずにはいられなかった。リバー家のだれかが何も他言するなとジェニーに命じて、従わないとどうなるか、ゲイリーが教えてやっていたのかもしれない。

ヘンナの話をエリカにメールで報告した。きっと調査メモに書き加えるだろう。

普段なら、だれもいない店内にひとりでいるのも好きなのに、今晩はちょっと落ち着かなかった。カウンターとテーブルはコナが掃除してあったが、全部もう一度拭いてまわった。〈ファインド・マイ・フレンズ〉のアプリを立ち上げてみると、ビーンがウェストリバーデイルに向かってる!　暗い気持ちがぱっと消えた。

閉店時間はまだまだ先に思えたから、ケイラが来られるか電話してみた。余分に働けるのはありがたいと言ってくれたので、ビーンの前進具合をチェックした。やだっ！　ぐるりと方向転換して、北西のほうに引き返している。

楽しい気分もどこかへ行ってしまった。

そのとき、わたしの心を読めるのか、ビーンからメールが届いた。〝きみのこの件はどう？〟

わたしはすぐに返信した。〝順調に進行中。あなたのこの件は？〟

返事はなかった。エリカと調査の真っ最中だと勘ちがいしたのかも。

そういえば、エリカは家でフラッシュモブの打ち合わせをしている。今ならこっそりLibrarySophieのことを調べにいっても気づかれない。それに、殺人事件の手がかりがつかめれば、なんだって許してくれるだろう。ケイラが店に到着するとすぐに、ミニバンに飛び乗って東へ向かった。この課外活動のせいで、しょっちゅう店を空けてしまっている。

イースタン大学があるのはボルティモアの西側なので、都会の喧騒のなかに突っ込むことはせずにすんだ。それでも、夜の町に向かう車の群れにつかまり、そのあいだずっと、これは正しい決断だろうかともやもやした。もしLibrarySophieが犯人じゃなかったら、エリカの言うとおり、彼女をただ傷つけるだけになるかもしれない。

ボルティモアのイースタン大学は、ジョンズ・ホプキンス大学をはじめとする世界的に有名な近隣大学のちょっと出来の悪い弟みたいな雰囲気だった。構内を車でまわるうちに、完全な袋小路にはいり込んでしまった。仰々しい警告の看板が立ち並ぶ倉庫しかない。危険思想の科学者が実験器具でも入れているのだろう。

車を道の端に寄せて、〝来客用駐車場〟と地図アプリに打ち込み、まどろっこしい道案内に従って走った。二時間分の駐車料金を先払いし、車を入れた。運よくバックパックを積んであったので、学生らしく見えるように持って出た。敷地の端から端までと思える距離を歩いたすえに構内の地図を見つけ、くねくねした歩道をたどって図書館に着くと、なんとも巨大な建物だった。わたしったら、このなかで働くひとりの人をどうやって捜し出すつもりだったのだろう？

もっとよく考えておくべきだった。今晩LibrarySophieが勤務しているかどうかもわからないのでは？ さらに言えば、ゼインがフェイスブックのたどり方をまちがえていて、LibrarySophieがソフィ・アンダーソンじゃない可能性さえある。

正面扉脇の受付に座っているのは退屈そうな女の子で、太さのちがう二本の三つ編みをたらし、猫みたいなアイメイクをしていた。自動改札機が入り口の番をしているのに気づき、一瞬パニックにおちいったが、はったりで切り抜けることにした。適当にカードを一枚引っ張り出して読み取り機のまえにかざし、認証されないとあっけに取られた顔をこしらえた。猫目メイクの女の子は、こちらをほとんど見もせずに、ぱんとボタンを押してなかに入れてくれた。ありがとうと手を振り、大声で尋ねた。「ソフィって今晩はいってる？」

彼女は〝だれが働いてるかなんて知るわけないでしょ？〟と言う代わりに、冷めた顔で面倒くさそうに肩をすぼめて見せ、手元の本に戻った。

一階からはじめて、職員らしい振る舞いの人に注意しながら、一列ずつ通路を歩いていった。職員と学生を見分けるのはむずかしかった。幸運だったのは、職員が紫色のひもでＩＤを首から下げていること。そして不運だったのは、かならずしも名前の読める面が表に向いているわけではないことだ。

階段を使って、順に上の階へと上がっていった。どこも若者であふれていて、みんな熱心な学生に見えそうな物をまわりに置いていた。ノートパソコンを出し、本を机にばらまいて、ノートもちゃんと開いてある。でも、ほとんどの学生がしていることといえばゲームやチャットで、隣の席の学生といちゃいちゃしている子もいた。とにかく勉強はしていない。

イースタン大学のパーカーを着た黒髪女性職員も十人目となったところで、写真を見直し、記憶を新たにした。全身ゴス・ファッションであることを除くと、ソフィ・アンダーソンの特徴は、『ロード・オブ・ザ・リング』の映画でしか見たことのないようなとんがった耳だ。

エレベータに乗り、１Ｂ、２Ｂ、３Ｂのボタンを見て地下階があると気づいたときには、くじけそうになった。でも地下一階に着いた瞬間、彼女を見つけた。耳の形も写真とぴったり同じだ。カートの本を棚に戻している。

今さらだが、この繊細な話題をどうやって切り出そう。〝ムーディ教授にセクハラされたLibrarySophieさんですよね？〟では心を開いてくれるはずがない。

写真のときと比べると、大きな鼻ピアスがつけ足されており、しかも耳のピアスと鎖でつながっている。両親はぎょっとするどころではなかっただろう。あるいは、クリエイティブに個性を表現するわが子を応援するタイプなのかもしれない。その表現がとてつもなくばかみたいで、痛々しく見えたとしても。

わたしは勇気をかき集めた。「ソフィさん？」

彼女はこちらの顔をじっと見て、だれだか思い出そうとしている様子だった。

「わたしはミシェル。LibrarySophie っていうハンドルネームの人を捜してて、ここで働いてると学生のひとりに聞いたの」

黒で囲まれた目がうさんくさそうに細まった。「それってだれ？」

やばい。「え？」

「だから、だれに聞いたの？」

「えっと」しばらくことばに詰まった。「そんなのどうでもいいじゃない。あなたに知ってほしいのは、わたしもあなたと同じくらい彼が憎いってことよ」

「彼？」そうきき返したが、うっすらとはわかっているようだった。

わたしは身を寄せて、小声で言った。「アディソン・ムーディよ」

「なんの話かわかりません」彼女は無感情な声で言った。「忙しいので」

「ほんとに気の毒だと思ってるわ……あんなことがあって」わたしは食い下がった。

彼女は顔をしかめた。

「彼、死んじゃったのよ」わたしは言った。

「知ってる」彼女は言った。「せいせいしたわ。あんなやつ、どっちみち生きてる価値なかったもの」

13

ワオ。ソフィったら、教授に死んでほしいと思ってたことを隠そうともしない。わたしは一歩あとずさった。

「そういうわけだから、教授があなたを傷つけることはもうないわ」わたしは言った。

ソフィは鼻で笑った。「あのときだって傷つけられなかったし」彼女は言った。「タマを蹴り上げてやったら床に転がって、赤ん坊みたいにくねくねしてた」

これは我慢できない。わたしは声を上げて笑った。そしてすぐ、嫌な気分になった。死んだ人のことを笑っていては、来世ポイントが下がってしまう。「どんな最期だったか聞いた？」

「もちろん。いい気味」ソフィは満足そうに目を細めた。「とくにハゲワシについばまれたってとこ」

ワオ。この子、血に飢えてる。

「ところで、日曜の夜は何してたの？」

ソフィはわたしを頭のてっぺんからつま先までじろじろ眺めた。「あなた、警察の人？」

「ちがうわ!」わたしはあわてた。警察官と仲良くできるタイプに見えるのだろうか?

「わたしはただ……真相を知りたいだけ」

「真相?」ソフィは繰り返した。「どういう意味だか知らないけど、わたしはやってないよ」

「じゃあどこにいたの?」

「シカゴ」ソフィが答えた。「その日、あっちにいてよかったと思う。だって殺すチャンスがあって、つかまらないとわかってたら、自分がやっちゃってたはずだから」


ソフィの話がほんとうかどうか、どうすればたしかめられるだろう。そう考えながら来客用の駐車場から車を出していると、警察車両がそばを通りすぎた。気づいたときにはもう遅かった。それはウェストリバーデイル警察の車で、助手席からボビーがこちらをにらみつけていた。ああ、まったく。たとえわたしの姿が見えなかったとしても、全面トリュフの写真でラッピングされた〈チョコレート&チャプター〉のミニバンは見逃しようがない。

でもこれで、ソフィのアリバイ確認は心配なくなった。ボビーがちゃんと調べてくれる。飛ばしすぎと自覚しつつも、猛スピードでその場をあとにした。家のほうへ向かうハイウェイに乗るまで動悸が収まらなかった。帰りつくまでずっと、バックミラーにちらちら目をやっていた。今にも警察車両に呼び止められて、ボビーが怒鳴りこんでくる気がして。

家にはいると、ティーンエイジャーであふれかえっていた。リビングからスティーヴ・ロクスベリーが手を振った。「ウェルカム・トゥ・カオス!」愉快そうに言った。家具を壁際に寄せ、二台の小さなカードテーブル（トランプをするためのテーブル）を出して、それぞれにミシンを載せてある。ソファの上をまたぐように長い作業台が置かれ、その上に布が散乱していた。いろんな生地見本に型紙をピン留めしている子もいれば、切ったり縫ったりしている子もいた。

リビングルームに行くと、床は布の切れ端で足の踏み場もなく、ジョリーンが張りぼて作りを監督していた。どうやら何かの頭みたいだが、ヘルメットかもしれない。いや、ドリー・パートン（アメリカのシンガーソングライター）のかつらかも。部屋の壁には、前回の打ち合わせのあとでエリカが見せてくれた、ほぼ実物大のマヤの壁画のコピーが、切り分けられて青いテープでべたべたと貼ってあった。

キッチンから出てきたエリカは、大きなボウルを抱え、なかには白いどろどろしたものがはいっていた。「おかえり！」

「これ全部フラッシュモブ用？」ずいぶん大がかりだ。

「そうよ」と言って、エリカはあたりを見回した。わたしに話していたのとはずいぶんちがう状況だと気づいたようだ。「ごめんなさい。劇場の作業室に置いとけないって言われて、一部をうちに運び込んだの」

「全然かまわないわ」わたしは言った。「今後の計画はどうなってるの？」

シートで覆ったダイニングテーブルの真ん中にエリカが白いどろどろを置くと、生徒たちが大よろこびで新聞紙の切れ端を突っ込んだ。「糊のつけすぎはだめよ。速く乾かさないと、腐っちゃうから」エリカはこちらに向き直った。「衣装用にすてきな型紙を見つけたの。生徒はミシンを持ち帰って、何日かかけて縫い終える予定よ。ヘルメットは月曜日までこのまま置いておいて、十分に乾いたら色を塗る」

「このシナモンみたいなにおいは何？」

「あなたならすぐに気づくと思ったわ」エリカが言った。「糊がくさくて我慢できないって言う女の子がいて、インターネットで調べたら、シナモンを混ぜるといいって書いてあったの」

エリカについてキッチンに行った。

「二階のオフィスで脚本を書いてる子もいるわ」

「脚本ってなんの？　壁画のまえで踊るだけじゃないの？」

「もっともっとすごいのよ」エリカは言った。「ボナンパクにある有名なマヤの壁画に描かれた場面を実演しようとしてるの。ボナンパクっていうのは考古学的に重要なメキシコの遺跡ね」エリカは大判の美術本と教科書を掛け合わせたみたいな本を引っ張り出した。「どの場面にしようか迷っちゃう！　貴族に儀式に戦闘。征服と屈服。きっとすばらしいものになるわ」

「戦闘シーンがあるなんて、スーパー・ヒーロー・オタク・チームがよろこびそうね」わたしは言った。あの子たちは流血ものが大好きなのだ。一度など、店のダイニングエリアで『ウォーキング・デッド』のコミックに描かれた〝内臓と肋骨〟がいかに芸術的かを大声で議論しはじめたから、外に追い出したことがある。

エリカの興奮ぶりは伝染するのかもしれない。「わたしも手伝っていい？」

彼女はきょろきょろとあたりを見まわした。「もちろん！　なんでもどうぞ」

自分の部屋にバックパックを置きにいく途中で、携帯電話が鳴った。非通知の番号からだったが、ともかく出た。

部屋にはいってドアを閉めても、笑い声やティーンらしくふざけ合う声が壁を伝わってきた。

「ミシェル・セラーノさん？」聞き覚えのないだみ声で、男か女かもわからなかった。

「そうだけど」

「あなたが捜してると聞いて電話を」

「ジョージ・クルーニーさん？」

「いいえ」微笑んだとわかる声。まちがいなく女性だ。

「ディアドラ？」

「ビンゴ」彼女は言った。「なんのご用？」

「ええと」大あわてでさりげない切り出し方を考えたが、結局ありのままを伝えることにした。「ムーディ教授の死についてわかることはなんでも知りたいの。助けてもらえるとありがたいわ」

返事はなかった。

「わたしたちはただ……リバー家の屋敷のなかで、どんな経緯《いきさつ》があったのか理解したいだけなの」

「協力する理由がわたしにあるかしら？」

「理由と言われても」わたしは言った。「調査が進めば、あなたもうれしいんじゃない？　自分の身の潔白を証明できるかも。何もしてないのにクビになったって聞いたわ。あなたが知ってることを話してみたらどう？」

ディアドラが黙り込んでいるので、だんだんやけになってきた。「エリカが殺したとみんな思ってる。こんなの、あんまりよ。彼女の疑いを晴らすために、少しでも力を貸してくれると助かるわ。ほんとうに助かる」

「いいわ」ディアドラが言った。「会いましょう。あなたのお店でいいわね？」

あまりの急展開に、少しのあいだ口がきけなかった。「ええと。も、もちろんかまわないわ」もっとこっそり会うものだと思っていたが。

「じゃあ土曜日の正午に」そう言って、ディアドラは電話を切った。

わたしはエリカを捜し出した。「ねえ、なんか変なんだけど」

「何が？」エリカは見事な装飾の槍の写真を指差しながら、生徒のひとりに張りぼてを棒に固定するやり方を説明していた。

「ディアドラから電話があったの」わたしが言った。「店で話したいって」

「すごい進展じゃない！」エリカが言った。「それのどこが変なの？」

「土曜日の正午に来るって言うのよ」わたしは答えた。「とっても混んでる時間帯だわ」

エリカは肩をすくめた。「知らないのかも」

「そもそも人目につく場所を選んだのはどうして？」

「会って話を聞くまで何もわからないわ」エリカは言った。「だからそれまでは気にしないことね」

って、できるわけないでしょ。そのまま自分の部屋に戻り、エリカの助言に従おうとしてみたが、ディアドラの話ってなんだろうということしか考えられなかった。彼女の話を聞けば、ぱっと突破口が開けて、エリカの容疑をすっかり晴らせるだろうか？


金曜日の朝、一ポンド分のカプチーノ・ダークスを作っていた。今回はコーヒー豆を載せて、モカの酸味を強めてある。と、コナが〝背骨ポケット〟と命名したズボンのポケットのなかで携帯電話が鳴った。腰のうしろに手を伸ばし、電話を取り出した。

「ジェニー・リバーが教会の公園にいる」ゼインが言った。

彼はジェニーの情報の掘り起こしに苦戦していた。彼女がティーンを卒業して間もない年頃であることを考えれば、かなり不思議な事態だった。フェイスブックのアカウントを作った形跡さえ見つからなかった。だから直接話せる機会を逃すわけにはいかない。

「彼女、何してるの？」

「ブランコに乗ってる」

「まじで？」

「うん」

「ひとり？」

「うん」

「オーケイ。ありがとと」

ヘビーホイップクリームを買いに食料品店までひとっ走りしてくる、とコナに言って店を出た。

その教会は、ウェストリバーデイルでいちばん美しい建物だった。一七〇〇年代中頃の石造りで、数世紀たった今もそのままの姿を残していた。わたし自身は教会に通っていないが、それでもこの小さな町の碇《いかり》のような存在だと感じている。ステンドグラスから射し込む光もすばらしい。カシの古木がこんもりと覆うささやかな墓地には雨風にさらされた墓碑が並び、向かい側が小さな公園になっている。

公園沿いの道をぶらぶら歩いていき、大げさに二度見をした。「ジェニー？」

彼女はブランコに乗り、片足で地面を蹴ってまえへうしろへ揺れていた。ふと顔を上げ、無表情にわたしを見た。

「ミシェルよ」わたしは言った。「ほら、チョコレートショップの」

「ああ、こんにちは」ジェニーは揺れながら言った。

「大丈夫？」

片足をついてブランコを止め、わたしの質問を真剣に考えているような顔をした。「ええ」そう答えると、また揺れはじめた。ゆったりした明るい黄色のシャツが彼女の動きに合わせてふわっとふくらんだ。下は切りっぱなしのデニムショートパンツに緑のビーチサンダルを合わせている。

二十一歳よりずっと年下の子と話している感じがした。

「これから〈チョコレート&チャプター〉に戻るまえに食料品店に寄るの。何かいるものある?」

ジェニーはつま先で地面に触れ、今度も少し止まって考えた。「ない」そしてまた揺れはじめた。「ありがと」

「オーケイ」

大急ぎで食料品店に駆け込み、思いつくまま総菜カウンターのスプーンふたつ、ベン&ジェリーズのアイスクリームふたつ——チョコレートファッジブラウニーとチャンキーモンキー——、それからホイップクリームをひっつかんだ。アイスクリームの棚に並ぶヘイズドアンドコンフューズドとチェリーガルシアとチョコレートセラピーには近づかないようにした。最後のにはとくに心ひかれたが。

公園に戻ると、まだジェニーがいた。芝生を突っ切って、隣のブランコに座った。「アイスクリーム食べる?」ふたつのフレーバーを両方見せると、チャンキーモンキーを手に取った。やった! わたしはいつだって、チョコレートいっぱいのがいい。

「調子はどう?」

「ふつう」ジェニーはブランコの鎖に腕をまわしかけ、肘のくぼみでつかまるようにして、アイスクリームの蓋を開けた。わたしは彼女にスプーンをやり、自分のを開けた。いっしょに小さく揺れながら、目の端でジェニーを盗み見た。今にも壊れてしまいそうに見えた。途方に暮れているようにも。事件のことなど、とてもきけそうにない。

わたしにも迷いの数年間があり、当時は人生の目的がわからなかった。薬物依存症という重荷はなかったけれど、両親がいないなかで答えを見つけるのは簡単ではなかった。ジェニーに少しでも希望を与えられそうなことばを探して頭をしぼった。「これからどうするつもり?」

ジェニーはアイスクリームをひと匙《さじ》ふくみ、口のなかで溶けるのを待って答えた。「わからない」

「やりたいことは?」

彼女は揺れるのをやめ、芝生の上をひらひらと飛ぶちょうちょを眺めた。「今はブランコ」

ジェニーについて知っていることを何か思い出そうとした。「絵を描くのは?」わたしはきいた。「二、三年まえ、州の特別美術大会で優勝してたわよね?」

「まえのことよ」悲しい声だった。

父親を亡くすまえという意味だろうか? それともリハビリ施設にはいるまえ?

「わたしは十四のときに両親を亡くしたって知ってた?」

こちらの顔をじっと見つめ、何歳なんだろうと考えているようだった。

「兄が面倒を見てくれたの。自分もまだ子どもだったのに」

彼女はチョコレートのかたまりをほじくって口に運んだ。

「あなたの面倒はだれが見てくれてるの?」

「アダム」少し間を置いてつづけた。「あとゲイリー、かな」

「お母さんは?」

ジェニーはアイスクリームに目を落としたまま、ファッジのまわりをつついてスプーンを持ち上げた。「子どもに手をかけるタイプじゃないの」みじんもつらさを感じさせない口調で言い、ファッジをぱくりと食べた。「とっくに立ち直ってなきゃいけないってママは思ってる。でもわたしのセラピストが、そんなふうに言うのはよくないって。それで言わなくなったけど、心のなかではまだ思ってる」

「親が死んだあと、ずっと悲しかったわ」わたしは言った。「それが終わると、つぎはずっと怒ってた。でもチョコレートを作りはじめたら、人生の目的を見つけて、そこからずいぶん気持ちが楽になった」

ジェニーはじっとわたしを見返した。その目にわずかな希望が忍びいるのを見た気がした。

「アトリエに戻って、これだって思えるかどうか、試してみてもいいんじゃない?」わたしは気軽な感じですすめた。手元のアイスクリームに目を落とすと、もう半分以上なくなっている。「いつもよりよけいにランニングしなきゃ」

ジェニーは食べつづけた。運動しなくても太らないのだろう。

わたしは立ち上がった。「博物館の展覧会用に高校生がフラッシュモブをするって聞いた？」

ジェニーはうなずいた。

「もし基本的な筆使いの練習がしたければ、背景を描いてみたらいいわ。ジョリーン・ロクスベリーはきっと手伝いならだれでも歓迎よ。本物のアーティストはなおさら。ほら、高校生の男子ってなんでもべたべた塗りたくるだけじゃない？」

ジェニーは横目でちらりとわたしを見上げた。「数学を教わってた。すごくいい人」

「そろそろ店に戻らなきゃ」わたしは言った。「日曜日の午後に学校で打ち合わせがあるから、もし手伝う気になったら来て」

わたしが歩きだすと、高級そうな大型セダンがキィーッと音を立てて目のまえに停まった。アダム・リバーが怒りに顔を引きつらせて降りてきた。「ジェニー！　車に乗るんだ。今すぐ」

すっとうつろな表情に戻ると、ジェニーは立ち上がって、アイスクリームのカップをわたしに返した。

アダムはジェニーが車に乗るのを待って、ドアをバンッと閉めた。これが会社を経営する人の振る舞いだろうか？

彼はくるりとこちらを向いて、わたしからジェニーの姿を隠すように立ちはだかった。

「ぼくの家族に近づくな」静かな声だったが、怒りがにじみ出ていて、警告であることはまちがいようがなかった。

店に戻ると、エリカがにこにこしていた。「これ見て」

エリカに関する発言をすべて撤回するというラヴェンダーの手紙がリースのブログにアップされていた。記事全体の撤回ではなかったが――道徳的に欠陥のあるリースは、大失態のなかで自分がやったことについてはひとつも謝罪していない――少なくともみんなに真実が伝わるだろう。

ジェニーについてたいしたことはわからなかったが、エリカに報告した。アダムに出くわしたことも。

「脅迫されたの？」エリカがきいた。「教授の事件と関係があるのかしら？」

「そんな感じではなかった」わたしは答えた。「妹を守ろうとしただけだと思う。きっとレオも同じことをしたわ」

「調査メモに加えておく」エリカが言った。「今晩の夕食は〈エル・ディアブロ〉でどう？」

わたしたちのつぎなるターゲットはレストラン〈エル・ディアブロ〉のオーナーシェフ、ファン・アビレスだった。ジョリーンの携帯電話に、よければジェニーに声をかけてフラッシュモブの手伝いをさせてやって、とメッセージを残したあと、思わず〈エル・ディアブロ〉のメニューを検索するという過ちを犯した。そのせいで一日じゅう豚肉入りのププーサ（お好み焼きのような中米料理）とキャッツサバのフライを思い浮かべてはよだれをたらすはめになった。

　今日もまた有能なアシスタントたちの手に店じまいをゆだね、エリカとふたりで店を出た。何をしているか気づいているはずだが、コナもケイラもひと言も触れなかった。

〈エル・ディアブロ〉があるのは、フレデリックの町のステイトストリートだった。わが町のメインストリートの今風若者バージョンという雰囲気だ。でもこちらには、彫刻のような街路樹があり、窓辺を飾るすてきな植木箱があり、街灯の柱からぶら下がる花の鉢植えがあった。ただ駐車場だけが足りなかった。フレデリックにはコロニアル様式の建築がそれなりに残っていたが、昔ながらのレンガ造りは、今世紀に合う画一的な建物に容赦なく造り替えられていた。いったいどんな技を使ったのだろう？

「エリカ？」男の声が呼びかけた。マーク・ハリス。もうすぐコリーンの元夫となる男が、二軒先のレストランのまえに立っていた。お互いに歩み寄ったものの、気まずい空気が流れた。「えっと、〈エル・ディアブロ〉に行くのかい？」

「ええ」エリカが落ち着き払って答えた。「うちの店で盛大なレセプションパーティをしたときに料理を出してくれて、とてもおいしかったから」

　エリカはマークがはいりかけていたレストランの看板に目をやった。「ニューオリンズ・ジャズ？　生演奏が好きだなんて知らなかったわ」

　マークは目に見えてそわそわしはじめた。理由はすぐにわかった。向こうからギターケースをぶら下げた若い女性がバレエシューズのような靴で歩いてきた。と思ったら、その人が大声で呼びかけた。「マーク！」彼に駆け寄り、チュッと唇にキスをしてこちらを向いた。

「こんばんは！　グレッチェンよ」

おっとっと。浮気相手の女だ！

「こんばんは」同じ状況でわたしがかき集められる優雅さの何倍も優雅にエリカが言った。

「エリカよ。こちらはミシェル」

グレッチェンの目がぱっと見開かれ、口が完璧なOの字にすぼまった。わたしたちがだれだかわかったのだ。こちらも彼女がだれだかわかったことも。エリカがグレッチェンの全身を舐めるように見まわした。彼女のこんな振る舞いは初めてだ。だが意地悪な女の子のそれというよりも、妹の結婚を壊した女がどんな人物なのか心底興味があって観察しているというふうだった。

わたしはエリカの腕を引っ張った。「お邪魔はしないわ」マークたちに言った。「楽しんで」と言うべきところだが、のどの奥につかえて出てこなかった。

ふたたびレストランに向かったが、エリカはどこかぼうっとしていた。おしゃれな通りにぴったりのすてきな店のたたずまいにも目を向けたかあやしいものだ。なかにはいると、木のボックス席がつややかに光り、大ぶりな陶器とテーブルクロスの赤が鮮やかだった。受付台のところで足を止めると、案内を待つようにと書かれた控えめな立て札があった。「二名様？」ウェイトレスがけだるそうにきいた。

「ええ、そうよ」エリカは壁際のボックス席を指差した。「あそこがいいわ」

「どうぞ」ウェイトレスは革張りのメニューを二冊取り、その隅の席に案内してくれた。座ると、巨大なシダ植物に体の一部が隠れた。

「さっきの女、お尻を蹴っ飛ばしてこようか?」ウェイトレスが行ってしまってから、半分冗談、半分本気できいた。

エリカは放心状態のまま首を横に振った。

夕食にしては早い時間に来たので、テーブルはいくつも埋まっていなかった。お客のほとんどは二十代の若い会社員風で、レストラン特製のきれいな色のドリンクを特大ピッチャーで分け合っていた。

メニューを開くと、ウェブサイトに載っていない料理がまだまだあった。ふいに猛烈な食欲がわいてきた。

バーカウンターの端では、アシンメトリーの奇抜な髪型をした、真っ赤なビジネススーツの女性が、立ったまま目にも留まらぬ早技でスマートホンをタップしていた。ウェイターが持ち帰り用の包みをわたすと、お礼を言って、五ドル札らしきものをチップ用の瓶に入れた。ウェイターもお礼を言い、女性は店を出ていった。

そこに、オーナーシェフのファン・アビレスが厨房から現れた。「来たわよ」わたしは小声で言った。ボックス席の奥のほうにすっと移動したが、シダの葉に隠れているほうが見えにくいと気づき、また滑るようにして席の手前側へ戻った。

さっきのウェイターが湯気の上がる皿を両手に持って向こうのテーブルへ運んでいくあいだ、アビレス氏は隅々まで問題ないか確認するように店内を見まわした。彼の目がチップ用の瓶に留まった。かと思うと、予想外にすばやい手つきでなかの五ドル札をひっつかみ、ポケットに突っ込んだ。

「今の見た？」わたしはきいた。

「ええ、見たわ」エリカが言った。「事件解決の糸口になりそうね」

14

今しがたチップを失ったばかりのウェイターが来て、いらっしゃいませと言って飲み物の注文をきいた。〝ヴィンス〟——と名札に書いてある——は、口ひげをワックスで固めて両端をくるんとカールさせてあった。

「とりあえずお水を」エリカが答えた。「こんなこと言いたくないんだけど、あのオーナー、あなたのチップを瓶から抜き取ったわよ」

ヴィンスはアビレスのほうを振り返ってあきらめたように肩をすくめたものの、声に苦々しさをにじませた。「いつものことですよ。前菜はいかがですか？　おすすめは牛肉のエンパナーダ（ひき肉や野菜を詰めたパイ）。当店の名物料理です」

「ぜひいただくわ」エリカが即答した。

「豚肉のププーサも」わたしが追加した。「あとはちょっと考える」

ヴィンスが微笑みを返して厨房へ向かってから、エリカにきいた。「がっつりいろいろ注文するわよね？」

「もちろん、そのつもりよ」エリカは答えた。「それで食事が終わったら、どうしてもシェフと話がしたいと言えばいいわ」

　わたしは食べる気まんまんだった。「でもわたしたちだってバレて、つばでも入れられたらどうしよう？」

「それは料理人としてのプライドが許さないってことにしときましょう」

　人としてどれほど欠陥があったとしても、ファン・アビレスの料理は本物だった。前菜につづいて、塩味の利いたペルー風ラムをぱくつき、スパイスの香るブラジル風シーフードシチューに舌鼓《したつづみ》を打つうちに、調査のことなどすっかり忘れそうになっていた。もうひと口だって食べられないと思ったところに、ヴィンスがデザートのメニューを持ってきた。大げさではなく、ううっとうなり声を上げた。

「あら。すごく魅力的」エリカが言った。「でももうお腹いっぱいなの。とってもおいしかったわ。もしよければシェフを呼んでもらえる？」

　ヴィンスはけげんな顔をした。映画以外でほんとうにシェフを呼ぶ人なんていないからだろうか。それとも、アビレスに伝えるのが怖いのだろうか。だがまもなく、警戒した表情のファン・アビレスがやってきた。わたしたちだとわかると、ますます困惑したようだ。

「こんばんは、ミスター・アビレス」エリカがわたしには到底まねできない優雅な口調で言った。「あなたの料理の大ファンで、今夜の食事もすばらしかったと伝えたかったの」

「そりゃ、どうも」と言って、アビレスは隣のテーブルのお客を通すために身を引いた。

「実はね、たくらみがあって来たのよ」イケない過ちを告白するみたいな言い方だった。これじゃ情報を引き出そうとしてるんだか、誘惑してるんだかわからない。

「たくらみ？」

「うちの店の評判が心配だから、だれが強盗に関与してるのか突き止めたいの。何か知ってることがあれば教えてもらえないかしら？」

アビレスは血相を変えた。「頭がおかしいんじゃないか？　おまえたちに話すことはない。おれはけっして友だちを裏切らないし、彼らの事情を暴露したりしない」

「暴露？」エリカが言った。「意味深長なことばね。まるでものすごいことを隠してるみたい」

「もう帰ってくれ」アビレスはくるりと背を向けた。

「残念だわ」立ち去ろうとするアビレスにエリカが言った。「あなたがどんなふうにスタッフを扱ってるか知ったら、リバー家の人たちは困るでしょうね」

アビレスがエリカのほうを振り返った。頭の先まで真っ赤になっている。体温計のキャラクターがかんかんに怒っている絵が浮かんだ。「なんの話だ？　あいつらは仕事があるだけでありがたいってもんだろ」

十分声の届くところにヴィンスがいる。エリカはあきれてぐるりと目を回した。

「リバー家の人たちは労働者の権利の保護にとても熱心なのよ」エリカはアビレスに身を寄せ、秘密でもささやくように声を落とした。「それにわたしたち見ちゃったのよね。あなたがウェイターのチップをくすねるところを」

「その金をおれがどうするつもりだったか、おまえたちにわかるのか？」完全に開き直っている。「ヴィンスのために貯金しようとしてたかもしれないじゃないか」

エリカは首を横に振った。「あなたがどう言おうとかまわない。わたしたちはこの目で見たし、なんのためだかわかってる。でも協力するなら、リバー家には言わないでおいてあげるわ。一所懸命働いてる従業員のお金をちょろまかしたと聞いたら、リバー家の人たちはひどく自分を恥じるでしょうね。どうしてあんな店を友だちみんなにすすめてしまったんだろうって」

アビレスの目が糸みたいに細くなった。「何が聞きたい？」

「ムーディ教授のことならなんでも」

アビレスは心底驚いた顔をした。「なんでやつのことを？」

「あなたには関係ない」エリカが言った。「何を知ってるの？」

「何も」アビレスは一歩あとずさった。ほんのわずかだが、恐怖が顔をよぎった気がした。

「金を払ってさっさと出てけ。二度と来るな」

「でも――」エリカは食い下がった。

アビレスは怒鳴るようにヴィンスに言った。「伝票を持ってけ。店から出てくまで、しっかり見届けろ」

「承知しました」ヴィンスの声にはうっすらと軽蔑の響きがあったが、アビレスは気づかなかったか、そうでなければ無視した。

彼がどすどすと厨房へ戻っていくと、ほかのお客たちがおそるおそるこちらに目を向けた。わたしはにっこりして、あなたたちに危害を加えることはないですよ、と示した。一方のエリカは思考モードにはいっていった。

ヴィンスが伝票を手に戻ってきた。「あいつに何したんだい？」声をひそめてきいた。

「殺人事件についていくつか質問をしたんだけど、答えたくなかったみたい」エリカはアビレスから顔を隠すようにして言った。「アディソン・ムーディ教授の件は知ってる？」

わたしはじっくり一品ずつ伝票を確認し、やむをえず現金を取り出した。

「ああ、もちろん」ヴィンスが答えた。「ここじゃみんな、その話しかしてないからね」ちらりとうしろを振り返った。厨房の入り口からアビレスがにらみつけている。

ヴィンスがこちらに向き直った。「閉店後に来れば、いいものが見られるかもしれないよ」

わたしはがくがく震えていて、また最初からお札を数え直さないといけなかった。

エリカはさっとお札を何枚か財布から引っ張り出した。それから名刺も。「何時に来ればいい？」

「十二時」ヴィンスが言った。「その時間ならアビレスはもう帰ったあとだから」

「すばらしいわ」エリカはお札のあいだに名刺を滑り込ませた。「わたしの携帯番号が書いてある。彼が帰ったら電話して」

アビレスのレーザビームのような視線を浴びながら、店をあとにした。

「なんだか、おもしろいことになったわね」ひんやりした夜気に触れると、どっと安堵が広がった。「ヴィンスはほんとに協力してくれると思う？」

「ええ、思うわ」エリカが言った。「敵の敵はなんとやらってね」

「じゃあ、十二時まで何しよっか？」


「知ってる？　真夜中って魔術に最適な時間なのよ」レストランのまえに車を停めて待っているあいだ、わたしは言った。窓を開けて、夜の冷気がはいるようにしておく。さっきまで数ブロック先の小さなジャズクラブで時間をつぶしていて、そこで飲んだビール二杯が効いてきていた。一杯のワインをちびちびやっていたエリカは、運転席でウェイターのヴィンスから連絡が来るのを待っている。

マークとグレッチェンがいるとおぼしきバーはまだずいぶんにぎわっていて、音楽や人の騒ぎ声が通りにこぼれ出ていた。少なくとも、なぜかその人だかりを見ていると、危ないことなど起きはしないと安心できた。数人の目撃者なしには。

「そんなこと、だれが言ってたの？」エリカがきいた。

魔術の長い歴史について講義をされるまえに、話題を変えた。「マークがいる店で待っとく？」

エリカはじろりとにらんだ。「いいえ」

「彼女をぶちのめさなくて、ほんとにいいのね？」ふざけて言った。「ぼっこぼこにしてあげるわよ」

「やめときましょ」エリカが言った。「マークが浮気なゲス男なのはグレッチェンのせいじゃない」ため息をついて、携帯電話を取り出した。「あら」

「どうしたの？」

「アフリカの友だちからメールよ」

「で？」

「彼も同意見だって」エリカが淡々と言った。「あの壺にはやっぱり、ほかのものにはない特別な象形文字が書かれてる。百万ドルの価値があるって」

わたしは目をぱちくりさせた。「ワオ。すごい金額。警察に知らせなきゃ」

エリカはうなずいた。「そのうちにね」

「ボビーのことなら」わたしはここぞとばかりに持ち出した。

「彼は関係ない」エリカが言った。「もうちょっとはっきりするまで時間がほしいだけ」

とそのとき、マークとグレッチェンが店から出てきた。マークが彼女のギターを持ち、手をつないでいる。通りのお客からひやかしが飛んだ。「お似合いだよ！」

グレッチェンは手を振って応えた。「ありがと！」

わたしとエリカはしばらく黙って座っていた。「彼女みたいな明るくて性格のよさそうな子は、なんていうか、マークにはもったいないわよね」わたしが言った。

「まったく、許しがたいわ」エリカの声がやるせなさを帯びていった。「コリーンが家にこもって宿題してるっていうのに、あの男は若い恋人とクラブでよろしくやってるなんて」

よろしくやってる？　ずいぶん古風な言い回しだ。さてここから話を戻すにはなんと言うべきかと考えた。「コリーンは大丈夫よ。今は大学をすごく楽しんでる。その気持ち、あなたもわかるでしょ？」

エリカはうなずいた。

わたしは焦らず布石を打った。「コリーンはマークといて幸せだった？」

「幸せばっかりではなかったわね」エリカは認めた。

黒のミニドレス姿の若い女性の一団が酔っ払って転びそうになりながら通りすぎた。「何年かまえにお客さんが言ってたことで、なるほどと思ったことがあるの。離婚した彼女に、すっきりしたかときいたら、こう答えた。今は幸せとは言えないけど、離婚したことで将来幸せになる可能性を手に入れたって」

エリカはうなずいた。

「今、コリーンは幸せになるチャンスを手にしてるのよ。それってとっても大事な、価値のあることじゃない？」

エリカの目がやわらいだ。「たしかにそうね」

「だからそれと同じで、あなたにもボビーと幸せになるチャンスがあるってこと。ごたごたが全部片づいて、またいっしょに過ごせるようになったら」このセリフを口から出した瞬間、しくじったとわかった。頭のなかで思い描いたほど自然な感じでボビーの話に持っていくことができなかった。これじゃ、ただのおせっかいな世話焼きおばさんだ。

「どうかしらね」全然響いていないとわかる言い方をして、エリカは携帯電話に目をやった。

「このことがバレたら、きっともっと怒るわね」わたしが言った。

「でしょうね」エリカはそう言って、ヴィンスの電話よ来いと念を送るみたいにレストランのほうをじっと見つめた。

「とくにわたしたちが何かを突き止めた場合は」わたしが言った。「でもいつも彼が一歩出遅れるのは、こっちのせいじゃないわよね。最初はバートランドの日記、それから大学の――」

エリカがくるっとこちらを向き、そのあまりの速さに髪の毛がヒュンと音を立てた。「今なんて？　大学？」

「ええと」うまい嘘を探してまごまごしたが、すぐにあきらめた。「もういいじゃない！あなただって、わたしがLibrarySophieに会いにいかないと本気で思ってたわけじゃないでしょ？」

エリカはじとっと目を細めた。「しかもどうやってLibrarySophieを見つけ出したの？」

あちゃちゃ。ゼインを差し出すつもりじゃなかったのに。「もう！」わたしは言った。「彼女が大学の図書館で働いてることくらい、わたしにだって察しがついたわ。いずれにせよ、当日はシカゴで女性関連の会議に出たあと、飛行機で帰ってくる途中だった。だから完全にシロよ。彼女に会いにいったとき、ボビーに姿を見られたの。大学を出ようとしたら、入れ替わりに彼がやってきたってわけ」

エリカは唖然としていた。「彼女を巻き込まないでって言ったでしょ」

「いつからわたしのボスになったの?」ぷりぷりして見せた。「だれかを調べたいと思ったら、調べるからね」

エリカの携帯電話がメールの着信を知らせた。助かった。

「ヴィンスだわ」エリカが言った。「もうはいっていいって」

ふたりで車を降りた。「さっきの話、これで終わったと思わないでね」エリカがぴしゃりと言った。

表のドアは鍵が開いていたので、そのままなかにはいった。通りのそよ風にかさかさと鳴る落ち葉が、ドアを閉めるとつんのめるようにぶつかった。

「裏に来て」ヴィンスが厨房のカウンターから頭を突き出した。椅子は全部逆さまに上げてあり、床はモップをかけたあとらしく濡れていた。

ヴィンスに連れられて厨房を抜け、レストラン用の各種備品が保管されている奥の部屋に行った。いくつも並んだ棚の向こうに、壁との隙間に押し込まれるようにして小さな机があった。そこへヴィンスがモニターを持ってきた。防犯カメラに記録された店内の映像を見せてくれるようだ。「やっちゃって」彼は言った。

「ほんとうにありがとう。こんなことまでしてくれ――」

ヴィンスはエリカのことばをさえぎるように手をひらひらさせた。「お礼はいいから、あのクソ野郎を痛い目に遭わせてくれよ。ぼくが掃除を終えるまであと三十分ある。そのあいだご自由にどうぞ」

エリカは椅子に腰を下ろし、画面に目を向けた。わたしもうしろからのぞきこんだ。「これって……？」

エリカはさっとクリックして機能一覧に目を通し、わたしが指差したテーブルの部分の映像を拡大した。

「嘘でしょ」わたしが声を上げた。

ムーディ教授とカルロ・モラレスが同じテーブルで食事をしていた。


一時間しても衝撃から立ち直れなかった。ヴィンスの手を借りて、ここ二、三カ月で合計六回、ムーディ教授とカルロ・モラレスが会食している場面を見つけた。その部分の画像を日時入りで印刷した。ヴィンスによれば、アビレスはもっとまえの映像もどこかの会社に送って保存しているようだが、データのアクセス方法はわからなかった。

ヴィンスはこんなことも教えてくれた。カルロが〈エル・ディアブロ〉で食事をするときは、直接アビレスに連絡して店の予約を取る。すると、アビレスは大急ぎで通常のメニューには載っていない、永遠に煮込むかに思われる特別なシチュー、フェジョアーダを作りはじめる。家に帰る車のなかで調べたところ、フェジョアーダというのはブラジルの伝統料理で、動物の、アメリカ人は食べ慣れていない部位を入れるらしい（豚肉や牛肉といっしょに豚の耳、鼻、足、尾、皮などを入れる）。まあ、自分の知る範囲のアメリカ人は、ということだが。ともかく、アビレスがつぎにその料理を作りだしたら、ヴィンスが連絡をくれることになった。

車に乗っているあいだ、頭がちょっとくらくらした。調査が思いがけない展開を迎えたことや、深夜という時間帯、それからたぶんビールのせいだ。道中ずっと、エリカは黙りこくっていた。新事実からどんな全体像が描けるかと考えているのだろう。

「つまり、ムーディ教授はマヤの出土品をカルロに横流ししてたってことよね？」わたしはきいた。「それ以外、あんな頻繁に会う理由がある？」

エリカは肩をすくめた。「もっとカルロの情報が必要ね。中米出身だからといって、出土品の密売人とは限らないわ」

「でも美術商だって自分で言ってたわよ」わたしは言った。「略奪されたマヤの出土品も取り扱ってるかはわからないけど」

「仮に教授が出土品をカルロに売ってたとしたら、なぜ博物館で展示会を？」エリカが言った。「百万ドルの壺もあるのに。それに入手先は？」

「ラヴェンダーにきくしかないわね」

「雇い主の違法行為を認めるかしら？」そう言いつつも、エリカが頭のなかであれこれ考えて、手に入れたばかりのパズルのピースの意味を解明しようとしてるのがわかった。「あなたはコナにカルロのことをきいてみて。わたしはゼインにもっと詳しく調べさせる。ラヴェンダーと話すのはそのあとよ」

家に帰ってわたしがベッドに倒れ込んでからも、エリカは考えつづけていて、部屋を歩きまわる足音が頭の上で響いていた。

つぎの日は十一時の時点ですでに、ディアドラが約束の時間より早く来るかもしれないと店の外をのぞいたり、ドア付近の物音にびくっと飛び上がったりを交互に繰り返していた。〈エル・ディアブロ〉で見た映像のせいで頭のなかがぐるぐるしていた。土曜の朝にはめずらしく、店のダイニングエリアは満席だったが、そんなことも神経のなぐさめにはならなかった。

これも気をそらしてはくれなかったが、コナを怒らせるという出来事もあった。カルロについて、なんの悪意もない質問をいくつかしただけなのに。

「彼がわたしとデートしてるのは、あなたの調査のことを探るのが目的だって言いたいの？」ブラウンの目をぎらりと光らせてコナがきいた。

そうじゃないと言っても、追及の手をゆるめなかった。

「わたしとはレベルがちがうってわかってるわ」コナが言った。

「レベルがちがうなんて、とんでもないわ」わたしはびっくりして言った。「あなたをモノにできた彼はラッキーよ」

啞然とする彼女をまえに、なんとか挽回しようとした。「モノにするってのはちょっと変な言い方よね……あなたを手に入れた、というか、あなたとデートできるなんてってことなんだけど——」そこで匙を投げた。「もういいや。何もきかないことにする」

コナは可能なかぎりわたしを避けた。ちらっと時計に目をやる場面も何度かあった。一刻も早くわたしのいる場所から逃げ出したいのかもしれない。ひどい自己嫌悪に陥ったが、今日いちばんの大仕事に集中する必要があった。リバー家のメイドが強盗とムーディ教授の死について何を知っているか、突き止めなければ。

ディアドラとは一度だけ会ったことがある。食料品店で同じとうもろこしに手を伸ばしたときのことだ。もじもじする彼女とどうぞどうぞとゆずり合いになり、結局ふたりとも別のを手に取った。

あらゆる点で中くらいだった記憶がある。中くらいの背——というと、わたしよりは長身だ。肉づきもほどほどで、肩の上でそろえたブラウンの髪に、おどおどしたブラウンの目。ゼインの調べで、おもしろい事実が判明していた。ディアドラは熱心なゲーマーで、〈ワールド・オブ・ウォークラフト〉ではレベル九〇に達していた。それがどれくらいの強さなのかは知らないが。もっと興味を引かれたのは、ディアドラと母親が共有の投資口座を持っていて、何年もかけて着々と資産を増やし、今ではものすごい額になっていることだ。ゼインがどうやってこの情報を入手したのかはきかないでおいた。ディアドラたちはリバー家のだれかから運用のアドバイスを受けていたのだろうか。

「なんでこんなに混んでるの？」ケイラが正午直前に出勤してきて言った。「わたしの知らないサタデーセールとか？」あくびをし、指で髪を梳くとブロンドのカールがなおいっそう愛らしく顔の半分にかかった。

コナがケイラにブラックコーヒーをわたした。「見当もつかないわ。でもとにかく仕事にかかって」

ケイラは素直にごくりとコーヒーを飲み干すと、カップを置いて〈チョコレート&チャプター〉のエプロンをつけた。

ドアからメイが顔をのぞかせ、こっちに来てと手招きした。今日は大輪のデイジーがあちこちについた白のシャツを着ている。突然デイジーの花束が買いたくなったから、このサブリミナルとは言いがたい刺激も効果ありなのだろう。「ごめんなさいね。すぐ店に戻らなきゃならないから。ゲイリーに強く言われて、ちょっと早いけど仔猫たちを連れてきちゃったの。うちの店の裏にいるわ。ココにひっかかれたのもまだ一回だけよ。いつでも見にきて」

ふいに、どうしても仔猫を見る必要があるという気持ちがわいてきた。男の子にはモカ、トリュフ、ニブスとわたしが名前をつけて、女の子にはリリー、ポピー、ジニアとメイが名づけた。里親になりたいという人がメイのもとに殺到し、それを聞きつけた動物愛護協会の人からは里親待ちの猫リストが届いた。

と、メイがわざとらしいひそひそ声で言った。「まだ来てないの？」

「だれのこと？」わたしはきき返した。お腹のあたりが重たくなっていく感じには気づかないようにした。

「ディアドラ・キャッシュよ」メイが言った。「風のうわさで聞いたんだけど、彼女、今日ここに来て、リバー家の秘密をぶちまけるんでしょ？」

「へ？」店内を見まわすと、お客がみんな、大物コメディアンのエド・マクマホンの到着を待つように正面扉を注視していた。「なんで知ってるの？」

「みんな知ってるわよ」メイが答えた。「何の話だろう。待ちきれないわ」立ち止まって生花店をのぞく人があったので、メイはちょっと待っててくれと人差し指でそのお客に合図した。「警察では何も話さないとつっぱねたらしいけど、あなたなら大丈夫。名司会者オプラ・ウィンフリー並みに話を引き出せるはずよ！」お客が黄色いバラのブーケを手に取ったのをしおに、メイは自分の店へ戻った。

エリカは裏のオフィスでオンラインの本の発注書を作成していた。「みんなにバレてる！」わたしは店のほうを振り返りながら、どぎまぎして言った。

「何が？」エリカがきいた。

「ディアドラが話をしにくることよ」わたしは答えた。「たくさん人がいるから、びっくりして帰っちゃうかも」

「彼女のこと、だれかに話した？」

「まさか！」思わず大きな声が出た。「どうしてバレたんだろう？」

「そうねえ」エリカが言った。「ディアドラがだれかに話した可能性は？　その人がうっかりほかの人に話して、うわさが広まったとか」

「どうかしら」わたしは言った。「とにかく、もうじき十二時だわ」頭を抱えた。「ああ、どっかのおしゃべりのせいで、いちばんの手がかりが逃げてくなんて」

「心配しないで」エリカが言った。「なんとかなるわよ」

「ジェイクに電話してみる」ディアドラとの面談のことをこれだけ大勢が知っているなら、ジェイクが何も知らないはずはない。自分の店のカウンターに戻り、携帯電話を取り出した。

最初の呼び出し音で彼が出た。「こちら〈イヤー〉。ご用件は？」

「もしもし、ジェイク。〈チョコレート&チャプター〉のミシェルよ」

「やあ。心の準備はすんだのかい？」

「何のための？」目はドアに向けていた。

「すごい秘密を聞くためのさ」ジェイクが言った。「ディアドラ・キャッシュが店に来て、リバー家の内情をあらいざらい話すんだろ？」

「なんでみんな知ってるの？」小声で言ったのに、きんきん響いた。

「出どころはわからないけど、昨夜はその話題で持ちきりだったよ。ディアドラは警察には無言を通して、ミシェルたちに会いにいくって」

わたしは口汚いことばを吐いた。「ごめんなさい」とつけ足した。

「まったくだ」ジェイクが皮肉っぽく言った。電話の向こうでグラスのぶつかる音がした。

「そんなお下品なことば、生まれてこのかた一度も聞いたことがないからさ」

わたしがつっこまずにいると、ジェイクがつづけた。「で、用件はそれだけかい？」

「ええ、どうもありがとう」

「ディアドラが無事に現れることを祈ろう」ジェイクが言った。「ネタの内容によっちゃあ、店に着くまえにやられちまうかもしれないからな」そして電話を切った。

すばらしい。これでほかに心配すべきことができた。

十二時きっかりに、エリカは自分の店のレジに戻っていった。わたしは仕事をしているふりをあきらめて、カウンターを指でとんとんたたきながら店の入り口をじっと見ていた。どうかちゃんと来てくれますように。十二時一分、ディアドラがずんずん歩いてきて、ドアを開けた。取っ手のベルががらがら鳴った。

わたしは大きく息を吸い込んだ。

ディアドラは敷居の手前で立ち止まった。大勢のお客に気づいたはずだが、なんの反応も示さない。一度、来たほうを振り返って長いあいだ見つめ、重大な決断をするかのようにぴんと背筋を伸ばした。そして店に足を踏み入れ、うしろを向いてそっとドアを閉めた。

食料品店で会ったときより、ずいぶん老けて見えた。わたしと二、三歳しかちがわないはずだが、髪に白いものがまじっている。化粧っけもなく、よけいに顔の疲れが目立った。このまま家に帰して、昼寝でもさせたほうがいいかもしれない。

「ディアドラ」久しぶりに再会した友だちみたいに声をかけた。落ち着きを装って、心の震えが顔に出ないことを願った。

ディアドラは、口をぽかんと開けたほかのお客など存在しないかのように、彼女たちのあいだをぬって近づいてきた。

「どうぞ座って」美貌の司会者ヴァンナ・ホワイトになった気分で、カウンターのスツールを勧めた。「パンプキン・トリートはいかが？　噛んだ瞬間に口に広がるオールスパイスの香りが大好評なのよ」

ディアドラはちらりと皿に目をやっただけだった。「どこかふたりきりで話せるところはある？」

「ええ、もちろん」ますますわからなくなった。「裏のエリカのオフィスが使えるわ」

ディアドラがうなずき、オフィスにつづく廊下へとついてきた。

「調子はどう？」わたしがきいた。そのとき、ががらがらんとベルがドア枠にぶつかる勢いで正面扉が開いた。

「ミズ・キャッシュ！」

半狂乱のアダム・リバーだった。

15

アダムがディアドラに向かって歩いてくるあいだ彼女を盗み見ていると、その顔に満足げな表情が広がった。

アダムがディアドラの手を取った。「ほんとうに申し訳なかった」わたしのほうを向く。

「どこかで話せるかな?」

わたしと? いやいや、ディアドラとだ。「ええ、どうぞ」と困惑して答えた。

「ここでは嫌です」ディアドラがアダムの手を振り払った。

「それはそうだな」アダムの声に安堵がにじんだ。「うちに帰ろう」

ディアドラがアダムをにらみつけた。「まだだめ」

つれないふり?

アダムは目をぱちくりさせ、安堵するには早かったのだと気づいた。「ああ、わかったよ」

ディアドラがすっと背筋を伸ばしてこちらを向いた。「申し出をありがとう。でもまたにするわね」彼女はくるりと身をひるがえして歩きだし、アダムも黙ってあとを追った。アダムは振り返って、何をたくらんでいたのか探るような目でわたしをにらんだ。でもジェニーと公園にいたときのように脅しはしなかった。

何が起きているのかわけがわからなかったが、なんとなくディアドラを応援したい気分だった。

わっとお客たちが激論を交わしだし、無遠慮な視線をわたしに浴びせた。だれもいなくなった店の入り口を茫然と眺めていると、エリカがやってきた。

「いったいなんだったの？」頭が少し混乱していた。

「わたしたち、いいように利用されたのよ」エリカが声を低めて言った。

「そうなの？」驚きで声が裏返ってしまい、小さく咳払いをした。

「うちに来てリバー家の長年の秘密を暴露するといううわさを広めたのは、ディアドラ本人だったのよ。様子をうかがっていたリバー家は、ディアドラがうわさどおりに行動しだしたところで、雇い直すと言いにきたんじゃないかしら」

しばらく、そのことについて考えてみた。「とすると、やっぱりディアドラは何か知ってるのね。アダムが人前で恥をかいてでも隠しとおしたい何かを」

エリカはうなずいた。「彼女からすれば、ちょっとアダムに仕返ししたかっただけなのかも。解雇された上に、唯一自分の家だと思える場所を追い出されたんだから」

「で、何を隠してるんだろう？」わたしはきいた。「盗まれたマヤの出土品とどんな関係があるのかしら？　殺人事件とは？」

エリカは無人の店の入り口をじっと見すえた。「それは大きな謎よね」

ディアドラが去って一時間もしないうちに、ジェイクから電話があった。「まんまとかつがれたんだって？」彼は言った。「まるでピンク・パンサー（さまざまな失態を繰り返す警部を描いた映画）だな」

「彼っていつも最後には犯人をつかまえるんじゃなかった？」わたしは言い返した。

ジェイクが笑うので、電話を切ってやろうとしたそのとき、何か理由があってかけてきたのかもと思い至った。「ほかにも何か聞いたの？」

「ディアドラがリバー家の屋敷に無事に戻ったってことだけ」ジェイクが言った。「もう彼女と話すチャンスはないだろうな」

ただでさえ腹が立っていたのに、これで堪忍袋の緒が切れた。わたしはどすどすとエリカのところに行った。「そろそろ本気を出さなきゃだめよ」わたしは言った。「調査をはじめたときから、まだ一歩も進んでないもの」

「そんなことないわ」エリカが言った。「たとえば昨日の夜だって〈エル・ディアブロ〉でいろいろとわかったし、いくつかの可能性を消すこともできた」

わたしは手をぶんぶん振った。だれが教授を殺したのか、まだなんの見当もついていないじゃないか。「カルロのほうはヴィンスから連絡が来るまで動きようがないけど、サンティアゴ・ディアスならいつだって攻め掛かれる」

エリカがわたしをじっと見た。「言うべきかどうか迷ってたんだけど、ゼインがカルロとサンティアゴのふたりについて調べてくれて、わかったことがあるの」

「何？」

「見つかったのはカルロがやってる美術品ビジネス用のちゃちなウェブサイトだけで、ほかには何もないのよ」

しばらく待った。「で？」

「インターネット上に何も痕跡を残さないことが、どれほど難しいかわからない？」エリカが言った。「カルロもサンティアゴもオンラインで得られる情報が何ひとつないのよ」

「たしかにありえないわね」わたしは言った。「偽名を使ってるとか？」

「可能性はある」エリカが言った。「それについてもゼインがコンピュータ科学の教授といっしょに調べてくれてるわ」

「それはよかった」わたしは言った。「でも、秘密主義のサンティアゴさんを探る方法がもうひとつあるわ」


晩になれば、メイとナラが毎週恒例のイイ男探しにそなえて験《げん》担ぎのチョコレートを食べに店に来るはずだが、そのときまでただ待っているのはやめにした。そこでナラに電話をかけ、ちょっと早めに来てB&Bの宿泊者用に新作のキャラメル・アップル・ミルクを試食しないかと誘った。

「おいしそう！　お客の新婚夫婦がベッドに戻りしだいすぐに行くわ」ナラはふふふと含み笑いをした。「五分もかからないと思う。あんなふうに新婦がストロベリーワッフルのホイップクリームを舐めてるところを見ると」

すばらしい。わたしもストロベリーワッフルが食べたくなってきた。代わりにラズベリー・サプライズを口に放り込んだ。

ホイップクリームはビーン相手にも効くだろうか。なんちゃって。きっと途中で笑ってしまう。

まもなくナラがやってきた。「まちがってた。三分だったわ」鮮やかなブルーのサリーに身を包んだ彼女は、裾を持ち上げてカウンター席に腰掛けた。

「すっごくすてき」わたしは言った。「ご両親が来てるの？」

「そうなの」ナラはニューデリーから両親が訪ねてきたときにだけ、インドの伝統的な衣装を着る。「とっても楽しい時間をすごしてるわ」ナラの両親が彼女の選んだ職業や、離婚、とりわけ伝統に縛られない価値観を快く思っていないのはみんな知っていた。

「大変そうね」わたしは言った。「これを食べれば少しは元気が出るかも」彼女の好きなマサラティーといっしょに、チョコレートの皿をすすめた。

ナラはキャラメル・アップルのトリュフをかじった。なかには酸味の利いた青りんごのドライフルーツを砕いて入れてある。「ん〜。天国にいる気分」

エリカもやってきて席に腰掛け、カウンターの下で長い脚を組んだ。「こんにちは、ナラ」エリカが言った。「B&Bのほうはどう？」

「おかげさまで」ナラが言った。「コロンブスデー（十月の第二月曜日。コロンブスのアメリカ大陸到達を記念した日）の週末を控えてどんどん予約が舞い込んでるわ」

「すごいじゃない」エリカが言った。「クーポンは足りてる?」

「ええ、大丈夫よ」ナラがお茶をすすった。

「ヘミングウェイルームの評判はどう?」

ナラはオーナーたちを説得して、文学をテーマに各客室を模様替えし、エリカが仕上げを少し手伝ったのだ。ふしぎの国のアリスの部屋にはティーポットを、ジェーン・オースティンの部屋にはジョージ王朝風のベッドカバーやクッションを、ドクター・スースの部屋にはカラフルで不思議な形の植物を、というふうに。

「大好評よ」ナラが答えた。「とくに机の羽根ペンとインク壺が」

「よかったわ」エリカが言った。「ところで、その部屋にとってもハンサムな男性が泊まってるって聞いたんだけど」

ナラはチョコレートをかじろうとしてやめた。「ちょっと待って。わたしを尋問しようとしてるの? 宿泊客の個人情報管理は徹底してるの知ってるでしょ」

これはまったく事実ではなかった。ナラは個人情報の漏洩はいけないと口で言いつつ、隙あらばとっておきのゴシップを会話の端々に忍び込ませた。メイとイイ男探しに出かける際には、ホテルのなかの出来事を逐一報告しているにちがいない。

「ええ、そうよね」それでも全部話してくれなくちゃ、という猫なで声でエリカが言った。「だけど、それは嘘のない、ちゃんと法律を守ってる宿泊客の場合でしょ。おそらくあなたが今泊めているのは重罪犯よ」

ワオ。まだたしかじゃないのに。エリカったら最初から奥の手を出してきた。

ナラが目を丸くした。「え？　それは……気づかなかったわ」

「気づかなくて当然よ」わたしがやさしい刑事役を引き受けて言った。「あんなチャーミングな男性を信用しない人なんている？」

「すごく感じがいいのに」ナラが言った。「彼、何したの？」

エリカがナラの手をさすった。「あのね、落ち着いて聞いてほしいんだけど、出土品の密輸入に関わってる可能性があると思う」

ナラは拍子抜けしたように笑いだした。「なんだ、そんなことなの」

「サンティアゴ・ディアス氏はもっと残忍な罪も犯してるかもしれない」エリカはだんだんと声を低めた。

ナラがはっと息をのんだ。「まさか教授を？」

エリカは肩をすくめた。「ありえなくはない」

「どうすればいいかしら？　出てけと言うべき？　でもそんなこと言ったら、何をされるかわからないわよね」

わたしがあとを引き取った。「そんなことしちゃだめ。あなたは明日の朝の清掃スタッフにわたしを加えてくれればいいのよ。そうしたら、彼が無関係だってたしかめてあげる」

「彼の部屋をあさるってこと？」ナラが不安そうな目を向けた。「もし見つかったら？」

「見つかりっこないわ」エリカが請け合った。

ナラが腕の時計に目をやった。「この時間なら、ちょうど清掃中のはずよ」

げっ。まだ心の準備をしてないのに。そこでディアドラに騙されたときの怒りをよみがえらせた。

エリカが視線を寄越した。「この機を逃す手はないわ」


はじめのうち、ホテルの客室掃除で最悪なのは制服だと思っていた。このマスタード色ははっきり言って変よ、とナラに教えるべきかどうか迷っていた。ポリエステルの生地もちくちくするし。なんでこんなのにしたんだろう？

でもほんとうに最悪だったのは、宿泊客のやることがとにかく気持ち悪いということだ。清掃スタッフに加わったのはずいぶん遅かったのに、サンティアゴ・ディアスの部屋の〝掃除〟だけですまされなかった。野球帽をかぶり、知り合いに会わないよう願いながら、まえが見えなくなるぎりぎりまでつばを引き下げた。

汚れそうな仕事専用の、肘の上まであるゴム手袋を持参していたが、酪農家が牛の出産時に使う、肩の上まである高耐久性業務用手袋を持ってくるべきだった。あるいは危険物処理用の防護服とか。全身用コンドームでも。

想定していた作業は、ベッドメイキングやごみ集めで、それでも十分に嫌だった。なのに、わたしの加入を快く思わない主任清掃スタッフに、バスルームの担当を命じられた。これがほんとうに気色悪かった。

ようやく、三階のつきあたりにある広々とした角部屋にたどり着いた。窓からは建物の脇と裏にある庭を両方眺めることができる。ヘミングウェイをテーマにしたこの部屋は、植民地時代のフロリダ風の内装で、壁紙はヤシの木柄、家具は枝編み細工で、床には海の色のカーペットが敷かれていた。わたしは部屋のドアを閉めた。絶対にやってはいけないことだが、注意されたらうっかりしていたと言うつもりだ。清掃スタッフは部屋にはいるまえに何度かノックをする決まりになっていた。とくに、お互いに夢中でノックに気づかなかった新婚さんの現場に突入してからは。ドアを開けてからあわてて閉めるまでのあいだに、スタッフ同士ではっと顔を見合わせたのも夫婦に見られて気まずかった。ナラは新婚さんが何をしているかわかっていたのだから、もっとスタッフとの連絡を緊密にする必要がある。

部屋に足を踏み入れた瞬間、レセプションパーティでサンティアゴ・ディアスがつけていたのと同じ男性用コロンのにおいがした。すごく特徴的な香りだ。まず目をつけたのは小ぶりな机で、ノートパソコンが置いてある。さっと開いてみたもののパスワードなど見当がつくはずもなく、すぐにあきらめた。机の上の書類をがさがさやっていたら、スペイン語ができないという弱点に今さら気づいた。そこで携帯電話を取り出し、ビジネス文書風のものを写真に撮ることにした。テレビで見たのを真似して、引き出しをはずし、裏側やうしろの面を調べた。同じ作業を、ふたつの小さなナイトテーブルで繰り返した。

何もなし。

ほかにものを隠せそうな場所がないか、部屋を見まわした。クローゼットは有望に思えたが、開けてみると、黒っぽいスーツが何着かと糊のきいた白シャツがポールにかかっているだけだった。左手の細かく仕切られた棚にも、小物がきちんとたたんで入れてあり、あやしいものは見当たらない。

でも奥に何かが見えた気がした。携帯電話の懐中電灯アプリで照らすと、手が届くか届かないかのところに小さな黒のポーチがある。顔を木枠に押しつけながら、ぐっと手を伸ばした。きっと顔に木目のあとがつくだろう。取れた！

ポーチをカーゴパンツの深いポケットに押し込んだそのとき、部屋の外の廊下から「すみません《ペルドーナメ》」という男性の声がした。

すんでところでバスルームに飛び込んだ。洗面所の蛇口をひねった瞬間、部屋のドアが開いた。バスルームからのぞくと、サンティアゴ・ディアスが目を皿のようにして部屋を見まわしている。机のところですっと目が細まった。そしてぱっとこちらを向いた。

わたしはリスが巣穴に飛び込むようにバスルームに引っ込んだ。野球帽で顔が隠せていますように。主任清掃スタッフが廊下からサンティアゴに声をかけた。ポケットのポーチがずっしりと重く感じた。

サンティアゴがスペイン語で返事をし、主任がバスルームにはいってきた。「急いで」と英語で命じた。「二十分ほど下の階にいるから、そのあいだに掃除をすませてほしいとのことよ」

サンティアゴと主任が部屋を出ていったので、正体がバレなかったことにほっと安堵のため息をついた。バスルームの掃除を終えて出ると、机にサンティアゴがファイルを置いていったのを見つけた。

ちらりとドアのほうを確認して、ファイルを開いた。なかには何ページもの計算表がはいっていて、単語は全部スペイン語だった。携帯電話で一ページずつ写真に撮り、もとどおりにファイルを閉じると、一目散に部屋を出た。

ほうほうの体《てい》で自分の店に帰りつくと、すぐにポーチを開けた。何よこれ！　サンティアゴの持ち物というふうには見えなかった。少なくとも、わたしはちがうと思う。中身は値の張りそうなべっ甲色のマニキュアセットで、たぶん別の女性客の忘れ物だろう。

唯一の望みは携帯電話で撮った写真だった。

もちろんエリカはそれなりにスペイン語ができるので、オフィスでさっそく翻訳に取り掛かった。彼女がいちばん興味を持ったのは、日付とドルかユーロ表記で金額が記載された例の計算表だった。どの項目にもぐちゃぐちゃっとした殴り書きがあったが、なんと読むのかわたしもエリカもさっぱりわからなかった。

そこへメイが顔をのぞかせた。「ふたりとも仔猫を見にこなくちゃだめよ。一分ごとにどんどんかわいくなってるんだから」メイがふと計算表に目を留めた。「それ何？」と尋ねたが、すぐに自分で答えた。「ああ、美術品の売買ね」

わたしもエリカもメイを見て目をぱちくりさせた。「なんでわかるの？」わたしがきいた。ほんとうかしらと疑うみたいに聞こえたかもしれない。

メイは肩をすくめた。「確信はないけど、以前、アートギャラリーの帳簿係をしてたから。オーナーが似たような記号を使ってたの」

エリカが頭をくいっと動かして〝メイをここから連れ出して〟と合図した。

「どうもありがとう、メイ」そう言って、わたしは彼女の腕を取った。「今すぐ仔猫を見にいきたいわ」

ふたりで店舗共有の裏廊下を通って生花店に行った。仔猫たちはゲイリーの店からの大移動で疲れたのか、全員ぐっすり眠っている。メイは仔猫たちをやわらかそうなタオルを敷き詰めたかわいらしい箱に入れ、えさと水、それから猫用トイレを用意してあった。店の正面扉が開いたと知らせるチャイムの音にココは頭をもたげたが、わたしがいるとわかるとすぐに眠りに戻った。

仔猫は少し太ってきてふわふわの玉みたいになっていた。最高にかわいい。植木鉢をひっくり返して座り、眠っているココと仔猫を眺めているうちに、メイがお客の要望に合わせて紫色の花束を完成させた。

「うちはウェブカメラお断りだってリースに言ってやったわ」今日のメイは淡い色のカーネーションの特売に合わせてピンク色の服を着ている。「今後花を買うときはオンライン注文にしろとも」彼女は鼻を鳴らした。「でもあのひどいブログの記事のことはすごく反省してるみたいだった。ひとことも言い返してこなかったもの」

「レオが友だちに協力してもらってしょっちゅう抗議してるの。こないだなんて、町じゅうからリースの新聞を回収して彼女の事務所のまえに積んでおいたのよ」わたしは言った。

「少なくともここ何日かは変な記事は出してないわね」

ココがのどを鳴らして寝ているあいだに、仔猫たちをちょんちょんと人指し指でなでた。仔猫ってほんとに癒やしだ。

朝早く、また家の固定電話が鳴った。どうしてまだこんなものを置いておくんだろうと思うが、なくしてしまおうとするたびに、レオが非常用に置いておけと言うのだ。

その音に驚いて携帯電話を手に取ると、4：32AMと表示されている。日曜日のこんな時間に電話なんていったいだれ？　わたしがよろよろとキッチンへ向かうと、エリカが階段を下りてくる足音が聞こえた。コードレスの子機で話している。「リース、お願いだから。深呼吸をして、もう一度はじめから話して。何を言ってるのかさっぱりわからないわ」

ちょっと意識が朦朧《もうろう》としていたかもしれないが、血がどうのこうのとリースがわめくのが聞こえた気がした。

エリカはわたしの横を通りすぎて、玄関のドアを開けた。「まあ、なんてこと」エリカが声を上げた。

わたしもドアのところに行った。

玄関ポーチに先のとがった細い管がばらまかれ、そのまわりに血だまりができていた。

「これって……？」なんとか脳を働かせようとしながらきいた。

「アカエイの棘《とげ》だわ」エリカが答えた。「マヤの放血儀式に使われたものよ」

わたしはエリカを見つめた。「ムーディ教授を殺すのに使われたのも、放血用の器具よね？」

16

バートランドの日記を奪いにきたときのボビーを〝怒っている〟と形容するなら、今回家に現れた彼はまさに〝怒髪天を衝く〟という感じだった。エリカがこちらの玄関ポーチも同じ状態だとリースに言うと、リースは電話を切って九一一に通報した。彼女の家には貧乏くじを引かされたらしいヌーナン署長が向かい、ボビーとロケット刑事はうちに来て、今まさに玄関ポーチで現場写真を撮っている。

よい子のわたしとエリカは何ひとつ触らず、ふたりに警察のお仕事をさせてあげた。そういえば、ボビーはLibrarySophieの件でまだ腹を立てているかもしれない。いつも以上に丁重な扱いをしなければ。

エリカはすぐに二階からノートパソコンを持ってきてキッチンテーブルにつき、どこでアカエイの棘が買えるのか突き止めようとした。残念ながら、海洋生物を扱うたくさんの会社が販売していて、ほしいと思えばだれでも手にはいった。それに値段も安く、ムーディ教授殺しの凶器とはまったく別物だった。あちらは放血儀式用の特別な器具、百万ドルの値がつく翡翠輝石でできた正真正銘の遺物なのだ。

インターネットにはなんでもあると知っていたが、まさかアカエイの棘まで売られているとは。そして海洋生物を売る会社というものは、いつからこんなにたくさん存在してるのだろう？　息を止めるみたいに頬をふくらませたフグをほしがるお客がいったい何人いるの？

まもなく鑑識班も到着し、ポーチのあちこちから指紋を採取しだした。血だと思ったものは幸いただの赤色のペンキだったが、わたしたちを震え上がらせようという意図なのはまちがいなかった。

ロケット刑事が勝手口のドアをノックした。

わたしは彼をキッチンに通した。

「お嬢さんたち、またはじめたのかい？」ロケットはジーンズに、よれっとした黒のボタンダウンシャツ姿だった。ベッドから飛び起きて、いちばん手近にあった服を身につけたという感じだ。わたしだってスウェット姿で、しかも膝にはソフトボールでスライディングの練習をするうちに開いた穴があるが。

「何を？」とっておきの無邪気な声でtoo返した。

ロケットはかぶりを振った。「きみたちをどうしてくれようか？」

「刑事さん、質問があるなら具体的にきいてくれる？」エリカが言った。

彼は頭をぽりぽりかいて、思案顔でのそのそ歩きだした。

「え？　コロンボのつもり？」わたしが言った。

ロケットはにっこりしたが、その笑顔の裏には有無を言わさぬ凄みがあった。「数カ月まえ、殺されかけたことは覚えてるよな」

「忘れるわけないでしょ」

「人を殺すやつってのはさ」気軽なおしゃべりみたいにロケットが言った。「一度やったら、たいがいもう一度やる。五月の事件のときも、もう少しで二度殺しが起きるところだった」

背筋がぞくっとするのをどうすることもできなかった。

「ふたりとも肝に銘じたほうがいい」

「〝ふてーりとも〟じゃなくて？」ピッツバーグっ子ならこう言う。

ロケットは真剣な顔を一ミリも崩さず、わたしをじっと見た。

エリカが割ってはいった。「殺人犯じゃなくても、だれかをいらいらさせてるとしたら、真相にかなり近づいてるってことよね。赤色のペンキにアカエイの棘をばらばらまいたのが、たちの悪いいたずら以上のものかどうかはわからないけど」

「いたずら？」ロケットがきき返した。「どっかの悪がきがやったと思ってるのか？」

「いいえ」あなたが大げさに騒ぐから、わたしが理性的であろうとしてるのよ、という調子でエリカが言った。「警告なのは明らかだけど、ムーディ教授を殺した犯人とはかぎらないでしょ」

「だから心配ないと？」

エリカは答えなかった。心許なさそうな顔をしている。

「よし」ロケットはキッチンテーブルの椅子を引っ張り出して座った。「ずばりきこう。きみたちが探り当てたことのなかで、今回の事態に関連がありそうなのは？」

エリカが視線を寄越したので、わたしはうなずいた。エリカはロケットにこれまでにわかったことを話した。ただし、百万ドルの壺の件はのぞいて。サンティアゴの部屋にお邪魔して計算表を見つけたことも黙っておいた。これでわたしたちはサンティアゴに殺される心配だけすればいい。ほかの人のことはロケットが代わりに目を光らせてくれる。

ロケットはいい顔をしなかった。しばらくするとメモを取るのもやめ、目を両手でこすってぱちくりさせた。「何ものもきみたちふたりを止められないようだな」

エリカはくっとあごを上げた。「賢い人なら、わたしたちを利用するはずよ」

「ああ、そうだな」ロケットは鼻で笑った。

「たとえば、バートランド・リバーの日記を鑑定してあげてもいいわ」エリカが提案した。

ロケットは立ち上がった。「ぼくが名案だと思っても、きみのボーイフレンドが即やめさせるだろうな」

「あの人はボーイフレンドじゃない」エリカが言った。「そもそも鑑定するかしないかには無関係でしょ」

それについてロケットは何か言おうとしたが、面倒なことになりそうだと気づいてやめた。

「この事件はずいぶん厄介になってきた。もう関わるな。本気だ」ロケットは家の外へ出て鑑識班と話をしにいった。

入れ替わりにボビーがやってきて、「調査」と疑われるようなことは二度としないと約束しろと要求した。権限があれば、わたしたちを自宅軟禁にしそうな勢いだ。

わたしはエリカに顔を寄せて、聞こえよがしにささやいた。「また別れるって言うつもりかしら?」

こいつらのそばにいると自分が何をするかわからないと思ったのか、ボビーはどすどすとその場を立ち去った。アカエイの棘と赤色のペンキの惨状がほかの場所でも見つかったことが、さらに不安をあおった。リースの事務所のまえ、うちの店のまえ、ラヴェンダーのホテル、それからゲイリーのコーヒーショップでも。だれのしわざかはわからないが、わたしとエリカだけでなく、わたしたちに情報を提供した人間までひとり残らず脅そうとしているようだった。

こんな状況にもかかわらず、奇跡的にいつもの日曜日と同じ十一時に開店できた。陳列台に箱詰めのオレンジ・ホット・ココアを並べていると、ゲイリーから携帯に電話があった。

「こんなときに悪いけど、猫がうちの店に戻ってきたんだ。メイは電話に出ないし」

「あら、大変」わたしは言った。「すぐ行くわ」

箱をひとつ持って、車を出した。メイがこのまえ使っていた、赤ちゃん用のブランケットを敷いたバスケットがあればよかったのに。〈ビッグ・ドリップ〉のまえでは、別の鑑識班が片づけをしている最中だったので、裏口から店内にはいり、ゲイリーに到着を知らせた。

彼はカウンターのなかから、いいかげんにしてほしいという顔をした。「まえと同じ場所」

ソファでスケボー少年のひとりが寝ていた。彼のことは無視して、備品庫へ向かった。

「ちょっとごめんね、ココ」わたしはやさしく声をかけた。ミャーミャーと鳴く仔猫をわたしが順にすくい上げて箱に移すと、ココは自分もぴょんと飛び込んで不満げな声を上げた。

様子を見にきたゲイリーが、人差し指で一匹をなでた。「こいつらがいなくなって、実はちょっとさみしいんだ。だれにも言うなよ」

わたしは微笑んだ。「わかるわ。かわいすぎるもの」リースのウェブカメラとパソコンが備品庫に置きっぱなしなのを指差した。「リース、引き取りにこないの？」

ゲイリーはうんざりしたように目をぐるりと回した。「何度も言ってるんだけど、忙しいとかで。もう電源は切ってあるらしい」

わたしは仔猫のはいった箱を床に置いた。「なかをささっと掃除して、裏口から帰るわね」

「そういえば、兄貴に何したんだ？」ゲイリーがきいた。「きみと話すなって言われたよ」

うーむ。ジェニーに話しかけた件だろうか。それともディアドラにリバー家の秘密を暴露させようとしたほう？「ごめんなさいね。お兄さんの命令に背くようなまねさせちゃって」わたしは言った。「今回はココのせいにすればいいわ」

ゲイリーはむっとした顔を見せた。「おれは人から指図は受けない。だれからも」

よし。これで事件に話を持っていけそうだ。「アダムもじきに冷静になるわよ」わたしは言った。「犯人さえつかまれば」ソファで寝ているスケボー少年を指差した。「彼は何か見てないの？」

「見てない」ゲイリーがうとましそうに言った。「わけわかんなくなってるから」と鼻を鳴らす。「おい、ドラッグには手を出すなよ」そう言うと、少しやさしげな表情になった。「酔っ払って運転できないときはここに泊めてやってるんだ。でも、最近は度がすぎるな」ゲイリーはカウンターに戻っていった。

わたしはココがぐちゃぐちゃにした備品庫のなかを手早く片づけた。今回も哀れなゲイリーの紙ナプキンは大量に引き裂かれ、業務用の箱がほぼ空になっていた。無事だった数少ないパックを棚に置き、段ボール箱をリサイクルのために外に出した。戻ると、南京錠のかかった小さな扉があるのに気づいた。裏は何十年もまえに建物全体で交換したきりの配管か何かだろう。まわりのセメントがぼろぼろと崩れ落ち、ココがかろうじてすり抜けられる大きさの穴が開いていた。

ゲイリーに報告して、扉のこちら側とどこだかわからない向こう側の穴をふさいだほうがいいと言うつもりだったが、彼は不機嫌なスケボー少年たちの仲裁をしている最中だった。「おい！」ひとりが酔いつぶれている子に怒鳴った。ソファの脚を蹴って、無理やり目を覚まさせる。起こされた少年にはもっと睡眠が必要そうだった。大量のコーヒーも。「このばか、鍵はいつもの隠し場所に置いとけよ。おまえが寝ちゃったから、はいれなかっただろ」

「ほっといてやれよ」ゲイリーが言った。「おまえだって先週同じことしただろ」

ご立腹のスケボー少年が、箱を抱えたわたしに気づき、はっと口をつぐんだ。わたしはゲイリーに手を振って裏口から店を出た。

戻ると生花店にメイがいたので、仔猫を入れた箱をわたした。「ああ、ほんとにありがとう」メイは胸に手を置いて言った。「教会から帰ったらいなくなってたから、すっごく心配してたの!」ココが異様なほどミャーミャー鳴いてぐるぐる回るなか、仔猫たちを定位置に戻した。

自分の店に帰ると、コナが少し話せるかときいてきた。何か言いかけてやめ、うちひしがれた表情になる。

「どうしたの？」

「ただちょっと、このまえあなたに言われたことが頭から離れなくて、それで気がついたの。そういえば、先週カルロがあなたとエリカのことをきいてきたって」

「あら。なんだかごめん」

「やっぱりカルロはあなたたちのたくらみを探るために、わたしを利用してたのよ」コナは悲しみと怒りがないまぜになった声で言った。

「それはちがうわ」わたしはきっぱり否定した。「カルロもはじめはただあなたのことが好きだったと思う。こんな……厄介な事態になるまでは」

コナは首を横に振った。

「わたしたちのこと、探りだしたのはいつから？」

「はっきりとは覚えてない」コナが困惑気味に言った。「すごくさりげないきき方をするの。たとえば、店はどんなふうに運営してるのかと質問してきて、いつのまにかメモリアルデーのフェスティバルや殺人事件の調査のことに話題が移ってる。ムーディ教授の事件には関わってないとはっきり言ったわ」コナは少し黙り込み、横目でちらりとわたしを見て白状した。

「でもちょっと自慢しちゃったの。もしミシェルとエリカが調査をしてたら、警察よりずっとずっと早く犯人を突き止めるって」

すばらしい。アカエイの棘で脅そうとしたのはカルロかも。わたしは不安が顔に出ないよう気をつけた。

「二、三日、カルロと距離を置ける？」わたしはきいた。「実は、いくつか調べてることがあるから」

コナはうなずいた。わたしの心配も、もううっとうしいとは感じていないようだ。そして、調査をしていると聞いても全然驚いていない。「そうするわ。今朝メールが来てたけど、返信しないでおく」

エリカのオフィスに行くと、ゼインもいっしょだった。「カルロの情報をもっと集めなきゃ。大至急」

「なんでそんなに急ぐの？」エリカがきいた。

激しい怒りがこみ上げて、声が震えた。「カルロのやつ、コナからわたしたちのことをあれこれ聞き出そうとしてたの。教授の殺人事件を調査してるかどうかとか。わたしたちのコナを利用してたのよ」

ゼインが咳払いをした。「昨日の夜、そのことをコナから聞いて、コンピュータ科学の教授と調べてみたんだ」パソコンをかちゃかちゃやって、画面をわたしとエリカのほうに向けた。「ぼくの教授はいくつか政府機関の情報を参照して、ある人物に接触した。その人物によれば、カルロはもう何年も国際的な美術品の密売を疑われているらしい。でも証拠はひとつも挙がってない」

わたしはどすんと椅子に腰を下ろした。「なんてこと」

エリカはしばらく悩ましい表情を浮かべ、それから何度か深呼吸をした。

「ロケット刑事もボビーもなんで教えてくれなかったんだろう?」わたしは言った。「知ってたはずなのに」

「だからボビーは調査に関わるなってあれほど強く言ってたのかも」エリカが言った。

「でも考えてみて。もし強盗も教授殺しもカルロのしわざだとしたら、なんでまだこの町にいるの? さっさと国外に逃げてるはずじゃない?」

エリカの携帯電話がメールの受信を知らせた。「うわさをすれば」エリカが言った。「ウェイターのヴィンスからよ。今朝早くから、アビレスがフェジョアーダを作ってるって。今回はお昼に来ると踏んでるみたい」エリカがゼインに〈エル・ディアブロ〉で教授とカルロが会食していたことを話した。「カルロの相手がだれか、たしかめにいきましょう」

「もう十一時半」わたしが言った。「今すぐ出発よ」

張り込みというとわくわくするが、実際にやってみるとにかく退屈だった。ゼインは自分も行くと言い張って、さっさと友人のバンを借り、ビデオカメラを積み込んだ。カメラは今、レストランのまえの通りに向けられている。三人とも後部座席に座っていたから、日陰に車を停め、まえの窓を五センチほど開けているのに、車内はむんむんしていた。

最初のうちは、少しでもレストランのドアの近くを通る人があると、全員ノートパソコンの映像を食い入るように見て、ターゲットかどうか確認していた。ヴィンスからメールがあり、カルロはまだ到着しておらず、特別料理も煮込み中だと教えてくれた。

二時が近づくころには、張り込みは失敗かもと思いはじめていた。そのとき、ゼインが画面の野球帽の男を指差した。「こいつ、ここを通るの二度目だよ」

わたしとエリカは身を乗り出して目を凝らした。「なんでわかるの？」

ゼインはズームして、十五分まえの映像を表示させた。たしかに同じ男だ。

「首に下げてるのは何かしら？」エリカが言った。

ゼインはさらにズームした。ライトグリーンの大振りなネックレス。昔流行った『マイアミ・バイス』（アメリカの大ヒット刑事ドラマ）風に胸元を開けていなければ、よく見えなかっただろう。

「キニチ・アハウだわ。有名なマヤの太陽神よ」エリカが言った。

「マヤの？」わたしは言った。「ただの偶然とは思えない」

「よくある模造品でしょうね。土産物にもなってるから」エリカはそう認めたうえでつづけた。「でも、本物の翡翠輝石だとしたら」

「翡翠輝石？」わたしはきいた。「凶器と同じ？」

「ええ。近くで見ないとたしかなことはわからないけど」エリカは画面を凝視した。

そのマヤの神さまのお守りを首からぶら下げた男が横を通ったので、すぐにカメラで背中を追った。すると、カルロの顔が映った。向こうから角を曲がってきて、お守り男に気づいた。激怒している。スペイン語でちょっと口論をしたあと、お守り男は逃げるように歩き去り、恨みがましい目でちらりと一度振り返った。

カルロは警戒するようにあたりに視線を走らせた。じろりとこちらを見たので、あわてて身を隠した。向こうからは見えるはずないのに。それからカルロは手早く電話をかけ、来た道を戻っていった。

「あとをつけなきゃ！」カルロが角を曲がって姿が見えなくなると、わたしは言った。

エリカが止めるのも聞かず、バンのドアを開けた。

サンティアゴ・ディアスが通りの向こうに立っていた。銃を構えて。

17

「なんで?」の形に口が動いたが、声が出てこなかった。

サンティアゴに銃で指図されるがまま、あとずさりでバンのなかに戻った。彼も平然と乗り込んできて、ドアを閉めた。サンティアゴは、引き締まったカルロという印象だった。鋭角的な顔立ちで、黒いスーツの下に強靭な筋肉が感じられた。

わたしはどうしちゃったんだろう? なんで大声を上げて逃げなかったの? 目のまえでドアを閉めてやることもできたのに。

「ゼイン・ウェスト、手を上げろ」サンティアゴが言った。「悪いが、そのノートパソコンはわたしてもらおうか」

エリカはまったく怯えた様子がなかった。「なぜあなたがカルロ・モラレスの偵察映像をほしがるの?」

「ご大層な口のきき方だな、ミズ・ラッセル」サンティアゴが言った。「子、ども、の、お、遊、び、と思っていたが? ここはお互い確認するに留めておこう。これは不幸な教授の殺人事件には収まりきらない大きな問題なのだと」

彼は片手で銃を構えたまま、もう一方の手でパソコンを要求した。エリカがゼインに向かってうなずくと、ゼインはプラグを抜いてパソコンをサンティアゴにわたした。エリカがわたしをじろりと見た。よけいなことはしないでよ、の意味だろう。

「これから言うことをよく聞け」サンティアゴは銃口をゼインのこめかみに突きつけた。「カルロ・モラレスを探るのは、今すぐやめろ。さもないと、命の保証はない」

エリカと同じく冷静な目で、ゼインがサンティアゴを見返した。

わたしたちが注視するなか、サンティアゴはノートパソコンを脇に抱えてドアを開け、銃を肩掛けのホルスターに滑り込ませた。そしてにこりと微笑み、ドアを閉めた。

わたしはドアを開けてあとを追おうと腰を浮かせたが、「ミシェル！」というエリカの威厳ある声に動きを止めた。

ゼインがすぐに携帯電話に何か打ち込み、それから「クソッ！」と言った。

彼が声を荒らげるのなんて初めて聞いた。ましてやこんな汚いことば。「どうしたの？」

「通信妨害だ」ゼインが言った。「さっきのふたりの映像はあのパソコンにしか記録されてないのに。ちょっと待てよ」

エリカはじっと黙って、目のまえで起きたことの意味を考えていた。

「届いてます？」ゼインが電話の相手に言った。そしてこぶしを突き上げて叫んだ。「イエス！」

「だから、なんなの？」わたしは重ねてきいた。

「お守りネックレスの男の写真を、撮影してすぐうちの教授に送ってあったんだ」ゼインが答えた。「少なくともその画像は手元に残ってるってこと」

店に戻ると、見た目は何もかもいつもどおりなのに、どこか世界が一変してしまったような感覚があった。なぜサンティアゴは人通りの多い場所で銃で脅してパソコン強盗までしてカルロとお守り男の映像を手に入れたかったのだろう？　どうしてカルロはお守り男と言い争っていたのだろう？　そしてなんだってわたしは手を震わせることもなく、教会のボランティアのおばあちゃんグループにラムレーズン・ミルクを出せているんだろう？

警察への報告は、ゼインのコンピュータ科学の教授から調査結果が上がってくるのを待ってからということになった。とくにアカエイの棘事件以降のボビーの神経過敏ぶりを考えると、そのほうがよさそうだった。

夕方には、すべてが奇妙な夢だったように思えた。ゼインはお気に入りのパソコンを奪われて腹を立てつつ、別のノートパソコンで作業をしていた。ダークウェブにアクセスできないとぶつぶつ言っているのが、ビデオゲームか何かのことみたいだった。

エリカはフラッシュモブの準備で高校へ行く支度をしていた。こんなときにフラッシュモブについて考えられるなんて、と思ったが、わたしだってトリュフを売っている。

「ジェニー・リバーが来たかどうか教えてね」ドアから出ていくエリカに言った。

つぎのマジック・マンデーに作るチョコレートをコナといっしょに考えていると、廊下からゼインが顔をのぞかせ、手招きした。

「すぐ戻る」コナに言った。

エリカとゼイン共有のオフィスに急ぐと、〈エル・ディアブロ〉のまえにいたお守り男の拡大写真が画面に表示されていた。だれかに見られたらどうするんだと注意しようとしたら、興奮もあらわにゼインが言った。「信じないかもしれないけど、この男は有名な偽造屋で、写真を撮ったのはぼくたちが世界初みたいなんだ」

「冗談でしょ？」

「いいや、うちの教授が使ってる政府機関の情報提供者が大よろこびしてる。どの機関かさえ明かせないらしいけど——たぶん国土安全保障省だと思う——これまで、こいつの外見については目撃者の証言があるだけで本人の写真はなかった。通称シンセロ。出土品が合法的に売買されたものだという証明書を偽造してるんだ。いつも野球帽とお守りを身につけてる。この写真みたいに。ＩＣＥもＦＢＩもインターポールも、何年もかけてこの男を捜してるんだよ」

「ＩＣＥ？」脳の動きが鈍くて、ゼインの話についていけなかった。

「移民関税取締局」ゼインが言った。「違法に売買された美術品を探し出して、適切なところに返還するのが仕事のひとつ」

ますます頭が混乱した。「偽造屋ってことは、強盗に関わってるかもしれないやつってことよね？　もしそうならムーディ教授殺しにもでしょ？」わたしはきいた。「ロケット刑事に知らせて、しかるべき人たちに報告してもらわないとだめなんじゃない？」

「えっと。しかるべき人たちには当然、うちの教授の情報提供者から連絡がいってるはずだよ」

「そう。じゃあ、エリカに話してくる。あなたは、なんていうか、調査をつづけてくれる？」

「お安い御用」ゼインはこの大勝利でがぜんやる気が出たみたいだった。

ちょっと高校まで行ってくるとコナに告げて店を出た。シンセロという男のことをエリカに知らせるためだが、体育館では今日からフラッシュモブの本格的なリハーサルがはじまっていて、どうしても見たかったというのもある。

「お菓子のおねえさんだ」正面から体育館にはいると、廊下で長い紙の帯に絵の具を塗っている生徒のひとりが叫んだ。「M&M持ってきてくれた？」

「悪いわね！」わたしは大声で返した。「その舌をアップグレードしてくれないと」紙の帯は、巨大なジャングルから石造りの神殿がぬっと突き出す背景パネルに使うようだ。

「このままでいいよ」その子が言った。「チョコレートならなんでも好きだもん」

ジェニーが木のなかに精緻なオウムの絵をいくつも描き入れていた。来てくれて、とてもうれしい。彼女は指に絵の具を取って器用に斑点模様を作り出し、その手をハートのいっぱいついたTシャツでぬぐった。わたしに気づくと、はにかんだ笑顔を見せ、また羽の細部を描き足す作業に戻った。

「エリカ知らない？」わたしは言った。

「そのへんにいると思う」生徒のひとりが教えてくれた。

体育館に来ると、いつも懐かしさを覚えずにはいられない。高校時代、バスケットボールの練習や試合にあけくれた場所だ。あのころと同じ、食べ残しのポップコーンと、こぼれた甘いドリンクと、ティーンの汗の混ざったにおいがする。

十分な光を取り入れることのない高窓はそのままだったが、傷だらけの床と観覧席は熱心なPTAが何年もかけて集めた資金で新しくなっていた。

ジョリーン・ロクスベリーは壁画のプリントを手に指示を飛ばしていた。「ジム、一歩右へ。武器を高く掲げて」

生徒たちのあいだにくすくす笑いが広がったが、ジョリーンは無視した。「ウィニー、半歩左へ」それぞれの生徒が指示に従って動き、ジョリーンの思い描いたとおりの演技が完成していくさまを眺めた。ずらりと一列に並んだマヤの戦士と貴族は、赤やオレンジといった鮮やかな色や、大地を思わせる暖かな茶色の衣装を身につけていた。張りぼてのヘルメットや手作りの武器を近くでじっくり見たりしないかぎり、本物のマヤ人が目のまえに現れたのかと思うだろう。

「マーキング！」ようやくジョリーンがそう言うと、四人の生徒が別々の色のテープを手に飛び出してきて、演劇人にしか解読できない方法で床にテープを貼りはじめた。

わたしはジョリーンのところに行った。「どんな感じ？」

彼女は満面の笑みを浮かべた。「とっても順調。子どもたちが最高なの。とにかくすばらしいものが出来上がるはずよ」そう言うと、メインストリートの地図を持って生徒が相談しにきたのに応じた。どの通りを立ち入り禁止にすれば、撮影中に見物人が写り込まないかを検討しているようだ。

ジョリーンがその子たちにお使いを命じたので、つぎの作業をはじめないうちにききたいことをきいた。「ジェニー・リバーはどう？」

ジョリーンはさっとあたりを見まわして、近くに人がいないことをたしかめた。「いい感じだと思う。ほかの子より年上とは思えないほど引っ込み思案ね。だけど、彼女が描く絵はすばらしいわ。連絡するよう勧めてくれてよかった。美術班の女子が、いろいろ面倒をみてあげてる」

ティーンたちが純粋に楽しむ姿を眺めるうちに自分もいい気分になり、ゼインの発見のことを忘れていた。「そうだ、エリカは？」

「作業部屋よ」ジョリーンは手をひらひらさせて大ざっぱに舞台の方向を示した。「舞台の裏。あのあたりは入り組んでるから、向こうでまただれかにきいたほうがいい」

最初に開けたドアは衣装部屋、つぎはリハーサル室、そのあとでようやく作業部屋にたどりつき、張りぼてのヘルメットや槍を修繕しているエリカを見つけた。彼女は顔を上げ、わたしだとわかって驚いた。

「お疲れさま」わたしは言った。「ゼインからニュースよ」

エリカがしぶしぶ心のギアを入れ替えたのが見てとれた。彼女の気持ちはよくわかる。フラッシュモブモードのほうが殺人事件調査モードよりずっと楽しいに決まっている。

「写真の男は、通称シンセロ。天下の偽造屋だったのよ」わたしは言った。「ＩＣＥが何年も追っている人物らしいわ。美術品の密売人のために、売買は合法だったと示す証明書を作ってるの。もちろん、まったく合法じゃない場合に」

エリカは眉根を寄せた。「そしてカルロと知り合い。となると、文書の偽造を請け負ってたのね」

「カルロはなんであんなに怒ってたんだと思う？」

エリカは少し黙って考えた。「人前で会いたくなかったとか？　それか取引でもめたのかも？」

わたしとエリカはわけがわからず顔を見合わせた。「しかるべき政府機関にはゼインの教授が連絡するみたいだけど、ロケット刑事にも知らせたほうがいいかも」わたしは言った。

「そうね」

わたしは一気に肩の荷が下りた気分で、ほっと安堵のため息をついた。国際的な密売人退治がメリーランドの片田舎の商店主ふたりにまかされていいはずがない。「もうあなたを疑ってる人はいないと思う」わたしは言った。「わたしたちの目的は達成されたといえるわね」

「この特ダネはあなたから知らせる？　それともわたしが？」エリカがきいた。

「あなたにお願いする」わたしは言った。「こっちは戻って店じまいをしなくちゃ」

「わたしは遅くまでここに残ると思う」

「問題なし」わたしは言った。「でも帰るときは絶対だれかといっしょによ」

「わかったわ」

エリカがロケットに電話をしようとしたとき、ジェニーが部屋にはいってきた。「ロクスベリー先生がこっちでヘルメットを手伝えって」

おっとっと。さっきの話、聞かれたかしら?

「手伝いはどう?」わたしはきいた。

「うん」ジェニーが言った。「とっても楽しい」

エリカのほうをうかがうと、小さく首を横に振った。でもおかまいなしに突っ込んだ。

「ディアドラは元気?」

ジェニーが不思議そうな顔をした。「元気よ」そう言って絵筆があるところに行き、何本か引き抜いた。「全部、誤解だったの。なんにも盗んでなかった」

「よかったわね」わたしは言った。「犯罪者とひとつ屋根の下って、落ち着かなさそうだもの」

ジェニーはヘルメットを拾い上げた。「あれに合わせて塗ればいい?」壁に貼られたマヤの貴族の写真を指差す。

「助かるわ」エリカが言った。「はじめててくれる? すぐ戻るから」ロケットに知らせてくるというように携帯電話を振って見せた。

町なかを抜け、店へと車を走らせた。ウェストリバーデイルは、もう日曜の夕飯にそなえてひっそりしており、ほかの曜日より早いうちの閉店時間も迫っていた。通りのカエデはちらほら秋の衣替えをはじめ、葉の縁がうっすら赤や黄色に染まっている。

店のまえに着くと、不吉な黒のリンカーン・タウンカーが停まっているのを見つけた。いつもは裏手にまわるのだが、今日は正面の視界が開けたところで車を降りた。なかに駆け込むまえに、ボビーに電話をした。

「なんだ?」とぶっきらぼうにボビーが出た。

でも出てくれただけでありがたい。「何が起きてるのかわからないけど、うちの店に来てほしいの。サイレンはなし。ふらっと立ち寄る感じでお願い」返事を待たずに電話を切った。ボビーはかならず来てくれる。

沈んだ顔のコナがカウンターのうしろにいて、向かいからカルロが身を寄せていた。掃除をしているはずのコリーンの姿はなく、ほかにお客もいなかった。

「ただいま」わたしは言った。「フラッシュモブの高校生たち、すばらしかったわ」たった今カルロに気がついたふうを装おうとしたら、彼がゆっくりと振り返った。石のように冷たい表情だった。「あら、こん……ばんは。どうかしました?」

「どうもしないわ」コナがきっとあごを上げた。「ただ彼がこの町を出るってだけ」怒っているが、怯えてはいなかった。

「あの」わたしはコナからこの男を引き離そうとして呼びかけた。「もう耳にはいってるかもしれないけど、警察の捜査に協力しようと思うんです」こっちに来いと念じながら、一歩うしろに下がった。

カルロが振り向いた。不機嫌そうな表情のままだが、気を引くことはできた。

「スペイン語の計算表を見つけたんです。美術品の売買に関するものみたい」

カルロの全神経がこちらに集中した。

「ちょっと見てもらえます？　専門家の意見を聞きたいの」

せいいっぱい目をぎょろつかせてカルロをのぞきこんだとき、ちょうどボビーが現れた。

「あら、ボビー」わたしは普段どおりに声をかけた。「チョコレート休憩？　それともカフェイン休憩？」

ボビーはカルロに軽く会釈し、わたしの演技に合わせた。「コーヒーを」とコナに言って、カウンター席についた。

「ちょっと待っててください」わたしは比喩ではなくオフィスに走り、計算表を一枚ひっつかんで戻った。「こちらへどうぞ」とテーブル席をカルロにすすめた。カルロからはボビーが見えるが、ボビーには話が聞こえない位置だ。聞こえれば、また怒りを買うだろうから。

カルロは優雅なのにどこか脅しているような身のこなしでテーブルまで歩いてきた。顔に警戒の色を浮かべている。

わたしは向かいに腰を下ろした。「匿名で送られてきたものなんです。手書きの売買記録みたいってことしかわからなくて。なぜパソコンを使わなかったのかしら？」

手書きと聞いたとたん、カルロの目が紙面に吸い寄せられた。「これが匿名で？」

「ええ」とっさに作り話をした。「郵便受けに放り込まれてたんです。だれかが手がかりをくれたんだと思うけど、わたしたちの頭じゃこれが何かもわからなくて」

計算表を見ると、カルロが凍りついた。射貫くような目でわたしをにらみつける。身を乗り出して顔を寄せた。「どこで手に入れた？」

こちらも素知らぬふりはやめ、受けて立つ構えを見せた。「どうして？　あなたのなの？」

カルロがボビーに視線を走らせた。「目的はなんだ？」

「簡単なことよ」わたしは言った。「コナに近づかないで」

カルロは返事をしなかった。顔から表情が失われていく。

「つらいだろうけど」話はついたとばかりにわたしは言った。「でも二度と戻ってこないで」

カルロが覆いかぶさるように立ち上がった。「そんなこと、だれが保証できる？」

凄みの利いた声に手が震えだし、ぎゅっとこぶしをにぎりしめた。こちらも立ち上がり、チビの自分をなるべく大きく見せようと胸を張る。いじめっこにはこうやって対抗するんだとレオが教えてくれたとおり、一歩相手のふところにはいりこんだ。「覚えておいて」声を低めて言った。「コナを守るためなら、なんだってするから」

カウンターからボビーが声を上げた。「カルロ・モラレス、下がれ」見なくても銃を構えているとわかった。

カルロはわたしから視線をそらさなかった。「ご心配には及びませんよ、シムキン刑事」絹のようになめらかな声だった。「もうお暇しますから」

カルロが身をひるがえして店から出ていくのを三人で見ていた。たいして意味はないと思いつつ、正面扉まで走って鍵をかけた。

「今のはなんだったんだ？」ボビーがきいた。コナは怒りの涙を拭っている。「脅されたのか？」

わたしは小さく首を横に振り、そっとコナにきいた。「彼、なんて？」

「どうしてメールも電話も無視するんだって」コナが答えた。「まるでわたしが自分の所有物みたいな言い方だった」

「なんて答えたの？」

「ミシェルたちの調査のことを探るためにわたしとつきあってるんでしょって」

ボビーがわたしをじろりとにらみ、かぶりを振った。「きみが調査なんかするからこんなことに」

わたしの話を聞くとすぐに、ボビーのいらだちは鎮まったようだった。まずシンセロの写真についてエリカがロケット刑事に電話で報告したことを話した。それからカルロが美術品の売買の件を知っている様子だったこと、でもなぜそもそもサンティアゴが計算表を持っていたかは謎であること。そして、わたしたちは何も調査していないことも。〝もう今は〟という意味だったが、その点は問い詰められなかった。ボビーがロケットに電話をすると、カルロが道端で有名な偽造屋に出くわしたのは犯罪とはいえないから、つぎの動きはＩＣＥが決めるという話だった。

　サンティアゴが銃を使ってパソコンを強奪した件はまちがいなく犯罪といえるから、これについてきこうとしたら、ボビーが電話口で言った。「どのブログですか？」わたしに目配せする。「リースのウェブサイトを見せてくれ」

　わたしはうめいた。「あの女、今度は何したの？」

　カチカチとクリックして、パソコンにリースのブログを表示させた。「殺人の理由は百万ドル？」というでかでかとした見出しに、壺の写真が添えられている。百万ドルの価値があるとエリカが言った、あの壺だった。

18

「あのアマ……」ボビーが言った。「きみら素人探偵にはうんざりだ」

それには反論の余地なしだが、リースの大ぼら記事はまた別の話だ。「ちょっと！　壺のことをネットで暴露したのはわたしでもエリカでもないでしょ」

ボビーがじろりとにらんだ。「でもエリカは壺の価値に気づいてた。そうだろ？」

わたしは口を開いたものの、何も言えずに閉じた。

ボビーが電話に戻った。「掲載されてどれくらいですか？」二、三分ロケットの話に耳を傾け、電話を切った。「リースをつかまえないと」彼が言った。「せめてほんの少しの間、おとなしくしててくれないか？」

わたしは素直にうなずいた。不安を隠しきれないボビーにどう接すればいいのかわからなかった。「何が起きてるの？」

「説明はあとで」ボビーはそう言って、店を出ていった。

わたしはブログを読み、それからエリカに電話した。彼女が向こうでうめくのが聞こえた。

コナとふたりで掃除をすませて店の戸締まりをした。「コリーンは？」わたしがきいた。

「今日は早めに帰ったわ」コナが言った。「全然お客さんもいなかったし」

「じゃあカルロが来たとき、あなたひとりだったの？」背筋がぞくっとした。わたしが戻るのがあと少し遅かったらどうなっていただろう？「今夜はルームメイトを連れてうちに泊まりにくれば？　あなたをひとりにしたくないの。なんていうか……何があるかわからないし」

「本気？」

わたしはこくこくうなずいた。「ひと晩かふた晩だけ」

「わかった」普段のユーモアのかけらもなくコナが言った。「ルームメイトは家族行事で実家だから、わたしはケイラのところに泊めてもらう」

事務所のまえで抗議するレオたちを見たあとでは、リースも鳴りをひそめるだろうとすっかり思い込んでいた。少なくともレオの仲間がなんらかの処罰を提案する、つぎの町議会が開かれるまでは。でもそんなタマじゃなかった。

家に帰り、あらためてブログを読んだ。今回もリースの標的はエリカで、マヤ美術に詳しい彼女なら出土品の真の価値を知っていたはずだとほのめかしていた。

ジョリーンに言われて生徒と同じ時間に高校をあとにしたエリカは、わたしとキッチンテーブルでつぎの一手を考えている。まだ手が残っていればいいのだが。エリカがボビーに聞いた話によると、サンティアゴはナラのB＆Bを出ていき、カルロもフレデリックのホテルをチェックアウトしたらしい。

いろんなことがありすぎて、わたしもエリカもぐったりしていた。もう寝ようかなと思っていると、差出人不明のメールが届いた。〝ウェストリバーデイル・エグザミナーの事務所に行けば、おもしろいものが見られるはずだ〟

「変なのが来た」画面をエリカに見せた。「だれからかもわからない」

「行きましょう」エリカが言った。「そのまえにボビーに連絡する」

わずか数分で現場に到着した。リースの事務所の少し手前で、ほとんど音も立てずにエリカの電気自動車を停めた。事務所はただ真っ暗なだけで、警察に電話したのがばかみたいに思えた。「リース本人の嫌がらせじゃない？」

ボビーの警察車両がすぐ横に現れたので、エリカが窓を下げた。「そこから動くなよ」ボビーがタフガイ風に言った。返事も待たず、わたしたちの車のすぐまえに警察車両をきゅっと停めた。わたしたちを守るためだろうか。あるいは視界をふさぐためか、車を発進できなくするためだろうか。

ボビーと後輩警官のジュニアが銃を抜いて車を降りたとたん、これからひどいことが起きるぞという犯罪映画の一場面のなかにいるみたいな気分になった。

ふたりが二歩目を踏み出す間もなく、映画ならではの特殊効果が使われた。ぱっと強烈な光に目がくらんだと思うと、爆発音がとどろき、ふっとんだ事務所の窓ガラスの破片が道路一面に降り注いだ。

一時間後、エリカとふたり、消防車で行く手をふさがれた彼女の車の脇に突っ立っていた。レオも電話をかけてきて、無事をたしかめると、抗議活動はしばらくやめるつもりだと言った。

咳払いをして、気になっていることを質問した。「でもあのなかのだれかが……やったわけじゃないわよね？」

「まさかちがうよ」とレオは言ったが、わたしとしては兄の仲間が容疑者の有力候補ではないかと心配せずにはいられなかった。

ボビーとジュニアにけがはなく、爆発による最大の被害は事務所の窓ガラスらしかった。わたしより先にわれに返ったエリカは、爆発の数秒後には車を飛び出してボビーのもとに走っていった。ボビーとジュニアは地面に伏せていて、体を起こすと頭がくらくらする様子だった。

ボビーはエリカを強く抱きしめ、それから早く車に戻れと怒鳴りつけた。だがエリカが無事だとわかるまえの、パニックになった彼の目をわたしは見た。

ボビーはジュニアにもけががないことをたしかめ、無線機に向かってありとあらゆるコードをわめきはじめた。まもなく各方面からの援軍で現場はごった返した。警察と消防につづいて爆発物取締局《ATF》まで出張ってきた。

ヌーナン署長から尋問を受けたが、今度ばかりは嘘偽りなく心当たりがなかった。

リースが車で到着した。ドアを開けたまま駆けだして、あちこち動き回って写真を撮りだす。事情を聞こうとするボビーは、何度もカメラを置けと言わなければならなかった。

ニュースを聞きつけたメイも、ふくれ上がる見物人の群れに加わり、わたしたちといっしょに警察や消防士の作業を眺めた。彼女は焦れたように何度か舌先を鳴らしてリースに言った。「リース・エバーハード。もういいから、カメラを置きなさいよ。あなたもなかにいたかもしれないのよ！」

リースはメイを振り返り、それからぼろぼろになった事務所を見つめ、突然泣き崩れた。やせた肩が震えている。

メイはさっきよりずっとやさしい声で「もういいから」と言い、リースのもとへ行って抱きしめた。

リースが立ち直り、撮影できるものはなんでも写真に収める作業に戻るまで、そう時間はかからなかった。見物人にカメラを向ける彼女を、白い目で見る人もちらほらいた。そこへボルティモアの報道局のバンが現れると、リースはすぐさま車に引っ込んでパソコンに向かった。相手に先を越されるまえに、写真をアップして自分の記事を書くためだ。

わたしとエリカも車のなかに戻った。外の混乱とは対照的に、とても静かに思えた。わたしが座席にもたれてぼんやりしているあいだ、エリカは目のまえの光景にじっと視線をすえていた。実際に何かを見ているわけではないのはわかっていた。「やったのはレオの仲間じゃないと思う」エリカが言った。「タイミングがおかしいもの。抗議というより警告という感じね。リースへの。それからわたしとあなたへの」

同意するしかなかった。「だから、わたしたちにメールしてきたのよね」

エリカはうなずいた。「ブログの記事がだれかの逆鱗に触れたんだわ」

「そうみたいね。いちばん損をしたのは、あの壺を買おうとしてた人じゃない？　リースのブログは無料で壺の宣伝をして、競合する買い手を募ったみたいなものだもの」わたしは言った。「違法取引の美術品を購入したいみなさん、すばらしい壺がありますよってね」

「それでもまだ売られていないのには何かわけがあるはず」エリカが言った。「だから売り主はでかでかと宣伝されて強盗事件のときより注目が集まるのを嫌がってるのかも」

「だったらムーディ教授を殺すべきじゃなかったわね」

「そこが過ちのはじまりよ」

そのときビーンからメールが来た。〝大丈夫か？〟

ほんわか温かい気分になり、エリカもわたしも無事で、ほかにけが人もいないと答えた。すぐにまた返事が来た。〝たしかな情報筋いわく、ＥＧＢがウェストリバーデイルに向かってる。あの壺狙い〟

エル・ガト・ブランコが？　すばらしい。マヤの出土品を狙う無法者がまたひとり。みんなお待ちかねだ。

〝彼がこっちに着いたら教えて〟と返信した。これだけじゃ寂しい気がしてつけ足した。

〝、、、この件が終わるのが待ち遠しい〟

ちょっと重すぎたかしら、とどきどきしながら返事を待った。そこにメールが来た。〝ぼくも〟

どこからともなくロケット刑事が現れ、後部座席のドアを開けて身を滑り込ませた。「こりない人たちだな」

「なんの話かしら」エリカとうしろの席を振り返った。「お気づきじゃないかもしれないけど、相手を怒らせたのはリースで、爆破されたのもリースの事務所よ。わたしたちはただの目撃者です」

「ぼくからはそうは見えないが」ロケットは言った。「犯人はリースではなく、きみにメールしたんだ。壺について何を知ってる?」

エリカが説明する。「友人に聞いたの。もしあの壺が本物だと証明されたら、百万ドルくらいの価値があるはずだって」

「画像を持ってるのはだれだ?」

「もちろんリースでしょ」エリカが言った。「わたしたちにもコピーを寄越した。データはわたしのパソコンのなか」

それからロケットはヌーナン署長がしたのと同じ質問を繰り返して、わたしたちはそれに答えた。「きみの携帯を調べる必要がある」と言われ、わたしは黙って差し出した。去り際、ロケットは警告をした。「今度こそ、手を出すなよ」

ボビーが車に近づいてくると、エリカが身を硬くするのがわかった。彼は爆発後にエリカとひしと抱き合って以降、わたしたちと話すのを避けていた。こっちに視線を向けることさえしなかった。

ボビーがわたし側の窓から顔をのぞかせた。「帰っていいぞ」彼が言った。「おれとジュニアが家のまえに立って交代で見張りをすることになった」

「見張り？」わたしは言った。「冗談でしょ？　いつまでよ？」

「爆破の犯人がつかまるまでだ」いらいらとボビーが言った。「なるべくふたりいっしょにいてくれると助かるよ。四六時中ずっと見てるわけにはいかないからな」

エリカが抗議しようとしたので、わたしが割ってはいった。「何が起きたか教えてくれない？」

ボビーは口を真一文字に結んだが、答えてくれた。「タイマー仕掛けのパイプ爆弾らしい。素人の手口だ」

じゃあ安心ね、というわけにはいかなかったが、少なくとも国際的な美術品強盗カルテルが最先端の爆弾で狙っているのでなくてよかった。でもちょっと待って。「それならわたしたちが来なくても爆発してたってこと？」

「だけど確実におびきよせた。そうだろ？」ボビーはそっくり返った。

わたしは彼を見上げた。「携帯はいつ返却してくれるの？」

「ATF次第だ」ボビーは〝早く行け〟というように車の屋根をコンコンたたき、まえの消防車をどかした。

警察車両がうしろをついてきてそのまま家のまえに停まっていてくれるというのは、たしかに安心感があった。いろんなことがありすぎたせいか、家のにおいがまえとちがう気がした。よく知っているにおいだが、何かはわからない。

くたくたで、豆挽き機に倒れ込んで寝てしまわないか心配だったが、コーヒーを淹れてボビー好みにクリームと砂糖を加えた。

「ボビーに持っていってやって」エリカの視線はさっきから何度となく窓の外に向かっていた。冷蔵庫の扉を開け、チョコレートを皿に出した。「これも」

「いつから世話焼きおばさんになったの？」疲れた声ではジョークもいまいちだ。

「彼の働きを考えればコーヒーとおやつくらい当然よ。それに、あなたとゆっくり話したいと思う」

つぎの日の朝、いつものジョギングはやめにして、疲労困憊《こんぱい》のボビーを朝食に招いた。ボビーは、ジュニアが来たらすぐ家に帰って寝たいからと言って断った。げっそりした顔を見ていると、罪悪感に胸が痛んだ。わたしたちがつまらぬ調査をしたせいで、ほかのたくさんの人に迷惑がかかっている。

なかに戻ると、エリカが下りてきていた。

「昨日はボビーとどうだった？」

「この状況にしてはなごやかな時間を持てた」エリカが言った。「またいい関係に戻れたと思う」

友だち関係なの、それとも恋人関係なのとききたかったが、ぐっとこらえた。出勤するあいだも、ジュニアがついてきていたこともあり、わたしたちはとても慎み深く振る舞った。無事に店のなかにはいるのを見届けると、ジュニアは去っていった。

マジック・マンデーもいつものようにマジカルな気分にはならなかった。先週と同じ種類のチョコレートを作ることにして、これまでの出来事についてずっと考えていた。頭のなかで、謎めいた事件の要素をチョコレートの材料に当てはめてみる。まずメインの材料はムーディ教授だ。彼がベースとなるチョコレートで、ほかの人はみんな脇役。教授にはもう話を聞くことができないから、つぎの候補となると――ラヴェンダーだ。

手袋をはずして、背骨ポケットに手を伸ばす。が、携帯電話はまだＡＴＦに預けたままだった。

エリカの姿を捜すと、裏廊下に山積みのカラフルな雑誌の箱をどうするとかこうするとかケイラと言っているところだった。

「今日じゅうにラヴェンダーと話をしなくちゃ」わたしは言った。

ケイラは手で耳を覆った。「わたしは何も聞いてない。何も知らない」

「いいわよ」エリカが言った。「でもちょうど休憩がてら仔猫を見にいくってメイにメールしちゃった」

チョコレートまみれのエプロンをはずし、裏廊下をつたってメイの店に行った。仔猫は六匹ともぎゅっとココにしがみついて、お乳を吸っている。

「ココの首輪、かわいいでしょ?」普段は赤ちゃん専用にしている声音でメイが言った。

「ずいぶんしゃれてるわね」わたしが言った。

「GPS付きよ」メイが言った。「これでゲイリーのコーヒーショップに戻ろうとしたらすぐにわかるってわけ」

「名案ね」エリカが言った。「ハイテク猫ちゃん」

「リースの件、ひどいわよね」メイが言った。「彼女はたしかに厄介者だけど、あんな目に遭うべき人なんていない」

「まったくだわ」わたしは言った。「レオも抗議活動は打ち切りにするって」

ケイラからエリカにメールがあり、わたしの携帯電話が配達されてきたと知らせた。受け取りは本人でないとだめらしい。ため息をついて立ち上がった。あと少しだけ、今日という現実と向き合わずにいたかったのに。

制服姿の配達員にIDを見せて荷物を受け取ったあと、封止されたビニール袋から携帯を出してゼインにチェックしてもらえるよう置いておいた。考えすぎかもしれないが、ATFだか何だかが検査後に妙なものを埋め込んでいないか確認したかった。

コリーンが出勤してきたので、エリカとこっそり店を出た。ジュニアの姿は見当たらなかった。警察のお友だちはだれひとり、わたしたちの行動をよしとしないだろうから、彼がいなくて幸いだった。ホテルに着くと、残りわずかとなった無料のコンチネンタル・ブレックファストを楽しむラヴェンダーを見つけた。海がきれいに見える窓際のテーブルにつき、レースのカーテンからきらきらと陽光が降りそそいでいる。

わたしたちに気づくと、ラヴェンダーはすっと目を閉じた。この来訪を予期し、ずっと恐れていたように。

「おはよう」エリカが言った。「お食事中に悪いわね」

挨拶を返す代わりに、ラヴェンダーはバッグから大きな茶封筒を取り出した。「これ。あげるからさっさと帰って」

エリカは封筒を手に取った。ラヴェンダーがうろたえるのもかまわず、ふたりで椅子に体を滑り込ませる。ダイニングルームはほとんどひとけがなく、白いエプロンの女性ふたりがランチに向けてテーブルをセットしているだけだった。

「申し訳ないけど、あといくつか聞かなきゃならないことがあるの」わたしは言った。「〈エル・ディアブロ〉の防犯カメラの映像であるものを見て――」

彼女が身をこわばらせた。なんの話かばっちりわかっている証拠だ。

「ムーディ教授がカルロ・モラレスと会ってたこと、知ってた？」

回答は拒否するとばかりにラヴェンダーはきっとあごを上げ、けれどすぐに全身から空気が抜けていくようにうなだれた。「ええ」

今度はエリカがきいた。「理由を知ってる？」

ラヴェンダーは黙ってうなずいた。

「マヤの出土品をカルロに横流ししてたの？」

もう一度うなずいて下を向く。

「違法によね？」

ラヴェンダーは唇を嚙んだ。

自分たちの推測が正しかったとわかり、エリカは一瞬あっけに取られていた。「彼らしくないわ。きっかけはなんだったのか、話してくれる？」

ラヴェンダーはランチョンマットの縁のレースをいじっていたが、しばらくして話しだした。「一年まえのことよ。教授が大学でいろんな……問題を抱えていたころ、一本の電話がかかってきて、彼は大興奮だった」彼女が言った。「すぐにオフィスを飛び出していったわ。問題解決の道が開けるかもしれないって」

「電話の相手は？」エリカがきいた。

「わからない」ラヴェンダーが答えた。「でもそれから二週間に一度、秘密の会合が開かれるようになった」

「秘密なら、どうしてあなたは知ってるの？」

「スケジュールを確保してカレンダーに〝フレデリック〟と入力するよう指示されてたから」ラヴェンダーが言った。「でもそれ以外のことは何も教えてくれなかった」

「あなたを守ろうとしたのよ」エリカが言った。「会合の前後はどんな様子だった？」

ラヴェンダーが考えあぐねていると、エリカはさらに言った。「いらいらしてた？　それともわくわくしてた？　会合のあとに急にやさしくなったとか」

ラヴェンダーはしばらく思案して答えた。「その全部だわ」

エリカが首をかしげた。「あなたは何が起きているのか知りたくなった、それで教授のあとをつけた」確信ありげな言い方だった。

ラヴェンダーは激しく頭を横に振りだしたが、やがてやめた。「そのとおりよ」と白状した。「一度、あとをつけたことがある」

「当然よ」エリカが味方するように言った。「教授が自分の面倒を見られないときでも面倒を見てやるのがあなたの仕事だもの」

エリカったら、がんがん攻めていく。

「そしてカルロと会っているのを見たのね？」エリカはラヴェンダーの顔に視線をすえたままきいた。

ラヴェンダーはうなずいた。「最初は何をしてる人なのかわからなかった。でも教授はだんだん羽振りがよくなってきたから、一度お金の出どころを尋ねたの」

彼女はことばを切り、そのときのことを思い出すように窓の外を眺めた。

「それで？」わたしは我慢できずにせっついた。

「知らないほうがいいって」

「パーティに来たとき、カルロがその人だってわかった？」

ラヴェンダーはうなずいた。

「カルロなんて男は知らないってムーディ教授は警察に言ったのよ」咎めるような口調になった。

〝黙ってて〟という金切り声がしそうな目でエリカがにらんできた。

「彼の口から聞いたわけじゃないけど、カルロとの関係を知られたら終わりだと思ったんじゃないかしら」ラヴェンダーが言った。「招待状はわたしが管理してたけど、カルロ・モラレスがどうやって一枚手に入れたのか見当もつかない」

「つまり、パーティのまえからムーディ教授はカルロにマヤの出土品を横流ししてたのね」

エリカは落ち着いた声で言った。「売り物の出土品はどこから入手してたの?」

「わからない」ラヴェンダーは上司の犯罪の詳細を知らないことにほっとしているようだった。

「突き止めようとはしなかったの?」エリカがきいた。

「少しはしたわ」ラヴェンダーが答えた。「でも本気で調べはしなかった。そのときにはもう、深入りしないほうがいいと思ってたの」顔に羞恥《しゅうち》と後悔の色がありありと浮かんだ。

「心当たりはないの?」わたしはもうひと押ししてみた。

ラヴェンダーがこちらを向いた。「彼の知り合いにはああいうものを持ってる人が大勢いるから」

そこで重要なことに思い至った。「何か証拠を持ってないの? 書類とか領収書とかそういうの」

ラヴェンダーは怯えたように首をぶんぶん横に振った。「まえはあったの」聞こえるか聞こえないかの声でつぶやいた。

「どういうこと？」エリカがきいた。

「二、三カ月まえのことよ。教授に一通の手紙をわたされた。自分が死ぬことがあったら開けろって」

「まあ」エリカが声を上げた。「何がそんなに不安だったのか言ってた？」

ラヴェンダーが顔をくしゃくしゃにした。今にも泣きだしそうだ。「いいえ。保険みたいなものだとだけ」

「その手紙は警察にわたした？」取り乱している彼女にきくのは気が引けるがやむをえない。

ラヴェンダーは首を横に振った。「なくなっちゃったの」

エリカとわたしはさっと視線を交わした。「どうして？」エリカがきいた。

「部屋が荒らされてた。教授が……死んだつぎの日の朝に」のどが詰まって呼吸するのも苦しそうだ。「シャワーから出ると、バッグの中身がぶちまけられてた。手紙がなくなってたわ。そのときは、話してもだれも信じてくれないと思ったの」

「それで？」

ラヴェンダーは何も答えなかった。

「手紙は読んだんでしょ？　とっくの昔に」そう言うエリカの冷静ぶりには驚かされる。

「そして内容はだれにも知られちゃいけないと思ったのよね」

ラヴェンダーの目から涙があふれた。「何もかも認めてた」彼女が言った。「闇市場で美術品を売っていたこと。カルロ・モラレスが仲介者だったこと。それから自分の身に何かあれば、警察に連絡しろって」

「美術品の入手先は書かれてなかったの？」エリカがきいた。

「なかったわ」ラヴェンダーが洟をすすった。

エリカが手を伸ばし、テーブルのラヴェンダーの手に重ねた。「ロケット刑事に話しましょう」

ラヴェンダーはぱっと身を引き、その勢いでつま先をテーブルの脚にぶつけた。「嫌よ！　警察に知られてたまるもんですか。彼の名誉が……」

わたしが息を詰めていると、エリカが言った。「教授を殺した犯人を突き止めるほうが大事だと思わない？　つぎの犠牲者が出ないように」

ラヴェンダーはうなだれ、そして首を縦に振った。「わたしね、彼のお葬式にも行けないの」

「そう」エリカがやさしく言った。「つらいわね」

「ご両親がシカゴで執り行うの」ラヴェンダーは言った。「そしてわたしはこの州から出られない」

「図に描き出さないと、もう何がなんだかわからないわ」エリカの運転で店へ戻るなか、わたしが言った。「いろんなところでいろんな動きがありすぎる」

「最初から整理してみましょう」エリカが言った。「一年まえ、ムーディ教授はカルロにマヤの出土品を横流ししはじめた。でも、出土品の入手先はわからない」

「さらにその半年まえ、ジェニーが教授の講義を受けていた」わたしが言った。「ジェニーはわたしたちの知らないところで出土品を家ひとつ分持っていてもおかしくない」ふと、あることを思い出した。「そういえば、教授は殺される前日に、昔の教え子に会ってたんじゃなかった？」

ふたりで顔を見合わせた。それからわたしが言った。「でもありえないわね。彼女は途方に暮れた子どもみたいなものだもの」

エリカがさらに言った。「もし彼女が出土品を売っていたとしたら、博物館にあれほどたくさん寄贈することには賛成しないでしょうしね」

「そうね」わたしもエリカもジェニーを殺人者とは思えないとわかり、少しほっとした。「でも寄贈品のうち盗まれたのはほんの一部だった。ジェニーが取引に反発して奪い返した可能性もなくはないかも。ムーディ教授の授業を受けていたから、百万ドルの壺の価値に気づいてたとか」

エリカは首を横に振った。「入門レベルの講義じゃ、そこまで詳しく教わらないわ」

「ねえ、アダムは超優秀なビジネスマンよね」わたしが指摘した。「彼なら、ムーディ教授の鑑定とは別に、出土品の価値を調べるんじゃない？」

エリカがうなずいた。「きっとそうする」彼女は言った。「彼とおしゃべりする仲じゃないのがつらいわね」

「でもゲイリーなら」

あと少しでウェストリバーデイルの町にはいるというところで、コナから電話がかかってきた。「フラッグ・フレルが在庫切れよ」彼女が言った。「アビー町長が午後の職員会議用にほしがってるの。たしか家にあったわよね？　ちょっと行って取ってこられない？」

「ええ、いいわよ」赤白青にスプレーで塗り分けた、旗の形のホワイトチョコレートは夏の人気商品なので、自宅のキッチンの冷蔵庫に二、三トレイ分は置いてある。

エリカに頼んで寄ってもらった。「すぐすむから」と言ってキッチンへと走った。

キッチンの椅子にビーンが座っていた。目を閉じて、腕を血だらけのタオルで押さえている。

19

「大変！　どうしたの？」

椅子に座ったビーンの体がぐらりと傾《かし》いだ。そのとき、床に広がる大量の血に気づいた。駆け寄って、傷の圧迫に手を貸す。「病院に行かなきゃ」

「だめだ」やっと聞き取れるほどの声だった。「銃で撃たれた」

パニックに襲われ、両手が震えだした。「オーケイ、だったら病院に行かなきゃ。それも今すぐ」

「だめだ」ビーンが言い張った。「病院に行けば通報される。警察はだめだ」

「ボビーでも？」わたしがきくと、ビーンは首を振った。

玄関ドアの開く音がした。時間がかかりすぎだとエリカが気づいたのだろう。「エリカ！」大声で呼んだ。

彼女がキッチンに駆け込んできた。心配そうな顔が、血を流す兄の姿を見た瞬間に凍りついた。

「警察はだめだって」声がうわずる。「どうしよう？」

「トーニャに電話を」エリカは清潔なタオルをひっつかみ、傷の圧迫役を替わった。「緊急だって言うのよ。でもだれにも見つからないようにしてって。彼女、あなたのことは信頼してる」

トーニャはソフトボールのチームメイトで、ウェストリバーデイル急病診療所の看護師をしている。看護師になるためにうちの店で何時間も勉強し、そのあいだわたしは無限にコーヒーのお替わりを注いだ。

電話をして、だれにも告げず急いでうちに来てほしいと言うと、トーニャは何ひとつ事情を尋ねなかった。「すぐに行く」

エリカといっしょにビーンをわたしのベッドへ移動させたら、ビーンが大声でうめいた。ほんとうにこれでいいのかしら、と不安になる。彼が意識を失ったからよけいに。

幸運にも、心配でわたしまで失神するまえにトーニャが到着した。本気の看護師モードで、テレビドラマみたいに医療キットを抱えている。普段はパントマイムでもしているみたいに表情豊かな彼女だが、今は完全にプロの顔つきだ。

「何があったの？」トーニャはエリカに脇へどくよう手振りで示し、タオルをはずして傷口を見た。血が噴き出してきて、またすぐにタオルで押さえる。「銃で撃たれた？」

「よくわからない」エリカは明言を避けた。「でも大きな事件を追いかけている最中で、警察に知られるのはまずいって」

トーニャはかぶりを振った。「ちょっと我慢してね」手早く止血帯を巻く。「病院に行く必要があるわ」

エリカの逡巡が見てとれた。「レオの友だちのオークスは？」とわたしは提案した。「イラクで軍医をしてた」

「その手があったわね」トーニャが言った。「すばらしい医師よ。彼なら確実に対処できる」

部屋を出てレオに電話をかけ、震える声で手短に状況を説明した。

レオは即答だった。「すぐに連れていく」

トーニャはビーンの状態をさらに詳しく調べた。「輸血が必要になるかも。抗生物質を投与しておくけど、急に高熱が出たら病院に行くしか選択肢はない」

「わかった」エリカが言った。「でもそうならずにすむよう、まずは力を尽くすわ」

ふと下を向くと、勝手口から点々と血の痕がつづいていた。わたしたちを守るために、ビーンは前回と同じ用心をしたのだ。家から遠く離れた場所に車を停めて野原を突っ切ってここまで歩いてきた。こんなひどい傷を負ってもなお。

わたしの人生には銃が多すぎる。

レオとオークスが来るまえに、キッチンをなるべくきれいにした。玄関ポーチで待っていると、轟音《ごうおん》とともにハーレーがまえの歩道に乗り上げた。レオが停車もしないうちに、オークスはうしろから飛び降りて、ポーチの階段を駆けのぼってきた。

「患者は？」着古しの迷彩柄のTシャツにベージュのハーフパンツ姿のオークスは、自信にあふれ、いかにも有能そうだった。急いで寝室に連れていく。彼は往診用のバッグをトーニャに手わたした。「容態は?」

オークスが傷をのぞきこむのを見て、わたしは息をのんだ。傷口に目を向けたまま彼がわたしに言った。「部屋から出て」それからトーニャに言う。「ノボカインと縫合キットを」

レオに腕をつかまれ、リビングルームに移動した。待っているあいだ、レオはうろうろ歩きまわり、ふと立ち止まってはわたしを励ました。「オークスは最高の医者だ。大丈夫、すぐに復活するさ」

この事態がレオの心に及ぼす影響も心配すべきだとわかっていたけれど、腕から血を滴らせるビーンの映像で頭がいっぱいだった。

どれほど時間がたっただろう。安堵の色を浮かべたエリカが部屋から出てきた。「もう大丈夫よ」彼女が言った。「オークスを呼んだのは大正解だったわ」気持ちのこもった目でわたしを見つめ、手を差し出した。「来て」

腕を包帯でぐるぐる巻きにして、ビーンは普通に眠っているように見えた。だが、顔は蒼白でひどくやつれており、涙をこらえるのに苦労した。彼が頑としてゆずらず、わたしがだれも呼ばないでとエリカに言いつづけていたらどうなっていただろう?

レオがあいだに頭を突っ込んできた。「大丈夫そうだな」彼は言った。「オークス、ナイスジョブだ」

オークスは荷物をまとめていた。「すぐ元気になるさ」

お礼はハーレーでいいよと言う彼に、レオはハハッと笑ってすませた。

去り際、レオはエリカの目をじっとのぞきこんだ。「看病の代わりが必要になったら、連絡するんだぞ？　きみもミシェルも休まないと」

トーニャは約束に反して、自分のかかりつけ医を翌日寄越す手はずを整え、オークスもその計らいを支持した。医師はもう九十近いが、週に一度は診療しているらしい。曲者《くせもの》じじいを自称する彼なら、いくつか規則を破ることなどわけないと言う。

血まみれの服を着替え、何度か携帯にかけてきていたコナに折り返し電話をした。かんかんに怒っている彼女に、直接会って説明すると約束した。それから町長の事務所への配達はわたしがやると申し出た。エリカはここを動くはずがなかったし、ふたりでじっとビーンを見ている必要もない。そばにいたいのは山々だけど。

エリカは部屋の隅の椅子に座って、ビーンを眺めていた。わたしはドア口から手に持ったチョコレートを見せ、配達してくると示した。ビーンはまえに会ったときからずいぶん外見が変わっていた。髪を刈り上げにし、あご鬚《ひげ》を伸ばしている。せめて幽霊みたいに青白い顔をしていなければ、ぐっとタフな男に見えるだろう。汚れたTシャツはトーニャが切って脱がせてあり、タンクトップの形に日焼けした体があらわだった。包帯の白が腕でぴっかり輝いている。

もっとちがう形でわたしのベッドに来てほしかったのに。

アビー町長のもとに会議用のチョコレートを届けると、とてもよろこんでくれた。ちょっと間に合わなかったみたいだが。

店に戻り、短縮版でコナに事情を説明し、コリーンには一部始終を隠し立てなく話した。今すぐ兄のもとへ駆けつけたい様子だったが、まもなくマークが子どもたちを送り届けにくるらしい。エリカがついてるから大丈夫だと言って安心させ、あとからひとりで行くことを勧めた。

エリカもレオもビーンは大丈夫だと言っていたが、仕事に集中することなどできるわけがなかった。キッチンから倉庫へ、倉庫からエリカのオフィスへ、興奮した蝶のように飛びまわる。オフィスで書類をがさがさやっていると、サンティアゴの部屋から持ち出した計算表のコピーが出てきた。

美術品の売買？　ハイエンドなアートは普通、オークションで取引されるんじゃない？　ピンとくるものがあり、店のカウンターの裏から自分のパソコンを取ってきて、唯一名前を知っているオークションハウス〈サザビーズ〉のウェブサイトを開いた。

全オークション情報の一覧を表示させ、手元の計算表に記載のある日付を五月から順にクリックしていく。

ええ。うそ。まじで。どの日もMaya Blackware Carved Cylinder Vessel Late Classic, CA A.D. 850-950という表記がある。

計算表のコードを確認する。BW CY VE AD850。これが偶然のはずがない。

金額は――九千三百ドル――ぴったり同じ。

そこへゼインが現れたので、わたしは大声で言った。「これ見て！」

彼はけげんそうに眉を上げつつ、画面をのぞきこんだ。わたしがウェブサイトの記載をバシバシ指でたたき、それから計算表の金額をバシバシたたくと、ゼインはすぐに理解した。

「つぎのも確認していいかな？」

ゼインが魔法のコンピュータ技術を存分に発揮できるよう、わたしはすでに椅子をゆずろうとしていた。彼は手早く過去の日付をいくつか検索した。計算表の取引すべてがウェブサイトに載っているわけではなかった。

「興味深いな」計算表の〝SC.〟という欄をゼインは指差した。「〈サザビーズ〉を通した取引はどれも、この欄にあるように十パーセント分を差し引いてる。偽造屋のシンセロに払った金額なのかも」

「そしてほかの取引は個人間で行われたのかもね」わたしがつけ足した。「その場合、シンセロの手数料は五パーセント。偽の証明書も〈サザビーズ〉用ほど、入念なものじゃなくていいから」

取引総額の十パーセント、いや五パーセントでもかなりの金額になる。「売主を突き止める方法はないのかしら？」すべての黒幕はサンティアゴなの？　この計算表は彼のものだ。でも〈エル・ディアブロ〉の防犯カメラの映像とラヴェンダーの告白がずばり指し示す犯人はカルロだった。

「あるよ」ゼインが言った。「ただし本格的なハッキングになる」

ワオ。今夜のエリカにこの決断をさせるわけにはいかない。「エリカは……ちょっと具合が悪いの」ゼインに言った。「だからまだ何もしないで。情報をどこかに、なんだろ、バックアップしといてくれる？　それで明日の朝になったら、エリカにどうするかききましょう」ふいにどっと疲労が襲ってきた。調査そのものも、ビーンのけがも。もういっぱいいっぱいだった。

ゼインは疑わしげな目でわたしを見たが、何もきかなかった。「了解」

「このためにあなたの将来がめちゃくちゃになるようなことは、絶対にあっちゃだめなの」こみ上げる感情を隠せなくなってきた。ゼインは目をぱちくりさせている。これまでの行動のひとつひとつが、自分たちにとどまらず、たくさんの人の人生を変えてしまった気がする。「何をしたってムーディ教授が生き返るわけじゃない。だから、輝かしいキャリアを危険にさらさないでほしいの。この、この、なんだかよくわからないもののために。いい？」

「わかったよ」ゼインは目をしばたたいて涙を散らすわたしを、恐怖に顔を引きつらせて見ている。

わたしは咳きこむように湿った声で小さく笑った。「そんなにビビらないでよ」わたしは言った。「泣いたりしないから」

気を取り直してオフィスを出ると、安堵したゼインがはあっと大きく息をつくのがばっちり聞こえた。

接客するにもいつものフレンドリーなわたしではいられなかったが、気づいたのはコナだけのようだった。「その顔で固まっちゃうわよ」人差し指で眉間をぐっと押してきた。心配のしすぎから、すでに深くしわが刻まれつつある。

わたしは笑顔を作ろうとした。「ごめん。悩み事が多くて」

「それなら悩むのはやめて、チョコレートでもなんでも作ってきなさい」コナが言った。「お客さまはわたしにまかせて」

急にどうしても逃げ出したくなって、厨房に駆け込み、ひとりになった。チョコレートの香りを胸いっぱいに吸い込みさえすれば平常心を取り戻せるはずなのに、全身をぐるぐる回る不安を鎮めるには、冷蔵庫の棚のミント・ジュレップも役に立たなかった。

携帯が震え、見るとエリカからメールだった。〝ビーンはすやすや眠ってる。今、何を読んでると思う？　最後に大どんでん返しの爆弾付きよ〟

できるときに電話してと返信した。またコナひとりに店をまかせるわけにはいかない。最近はわたしが調査でしょっちゅう姿をくらますものだから、コナは働き詰めだった。

数分後、エリカから電話がかかってきた。小声だがただならぬ雰囲気だ。「信じられないだろうけど、狙われてたのはずっとバートランドの日記だったんだと思う」

「へ？　百万ドルの壺じゃなくて？　わたしのボウルでもなく？」

「バートランド・リバーは英領ホンジュラスで恋に落ちたの」エリカが言った。「そして結婚して、子どもが生まれた」

ええ。うそ。まじで。

比喩ではなく頭がくらくらした。「ちょっと待って」と言って、金属製の調理台にカランと携帯を投げ出す。スツールに腰を下ろし、両手に顔をうずめて何度か大きく息をつく。ミシェル、ミシェルと呼ぶエリカの声がかすかに聞こえた。

わたしは電話を手に取った。「もう一度最初からお願い」

「損傷が激しかった最後数ページの解析結果が出たの」エリカは子どもにするようにゆっくりと説明した。「日記はたしかにバートランドのものだと証明された。それでね、書かれてたのはこういうこと。バートランドは恋に落ちて、結婚して、子どもが生まれた。当時の英領ホンジュラス、つまり今のベリーズで」

「じゃあリバー家には支流があるってこと？」河川の地図が頭に浮かんだ。「あの人たちは知ってると思う？」

「どうかしら」エリカは言った。「でももしリバー家のだれかが日記の中身を知ってたとしたら、日記を葬り去ることで一家の財産から大金が流出するのを防げるわよね」

この大騒動の発端となったレセプションパーティでローズ・ハドソンが呪い呪いとわめいていたのを思い出した。「まさに動機と呼ぶべきものね」

しばらくふたりとも黙り込み、これから起こりうる出来事にあれこれ考えをめぐらせた。

「当時のことをちゃんと覚えてる年齢なのはローズ・ハドソンだけよね」エリカが言った。

「え？　このタイミングで？」

「ちょっとおしゃべりしにいくだけ」エリカが言った。「それでおしまい」

となれば、最新ニュースを秘密にしておくのもやめだ。「爆弾といえば、ゼインとわたしの発見もびっくり仰天よ」

ローズに会いにいくあいだ、長らく苦境を強いているコナに、超ど級の——全額わたし持ちのハワイ旅行をあげちゃうかもレベルの——恩に着ると言って店を頼んだ。月曜午後の客足はいつも読めないが、どんな状況でもコナならなんとかできるだろう。

エリカがレオに電話すると、まだ眠っているビーンの付き添いをふたつ返事で引き受けてくれた。きっとビーンもとことん追求することを望んでいるはず、とエリカは自分に言いきかせていた。

高齢者用居住施設〈ヴィレッジ・リタイアメント・コミュニティ〉の敷地内は、手入れの行き届いたゴルフコースを思わせた。芝刈りは完璧で、植木や花壇が寸分の狂いなく対称に配置されている。

来客用の駐車場に車を停め、百歳とおぼしきおじいさんが高速ゴルフカートで向かってくるのを間一髪でかわして正面扉をはいった。ロビーでは、華麗なアンティーク調のサイドテーブルの上にオレンジ色のゴクラクチョウカと縞模様のオニユリの巨大なフラワーアレンジメントが鎮座していた。ローズのために選んだこのミックスブーケも、メイの生花店では豪華に見えたのだが。

「こんにちは」そう言う制服姿の来客担当主任が控える受付デスクにしても、うちのカウンターの二倍はある。

「ローズ・ハドソンに会いにきたの」エリカが言った。

「少々お待ちくださいね」主任はパソコンの画面にローズの情報を呼び出して、わたしたちの名前を入力した。「西棟の外にあるヴィンテージ・ガーデンにいらっしゃいます」クリップ付きの来客バッジを受け取ると、制服姿の別の女性が現れて案内してくれた。

ローズは籐の椅子に腰かけて、なだらかな丘が遠くの山並みへ連なる美しい景色を眺めていた。傍らでは庭師が小さな剪定ばさみで灌木に咲く紫の花を切っている。ほかの入居者も芝生やいくつもつづく庭園のあちこちに集まったり、ひとりでぼんやりしたりしている。

「ローズさん」案内係の女性がローズの目線に合わせてしゃがんだ。「こちらのお嬢さんふたりがご面会ですよ」

エリカがローズの隣に座り、わたしは花束を手渡した。「こんにちは。ミセス・ハドソン。こっちはミシェル、わたしはエリカです。〈チョコレート&チャプター〉の」

ローズは目を上げ、わたしたちがだれだか思い出そうとしているのか、しわの多い顔をもっとしわくちゃにした。彼女は意識を花束に向けた。「なんてきれいなユリ。アダム、花瓶に入れてきてくれる?」

「イアンです、奥さま」介助者がやさしく訂正した。

「あら、ごめんなさい」ローズが言った。「そうよね。イアンよね」自分にあきれたように頭を振り、それからエリカの手をにぎった。「お嬢さんがたはお元気?　とってもいい天気よね？」

エリカはさっとローズに調子を合わせた。「ええ、ほんとに。わたしたちは元気にやってます。あなたは？」

「わたし？　ご機嫌よ」ローズが言った。「もうすぐヴィヴィアンが迎えにくるの」

「あら、いいですね」そう言いながら、わたしは横目でエリカに視線を送った。ヴィヴィアンが現れるまえに、さくさく話を進めないと。

エリカが意図を汲んで言った。「うちの店での展示が嫌な気分にさせちゃったみたいで、ほんとうにごめんなさい」

ローズは小首をかしげた。「嫌な気分？　ああ、呪いのことね」と微笑む。「いいのよ。もう心配することは何もないってアダムが言ってたもの」

「ええ、そのとおりです」エリカが安心させるように言った。「でも心配することがあるとしたらなんだったんですか？」

「兄のバートランドのことよ」仕方のない人、というようにローズは首を振った。「騒ぎを起こすのはいつもバートランドだった」

「実はそのことで来たんです」エリカが言った。「彼のことをもっとよく知るために」

ローズの顔に悲しみの色が浮かんだ。「もう亡くなっちゃったものね。この世界で生きるには悲しみを抱えすぎてた」彼女はじいっとエリカの顔を見つめた。「心臓発作だって言われてたけど、ほんとうは心が壊れちゃったのよ。ずっと暗闇から抜け出せずにいたから。リバー家には同じ問題を抱えた人間があちこちにいる。これこそ真の呪いね」

「バートランドが？」エリカが言った。

ローズがうふふと笑った。きらめくような笑い方に、庭師もつられて微笑んだ。「あなたたち女の子はみんなバートランドに夢中なんだから。でももう売約済みよ、お嬢さん」腕時計に目を落とした。「そろそろヴィヴィアンが来るころだわ。〈サンダース〉にアイスクリームを食べにいくの」

ぎょっとして、エリカを見た。隣町のアイスクリームパーラー〈サンダース〉は、十年前に閉店していた。

「楽しそうですね」エリカが慎重に言った。「お気に入りのフレーバーはあるんですか？」

ローズはとまどった表情になり、少しして言った。「バニラよ」答えを自分でたしかめるように大きく一度うなずいた。

気づくと、イアンがわたしの横にいた。「申し訳ございませんが、ミセス・ハドソンはつぎのご来客がございますので。そろそろお暇を」

「あら、残念」エリカが立ち上がった。「お会いできてよかったです」

ローズはもう一度ぎゅっとエリカの手をにぎった。「今日はどうもありがとう。きっとまたいらしてね」

わたしたちを出口へと案内するあいだイアンはずっとそわそわしていて、受付の女性も笑顔を引きつらせていた。

「いったいなんなの？」ゆっくり歩いて車のところに着いてから言った。

「わたしたちがローズ・ハドソンと話すのを快く思わない人がいるみたいね」

20

エリカはビーンの様子を見に家へ帰るというので、わたしだけ店で降ろしてもらった。なかにはいると、ロケット刑事が待ちかまえていた。すばらしい。挨拶するのも面倒で、何も言わずに裏のエリカのオフィスへ案内した。

「だれから連絡があったと思う？　きみとお友だちが家族に嫌がらせするのを止めてくれとある人物に言われたんだ」

「ジョー・ジョナス（アメリカのミュージシャン）？」わたしは言った。「彼のファンクラブの会長を務めてるから、いつでも好きなときに連絡していいはずよ。契約書にそう書いてる」

ロケットはわたしのジョークを無視した。「アダム・リバーだ。きみたちが老婦人に難儀をかけていると聞いて、どれほど驚いたことか」

「難儀？」わたしは言った。「今どきそんなことば使う人いる？　あなたこそ老婦人みたいよ」

ロケットはお決まりになった苦渋の表情を浮かべた。「こうしよう。まず、ぼくがボビーに図書館職員の件は水に流せと言う。そうしたら、きみはもう調査はやめると約束してくれ。

老婦人に難儀をかけることも」

「だれにも難儀なんてかけてないわ」わたしは言った。「会いにいくのはべつに迷惑じゃないでしょ」

「じゃあ彼女のところで何してた？」

日記のことを話すべきか迷ったが、もう自分たちでは抱えきれなかった。「バートランド・リバーの日記の解析結果を見たの。損傷があったページの」

ロケットはドア口に立ったままひっくり返りそうになった。「いったいどうやって？」だがすぐにギアを入れ替えた。「で、内容は？」

「バートランドは旅先で恋に落ちた」わたしは言った。「そして結婚して、家族を作った」

ロケットが顔をこわばらせた。「まったくきみたちは……」しばらく黙り込み、意を決したように言った。「署に来てもらおう」わたしの腕をつかみ、店のなかを突っ切って正面扉へと引っぱっていく。

わたしは振り返り、目をぱちぱちさせてコナを見た。「すぐに戻るから」大声で言う。

「いいや、しばらく戻らない」ロケットも大声で言い、わたしを外へ引きずり出した。

幸い、ロケット刑事は州警察の車両ではなく普通のセダンで来ていた。わたしは助手席に乗り込んで、シートベルトをして腕を組み、彼が車の外で無線連絡し終えるのを待った。

「こんな扱いをしてなんの得になるわけ？」わたしはロケットが乗ってくるなり責めたてた。

「手錠をされないだけましだろ」彼はバックで車を出し、警察署へ向かった。「日記の解析結果が殺人の動機になるとは思わなかったのか？」

わたしはむっとした。「思ったに決まってるでしょ。だから……」

「だから大急ぎで尋問しにいった？　警察に重要な情報をもたらしうる人物に？　そのあげく家族に警戒させて、おいそれと話を聞けなくなったんだぞ」

「日記の件にはひとことも触れなかったわよ」強気に出たものの、少しうしろめたい気持ちになった。

ロケットは一瞥をくれ、わたしの頭のなかを見透かしたように言った。「タイミングがなかっただけだろ？」

「ごめんなさい」しぶしぶ認めた。「あなたに報告すべきだったわ」

「たわごとを」車が警察署として使われている白い建物のまえに停まった。ロケットは「休憩室で待ってろ」と言って、自分はヌーナン署長のオフィスへ告げ口をしにいった。

まもなく大きなバッグを引きずったエリカも到着した。ひとつも動じていない様子で、ノートパソコンを取り出す。さっきの無線連絡は彼女を呼ぶためだったのだろう。

だれかが聞き耳を立てている場合に備えて声をひそめた。「レオはまだ家に？」

エリカはうなずいた。「何も心配ないわ」

ロケット刑事、ボビー、ヌーナン署長の三人がやってきて席についた。口火を切ったのは署長だった。「さて、お嬢さんがた。聞かせてもらいましょうか」

エリカは殺人事件に関してわかったことを洗いざらい全部話した。カルロのこと、サンティアゴのこと、シンセロのこと、計算表におけるゼインの大発見まで。ボビーは今度も勾留すべきだれかを見つけるまでわたしたちを閉じ込めておきたそうだったが、署長は警察の仕事に手を出すなと警告しつつ最後のチャンスとばかり帰してくれた。

コナには悪いが、店に戻るまえにうちへ寄った。レオはビールの瓶を手に、冷蔵庫へ頭を突っ込んでいた。

「それ、ビーンにやるつもりじゃないわよね？」

レオは冷蔵庫の扉の上から顔を出してにっこりした。「まさか。おれのだよ」

「けが人はどう？」

「さっき見たときは眠ってた。今度はおまえが子守りの番か？」

「ごめん」寝顔をのぞき見たくてうずうずする。「店に戻らなきゃならないの」

「そっ」と言って、レオはソーセージ類のパックを引っ張り出し、スライスチーズにサラミを数枚載せてパンにはさんだ。

「例の医者が来たよ。傷の痕が残るから美人コンテストで優勝はできなくなるけど、神経の損傷なんかはないって」即席のサンドイッチにかぶりつく。

「ビーンは何か話してくれた？」

「撃たれたことか？」レオはビールをすすった。「なんにも。この町を出るまえに、メリーランド辺境の自警団についてきかれたけど、おれが知ってるのはそれだけだ」ビール瓶で勝手口を指す。「血の痕は消しといたよ。車が停まってるところまでずっと」

「ありがとう」キッチンと寝室の床をこするだけでもひと仕事だっただろうに。「あなたのほうは大丈夫？」わたしがきいた。「よみがえったりしてない？　なんていうか、嫌な記憶が」

レオは微笑んだ。「おれは大丈夫。今回は終わりよければすべてよし、になるだろ？」

兄をぎゅっとハグせずにはいられなかった。「ずっと元気でいてね？」

寝室へ行くと、足音に目を覚ましたビーンが締まりのない笑みを浮かべた。「こりゃあ、どども」

「大丈夫？」わたしはきいた。「ずいぶん滑舌が悪いけど。オークスを呼ぶ？」

ビーンは首を横に振った。「いやあ。レオがすごくいい……痛み止めをくれただけ」なるほど、それでとろんとした目も説明がつく。

「効果抜群みたいね」服用量を加減した件についてレオと話をしなければ。

「ああ、いい気分だよ」ビーンはぽんぽんとベッドの端をたたいた。「座って。ひと息つけよ」わたしの手を取り、指でもんでくれた。「こんなことになってごめん」

「いいのよ」この負傷した、薬でラリった男をどう扱えばいいのだろう。

ビーンは首をひねって目をぱちぱちさせた。うまくわたしを見つめられないのかも。「こんな形できみのベッドにはいることになるとはな」

息が止まりそうになった。おんなじこと思ってた！　顔が首のほうから熱くなってくる。

「どんなふうに想像してたの？」

真剣に答えを探すようにビーンはあたりを見回した。「もっとセクシーな感じかな。もっとずーっとセクシーな感じ」ちょっとにやけている。「それに、どっちのこの件も片がついてるだろうと思ってた」

レオがドア口に顔をのぞかせた。「生き返りやがったな！」屈託のない言い方だった。ベッドの話は聞かれずにすんだのだろう。

わたしは立ち上がった。「ごめん。そろそろ店に戻らなきゃ」

疲労と薬の眠気にあらがうように、重くなったビーンの瞼がぐっと開いた。「あの旗の形のチョコレート、食べてみたいな」

殺人も強盗もすべて忘れ、上機嫌で仕事に励んだ。ケイラと入れ替わりでコナが帰るときには、キャラメル作りという骨折り仕事まで引き受けた。

リハーサル中のフラッシュモブが店のすぐまえまでやってくると、ケイラが業務用の特大鍋のかき混ぜ役を替わると言い張った。「絶対に見にいったほうがいい。もう、すごいから！」

生徒たちがさまざまな場面を演じながら怒濤《どとう》のごとく通りを移動していく。戦闘をはじめたかと思うと、いつのまにかきらびやかな儀式が執り行われている、という具合だ。まわりでは〝戦士〟たちが槍を手にして、罪のない見物人が進行の邪魔にならないよう目を光らせている。幸いというべきか、ウェストリバーデイルのメインストリートには月曜の晩の見物人などそう多くはないのだが。

ウィンクは監督らしき女性と、指で小さな四角を作ってカメラのアングルを考えているふうのカメラマンを連れて、メインストリートを行ったり来たりしていた。ときどき生徒に声をかけて、一場面をとおしで演じさせたりしている。みんなとても楽しそうだ。

メイもやってきていっしょに演技を眺めた。「外でココを見かけても心配しないで。わざと猫用のドアを開けてあるの」彼女が言った。「妙に外に出たがって、でもかならず仔猫のもとに戻ってくるから」

閉店時間をすぎてもリハーサルはつづいていたので、フラッシュモブの件でウィンクと相談中のエリカを残して店を出た。

家に帰ると、キッチンでレオとガールフレンドのスターが〈ゼリーニズ〉のピザを取って食べていた。長い一日だったが、生徒たちが有意義なことに楽しく取り組む姿を見たことで、だいぶ普段の心持ちを取り戻していた。

「あなたの分、とっといたわよ」スターが新しく皿を出した。

「やった。もう腹ペコ」

わたしはスターの二の腕がぴくぴくしているのを指差した。「トレーニングしてるの？」

スターは上級アスリート専門のパーソナルトレーナーをしている。彼女は腕を曲げて、力こぶを見せた。「最近契約した選手たちに尻をたたかれっぱなしなの」

「それじゃ立場が逆じゃない？」

彼女がうんうんとうなずくと、髪がはらりと顔に落ちた。「わたしの本気の指導がどんなもんか、わからせてやらないとね」

レオが落ちた髪を耳にかけてやり、そのいとおしそうな様子に思わず微笑んだ。「そろそろ帰るか」レオが立ち上がって、皿を流しに運んだ。「ビーンはさっき薬を飲ませたところだから、しばらく起きないと思う」

「ありがとう」ピザにかぶりついた。「外まで見送るわ。ビーンのチョコレートがまだ車のなかだし」

歩きながらピザを食べ終え、おやすみを言ってレオたちの車が走り去ると、ビーンに頼まれた旗の形のチョコレートの箱を持って家のなかへ戻った。目が覚めて最初に彼が口にするのは、わたしのチョコレートだ。もしかしたら、このチョコレートを食べたいと言ったこと自体、ロマンチックな意味があるのかも。

ドアの鍵を開けておこうかどうか迷った。もうすぐエリカが帰ってくるはずだからと思ったが、用心に越したことはないと鍵を閉めた。

振り返ると、廊下の奥にカルロが立っていた。銃がわたしの心臓に向けられていた。

21

ひっと悲鳴を上げた。

カルロはもったいぶった動きで人差し指を口に当てた。もう一方の手に銃がにぎられてなかったとしても、ぞっとするような手振りだった。銃口は今はリビングルームに向けられている。壁の向こうでビーンが寝ていることには気づいているだろうか？

カルロの脇をすり抜けてリビングルームに移動し、電気をつけた。恐怖は少しも減らない。

「座れ」

すぐに従わずにいると、つづけざまに言われた。「早く」

わたしは座った。「どうやってはいったの？」

カルロは〝ばかなこと聞かないでくれ〟という顔をした。百年もののドアの鍵を開けることなど、世界を股にかける密売人には赤子の手をひねるようなものなのだろう。

「うちで何してるの？」別の質問をぶつけた。

「携帯電話を床に出してもらおう」カルロはわたしとドアのあいだの椅子に腰を下ろした。

「悪あがきはやめておけよ。これでも銃の腕はたしかなんだ」まるで謝罪でもするような言い方だった。

「なんでこんなことを？」わたしはきいた。「コナにあなたと距離を置くよう言ったから？」

「まさか」カルロが言った。「コナはすばらしい気晴らしだが――だったが、おれのビジネスの邪魔をできるものなどない」

「それってどっちのビジネス？」わたしはきいた。「合法なほう？　それとも違法な出土品売買のほう？」

カルロの目が糸のように細くなったのを見て、よけいなことを口走ったと後悔した。

彼の声がいつもの色気を失い、冷徹さを増した。「教授と同じ目に遭いたくなければこっちの質問に答えろ。組んでる相手はだれだ？」

「だれとも組んでなんかない」泣きだしそうな声が情けなかった。「あなたが教授を殺したの？」

「あんなやつ、どうでもいい」カルロが言った。「じきに用無しだった」

驚きと恐怖がもろに顔に表れていたのだろう。

カルロはわたしを舐めるように見た。いちばん効果的な進め方を考えているのかもしれない。「おまえたちふたりのような田舎ねずみが、どうやってシンセロの正体をつかんだ？だれかの協力があったはずだ」

「なんの話？」声が震えた。

「とぼけるのはやめてくれよ」椅子にゆったりと座り直した。「この業界ではコネクションがたくさんないと長くやっていかれない」

「コネクション？」

「おまえが撮った、今じゃ有名なあの写真のことが、おれの耳にはいらないと思ったか？」カルロが言った。「各所に知り合いがいるんでね」どういう意味かわたしが悟るのを待った。

「ほんとうにばかだよ。写真を外に出さないためなら大金を払ったのに」

「何しに来たの？」

「おまえの協力者を突き止める」銃の先をぐるりと回した。「どんな手を使ってもな」

「ねえ。協力者なんていない。適当に探ってたら、運よく突き止められただけ。それがわたしたちのやり方なの」

「そうやって謎を解き、あのちっぽけな店から罰を与えてまわってるっていうのか？」カルロは全然信じていなかった。

「罰なんて与えてない」わたしは言った。「見つけたものは全部、警察にわたしてる。だからもう手遅れよ。知ってることは何もかも、警察に報告済み」

カルロは首をかしげた。「それがほんとうなら、お友だちのサンティアゴのことを話してくれよ」

「サンティアゴはべつに仲間じゃないわ。むしろそっち側の人間でしょ？　悪党っていえばいいかしら？」

「どうだろうな」カルロが言った。「自分がエル・ガト・ブランコだって話はしてなかったか?」

「何それ?」聞いたこともないふりをした。「白い仔猫ちゃん? そんな名前で人が怖がると思ってるのかしら?」

サンティアゴへの当てこすりを楽しむようにカルロがにやりと笑った。「伝説のエル・ガト・ブランコに仮面をつけてやりたいよ。死の面を」

そのとき、廊下の床のきしむ音がした。カルロが立ち上がってうしろを振り返った。サンティアゴだった。全身黒ずくめで、銃を構えている。

にらみ合う様子から、ふたりが同じ側の人間でないことは一目瞭然だった。

「ちょっとあんたたち」わたしは言った。「けんかなら外でやってくれる?」内心ではすくみ上がっていた。

「それもそうだな?」サンティアゴが片足を引いた。

カルロは動かなかった。

「この部屋、男性ホルモンむんむんで暑苦しいわ」ドアのほうに踏み出した。「わたしはもういいわよね?」

「だめだ」とカルロが言うと同時にサンティアゴが「行け」と言った。まるで鏡写しのように、関わり合ってはいけないハンサムな悪い男がふたり、動きをそろえて廊下へ出た。

そのとき、遠くからサイレンの音が聞こえた。ほっとして泣きだしそうになる。

カルロが頭を振った。「卑怯者《コバルデ》」吐き捨てるように言った。

「壺を手に入れるのはおれみたいだな」あざけるようにサンティアゴが言った。

カルロが顔をしかめた。「かもな。だが、かならず奪い返す」そう言って、さっと勝手口から出ていった。サンティアゴは追わなかった。

「警察を呼んだのはおれだ」サンティアゴが認めた。「薄汚いねずみが大あわてで逃げ出すと踏んでな」

「じゃあ、ほんとにあなたがエル・ガト・ブランコなの？」わたしはきいた。「もうちょっとひねりのきいた名前はなかった？」

サンティアゴが微笑むと同時に、少なくとも二台の車が家のまえに急停車する音がした。「退場の合図だ。おれが撃たれそうになったら、ＩＣＥの仲間だと言ってくれ。まあ、仲間ってほどでもないが」


翌朝、ジュニアはうちの番から解放された。カルロ・モラレスが国境を越えてメキシコにはいったという報告がウェストリバーデイル警察に届いたからだ。サンティアゴはエル・ガト・ブランコであるだけでなく、なんと本人が言ったとおりＩＣＥの相談役を務めていることも判明した。ロビン・フッドのような存在で、たいていは単独行動だったが、ときにはＩＣＥと協働して、何千もの出土品をもとの国に返還していた。

「ほんとに彼がエル・ガト・ブランコなの？」ボビーにきいた。

「あいつを美化するのはやめろよ」ボビーが言った。「昔パナマにいたときは、下っ端のドラッグの売人だった。そのせいでやつの子どもたちは敵対するギャングに殺されたんだ。まあ、これからは世の中の役に立とうという気概は買うけど」

署長はカルロがわたしとやりとりしたことばを教授殺害の自供ととらえているらしかったが、わたしとエリカはそうは思わなかった。それじゃ筋が通らない。

ビーンはめきめき回復し、キッチンテーブルまで起きてきて、エリカがさっと作った目玉焼きとトーストを食べている。昨夜カルロとサンティアゴを相手にわたしが孤軍奮闘しているあいだじゅう眠りこけていたことをひどく恥じているらしく、もうお荷物にはならないぞと意気込んでいた。

エリカは最先端のセキュリティシステムについて夜通し調べ、二、三日のうちにわが家へもひとつ導入されることになった。バートランドの日記のほうもずいぶん読みすすめたらしく、ずっとそのことばかり話している。「うっとりするような結婚式だったみたい」エリカは言った。「二十世紀には、マヤの人のほとんどがカトリック教徒になってたけど、伝統が残っているものもあった。花婿は妻となる女性の父親の畑で四カ月間働くのが習わしだったの。お嫁さんのマリアは花嫁衣装のウィピルを生地から自分で織って刺繍して、バートランドは儀礼上の父親であるコンパードレから自分用の衣装を買ったんだって。マヤの風習を心から楽しんでたのがよくわかるわ。結婚式の衣装を一度着たら、死んでお葬式をするときまで二度と着ないというのもロマンチックだと思ってたみたい」

エリカの声の感じからするに、彼女自身もロマンチックだと思っているみたいだ。「あなたってダサかわいいね」

ビーンがぶっと噴き出して、どこか痛んだのか、身を縮こまらせた。「いきなりどうしたんだ？」

「大丈夫？」ビーンが深呼吸してうなずいたので、わたしはあわてて言い訳をした。「えっと、つまり、かわいらしいオタクだって言いたかったの。高校生が口にしてるのを聞いて、いつか使ってやろうと機会をうかがってたのよ」

「たしかに、エリカはかなりダサかわいいね」いとおしそうにビーンが言った。

エリカは勘弁してよとばかりにぐるりと目を回した。「ふたりとも世にもすてきなパートランドの物語に興味ないなら、わたしもほかにやることがあるから」エリカは日記のコピーを手に二階へ上がった。

ふたりきりになったとたん、張り詰めた空気が部屋に満ちた。お願い、この緊張感が色っぽいものでありますように。

「きみは大丈夫？」ビーンがきいた。「どう考えても大変な状況だから」

「それってあなたのこの件のこと？　それともわたしの？」

ビーンが微笑んだ。「どっちかな。どっちも。全部ひっくるめて」

「たしかに冷や汗ものどころじゃなかったわ。あなたが撃たれたり、自分ちのリビングで国際的な美術品泥棒に銃で脅されたり」平気なふりで言うつもりだったのに、途中から声が震えた。わたしは咳払いをした。「で、あなたはまた取材に戻るの？」

ビーンは首を横に振った。「いや、もう戻らない」一瞬黙り込んで、またつづける。「自分でもどっちが理由かわからないんだ。ネタが十分集まったからなのか」腕に目を落とす。「なかなかどうしてひどい警告を受けたからなのか」

「うちのキッチンを血だらけにしたのも忘れないでよね」

「ああ、そうだな」ビーンがわたしを見つめた。「で」

「で？」

「ディナーはどう？」きくまえから答えはわかっているけど、という感じだった。

「それってもしかして、デートってこと？」わざとらしく驚いて見せた。

彼の笑顔がややあきれ顔になった。「ああそうだよ、デートってことだよ」

「よろこんで」

ビーンがニカッと笑い、ぎゅっとわたしの手をにぎった。

エリカが携帯電話を持って戻ってきた。

なんて間の悪い子なの？

「〈ヴィレッジ〉から電話よ」エリカが言った。「ローズ・ハドソンがわたしたちに会いたがってるって」

「こんなことして、ほんとにいいのかしら？」ローズの待つ施設へ車を走らせながらわたしがきいた。「彼女と話すことは許さないってアダムははっきり言ってたみたいじゃない？」

ロケット刑事の反応にいたっては想像したくもなかった。

「ローズの介助者によれば、施設には絶対のルールがあるらしいの。つまり、入居者の頭がはっきりしていると職員が判断したら、相手の指示にかならず従う」

ローズは美しい山並みのほうを向いて、まえと同じ椅子に座っていた。「ミシェルとエリカね」と言う彼女は、どこからどう見てもしゃんとしている。「また来てくれてありがとう。このあいだはごめんなさい、ぼうっとしてたかもしれないわね」

わたしとエリカも腰を下ろした。

「あなたたちがバートランドの日記を見つけて、秘密がばれたってアダムから聞いたわ。それでね、うまく説明できるかどうかわからないけれど、わたしが知っていることを少し、話しておこうと思って」

「ええ、ぜひ」エリカが言った。「すごくすてきな人だったみたいですね」

ローズは微笑んだ。「ええ、とても。実際に会うとよくわかるわ。どうしてかしらね、兄が現れると部屋のなかがぱっと明るくなるの」

「それで何があったんです？　日記に書かれた日々のあとに」エリカが尋ねた。

ローズの顔から笑みが消えた。「わかっててちょうだい、あのころは時代がちがったのよ。わたしたちの父親には壮大な人生設計があったけれど、バートランドはまったく興味を示さなかった」遠くの景色に目を向けた。「兄は旅先から戻ると、両親に言ったの。結婚したって」

ローズは首を振った。「父は彼に一銭も与えず、中米に戻ることを許さなかった。そのあと兄はひどいうつ状態に陥った。うちの家系には、まあ、そういう人が過去にもいたとだけ言っておきましょうか」

ローズは深く息をついた。「それからまもなくだったわ。突然死んでしまったの。わたしはまだ幼かったけれど、なぜかはわかった。ずっとマリアの名前を呼びつづけてたから。彼の人生のすべてだった。心が壊れて死んでしまったんだって、今も思ってるわ」

ことばの端々にまで悲しみがあふれ、ローズの声はささやくようになっていった。「助けになりたいとバートランドに言ったら、旅先から持ち帰ったお宝を隠してくれと頼まれたの。父の目がほかに向いたときに売り払って、マリアのもとへ帰る資金にできるように」

「それで隠したんですか？」わたしがきいた。

ローズがいたずらっぽい顔をした。何十歳も若返って見える。「ええ、もちろん。全部ではないけれど、たくさん隠したわ。バートランドの日記もいっしょに。そしてお宝は今も同じところにあるのよ！」ローズはふと押し黙り、とまどいの色を浮かべた。「わたしはそう思ってるけど。でもだったらどうして……日記が出てきたのかしら？」

エリカがローズのほうへ少しひざを寄せた。「どこに隠したんですか？」

「絶対にわからないと思うわ」ローズが言った。「秘密の場所なの」

「ほかにその場所を知ってる人は？」

ローズは心外だという顔をした。「いないわ！」と言って口をつぐんだ。何かを思い出したようだ。「バートランドだけは知ってるわ。このまえここへ訪ねてきたの」それからその考えを振り払うように頭を振った。「いいえ、ありえないわね」

「でも、あなたになら教えてあげる」ローズはエリカの耳元に口を寄せ、わたしには聞き取れないほど小さな声で何かささやいた。

椅子に深くかけ直したローズの顔に悲哀が満ちた。「でもバートランドは最後には変わったわ。考古学者たちと出会って、壺やら何やらを故郷から持ってきてしまったことに罪悪感を覚えだして。過ちを正したいと思ってたのよ」


「さっきなんて言ってたの？」施設の敷地から車を出しながらきいた。

「彼女が信じるお宝の隠し場所を教えてくれたわ」エリカが言った。「地下室にあるどれかの炉のうしろだって。教えてもらったところで、リバー家の地下室にはいれるわけないけどね」

「ロケットに令状を取ってもらうとか？」わたしは言った。ほらね、ちゃんと正しい道を歩もうとしてる。

「どうかしら」エリカが言った。「認知症をわずらう老女の妄想だって向こうの弁護士に言われて終わりそう」

ふと嫌な予感がして、バックミラーに目をやった。「大変」と言ったが、もうどうしようもない。黒のＢＭＷがさっと横を追い抜いて、行く手をふさぐように停車した。

22

エリカがキィーッと車を停めると、サンティアゴが自分の車から降りてきた。両手を上げて武器を持っていないと示してから、こっちの窓を指差す。

「バックして逃げよう」わたしは言った。

「逃げても追ってくる」エリカが言った。「それでもっと危険な目に遭わされるかも。ただ話をしたいだけじゃないかしら」

エリカは窓のボタンを押して五センチ下げた。

「きみたちを見くびっていたみたいだ」サンティアゴが大声で言って近づいてきた。「計算表をくれてやったときは、ここまで成果を上げると思わなかったよ。ICEの友人たちが悪名高きシンセロを逮捕したから、おれも負けていられない」

エリカは彼のことばから推測をめぐらせているようだった。「わざとわたしたちに計算表をわたしたの？」

サンティアゴはうなずいた。

「でもなんで？」わたしはきいた。「あなたはICEの下で働いてるんでしょ？」

彼は笑った。「それはちがう。おれはいわば、助言をしてやってるだけだ」間を置いて言い足した。「お互い利がある場合に」

「そんなこと、なんでわたしたちに話すの？」

サンティアゴがいま一歩近づいてきた。「正式に要請する。アマチュア調査をただちに停止しろ。きみたちはお偉方に恥をかかせるにとどまらず、悪党に情報を与えてしまっている」

「だったら何？」わたしはきいた。

「だったら何？」彼はおうむ返しに言った。「あいつらには何も知らないばかでいてほしいんだ」

エリカがすっと目を細めた。「結局、あなたはどういう立場なの？」

「きみが頭のいいほうだってみんな言ってたよ」いかにも感心しているふうにサンティアゴが言った。「そして相方ミシェルの持ち味は粘り強さ。でもどうやら、きみも彼女から学んでいるようだな」一拍置いてつづけた。「風のうわさで聞いたんだ。愛すべき略奪者バートランドの日記には、ハリウッド映画もびっくりの結末が用意されていると」

「なんの話よ？」ちょっと速く反応しすぎたか。

サンティアゴは目を輝かせて満面の笑みを浮かべた。「やっぱり事実なんだな。バートランドはベリーズで結婚して家族を作った。ことばにならないほどの興奮だ」それから、すっと真顔になった。「だが、あらためて警告しなければな。何があっても、絶対カルロに近づくな」

「手出ししてほしくないなら、もうちょっと……正式な手続きを踏んでもらわないと」エリカが言った。

つぎの瞬間には、サンティアゴの顔が窓のすぐ外にあった。「いいか。シンセロの逮捕の余波はどうにかする。でもカルロには、定位置にいてもらわないと困るんだ。あいつのやり方は心得てる。おれが仕事をつづけられるように、あいつにもこれまでどおり動いてもらう必要がある」

「あなたの仕事って？」エリカがきいた。

サンティアゴが窓から身を離した。「それは知らなくていい。でもおまえたちがカルロの首をちょん切ったら、穴埋めに別のやつが現れる。新しいダンスを一から習うには、おれはもう年を食いすぎてるんだ」

サンティアゴは自分の車へ戻り、わたしたちが見守るなかゆっくり発進した。そしてブンッとエンジンを吹かすとあっという間に坂の向こうへ消えてしまった。

「ワオ。ほんとにエル・ガト・ブランコだったんだ」

「いったいどういうこと？」エリカは携帯電話を引っ張り出した。「もしもしゼイン？　サンティアゴとエル・ガト・ブランコについて調べられることを全部調べて。もう遠慮は無用よ」

「一応言っておくけど、わたしたち調査はやめたのよ」

店に戻ったものの、サンティアゴに言われたことばかり考えてしまう。わたしたちがおとなしくしていたところで、警察や政府機関がカルロを追うのは止められないのに。それになぜあれほどバートランドの家族に興味を持っていたんだろう？

「そういえば」店の奥で不動産業協会の打ち合わせのあとのテーブルをいっしょに片づけながらコナが言った。「モカ・スプリームを残したからまた妊娠してるにちがいないってあなたが言ってたママがいたじゃない？」

「サマンサのこと？」

「そう、その人。彼女、ほんとに妊娠してたの」コナが言った。「トリュフ診断、大当たりよ」

わたしが得意になっていると、ドアが開いてヴィヴィアン・リバーがはいってきた。

「げっ、どうしよう」コナに言った。母親のローズに会いにいったのがばれたのかも。「レセプションパーティのとき以外、店に来たことなんてないのに」

ヴィヴィアンはダイニングスペースを見わたして、隅の小さなテーブルについた。

わたしはそっとコナの体を押しやった。「何が狙いか、探ってきて」

コナはにこにこしながら近づいていって、戻ってくるときは渋い顔だった。「デカフェのカプチーノと、キャラメルひとつと、あなただって」

がくりと肩を落とした。リバー家とのごたごたはもうたくさんなのに。大きく息をついて、彼女の待つ隅のテーブルに向かった。「お会いできてうれしいわ、ヴィヴィアン」

ヴィヴィアンは笑顔を見せなかった。「座ってちょうだい。少しのあいだお相手願えるかしら？」

言われたとおり席についた。最近、人に指図されてばかりいる気がする。「それでご用件は？」

彼女はちょっと考えるように黙り込んでから言った。「当たり前だけど、時間を巻き戻してパンドラの箱を開けないようにするのは不可能だわ。だからあなたとエリカにお願いがあるの。バートランドに」ふんと鼻を鳴らす。「家族があることはけっして口外しないで。内々ですっかり整理をつけるまでは」

「わかりました」わたしは答えた。「まだだれも知らないと思います。警察以外はってことですけど」ちらりと振り返って、コナがまだ注文のカプチーノを作っていることを確認した。

「ええ、そうよね」わたしたちが少なくとも警察にはしゃべってしまったことにがっかりしているのが見てとれた。「どうやらそれが教授殺害の〝動機〟になりうると警察は考えてるみたいね」

「おつらいですね」思いもよらなかったというふりで言った。「じゃあ、そろそろ仕事に……」

ヴィヴィアンはほかにも何か言いたそうな顔をしていたが、やっぱりやめたようだった。

「ええ、もちろん。お時間をありがとう。あなたの慎み深さにも感謝するわ」

地元放送局の予報は嵐だったにもかかわらず、フラッシュモブの撮影にまたとない天気となった。メインストリートに立ち並ぶ店の多くが朝早くから営業をはじめ、そのときに向けて準備しているのには驚いた。店主も従業員もたいてい何かしら端役を割り当てられている。何世紀も昔の身なりで町を走り抜ける一団に仰天して見せる係や、こっそり小道具を手わたす係、さまざまな場面に駆けつけて熱狂する観客の一員となる係などなど。まさに、ウェストリバーデイルの町をあげてのプロジェクトだ。

エリカは高校のほうへ歩きながら、彼女のもっとも得意なことをしている。つまり、想像しうるなかで最高に感じよく人に命令を下していた。

わたしとコナは無料のコーヒーとキャラメルを撮影部隊に差し入れた。本職のクルーである彼らは、巨大な照明器具の下、スクリーンを設置したり、カメラを載せてレールを走る本格的な台車を用意したりしていた。これを使えば、生徒たちの演技を通りの端から端まで追いかけることができるだろう。フィナーレの舞台となるコミュニティセンターのまえには、カメラマンを乗せたクレーン車まであった。だれが機材費を払うのかは知らないほうがよさそうだ。

ウィンクとジョリーンは演劇オタクの天国を満喫していた。あちこち駆けまわって監督やカメラマンやエリカに意見を求め、その合間に演者の生徒に集合をかけたり、衣装や小道具をそろえたりしている。エリカ主宰のコミックブッククラブ、スーパー・ヒーロー・オタク・チームの姿もあった。しかもリーダー的役割の一部を担っているようだ。
ボビーとジュニアがメインストリートを封鎖すると、あらためてこの挑戦的企画がどれほどの大事業に成長したかをひしひしと感じた。アビー町長は本部の脇に立ってホワイト・ストーン・アレーからの人の流れを止め、ほかの町議会の面々も各自の持ち場についていた。

うわさを聞きつけて来たのだろう、歩道は近隣の町からの見物客であふれかえっていた。

そして通りの各所で笛が鳴った。みなさんお静かに、の合図だ。

スパニッシュギターの調べが、どこかに隠されたスピーカーから流れだした。使われる音楽はすべて高校の吹奏楽部が編曲、演奏したものだ。テンポのよいラテンのビートに切り替わると、いよいよ最初の場面がはじまった。誕生したばかりの王子が高く掲げられ、家臣たちが歓喜にわく。通りの向かい側では、奴隷が食事をこしらえ、女が機《はた》を織っている。巨大な紙に文字を書いて本を作る者もいる。そして背丈ほどもある、精巧な細工の頭飾りをかぶった神が、人々に服従を誓わせる。

何台ものカメラがあらゆるアングルから撮影をしていた。もちろん、見物人の楽しそうな表情や驚いた顔、何が起きてるのかととまどう人々の反応も。フラッシュモブ動画でわたしがいちばん好きなパートだ。胸躍る瞬間を自前のカメラで収めようとする人も大勢いた。

メインカメラはつぎの場面へ。相撲スタイルの衣装を身につけた競技者が小さな黒いゴム球を投げ合い、ヴェガスのショーガール顔負けの羽根飾りを背負った踊り子たちが華やかな群舞を披露する。ジャガーの毛皮をまとった王がいて、取り巻きの女性たちのあいだをぬって歩いている。布でできた大きな羽根を腰につけた王家の男三人は、互いに挑発の舞を舞いだす。

そして音楽ががらりと変わり、戦争がはじまった。

らっぱの音が鳴り響き、いっせいに旗がひらめく。戦いはえんえんとつづき、槍と槍がぶつかり合うなか、兵士がばたばたと倒れ、作り物の血が噴き出す。

囚われた男はひざまずいて命乞いをするも、心臓を槍でひと突きにされ、ただの肉の塊となって地面に転がった。新しい王が権力の座についた瞬間だ。

わたしはフィナーレを見逃すものかと全速力で走っていき、着くとちょうど演者たちが勢ぞろいしたところだった。みんな自分の立ち位置で気高く胸を張っている。うしろのコミュニティセンターの建物には、学校で製作した巨大な背景パネルが設置されていた。本で見たボナンパク遺跡の写真とまったく同じに、ジャングルから古代の石の神殿がぬっと突き出している。

ビルのてっぺんから垂れ幕が下り、展示会の概要と日程を知らせた。

古代マヤの栄華がこれほど生き生きとよみがえるとは。

「カット！」メガホンを手に監督が声をかけると、わっと生徒たちが歓声を上げた。

数時間後、ジョリーンは最後まで〈チョコレート&チャプター〉での打ち上げに残っていた生徒たちをドアの外へと追い立てていた。だめ、衣装も槍も頭飾りもどれも家に持って帰っちゃだめ、と釘を刺しながら。生徒たちは今までずっときゃっきゃと笑い声を上げ、ときに誇らしそうな笑顔を見せながら、何がいちばん楽しかったかを話していた。

監督もようやく機材をしまいはじめた。今晩の打ち上げ中カメラを回しっぱなしだったのだ。フラッシュモブの映像が評判を呼べば、自分のメイキングビデオもたくさんクリックされるはずと目論んでいるのかもしれない。

わたしとエリカはようやく店を閉めることができた。すると、地元の天気予報士が絶対だと言っていた分厚い雨雲が突如現れ、雨が降りだした。

駐車場との境にぽつんとある街灯の奮闘もむなしく、あたりは真っ暗だったが、何をもってしてもわたしの上機嫌が損なわれることはなかった。車に乗ってメインストリートに出ようとしたところで、エリカが自分の車のまえから手を振ってわたしを引き止めた。

「今さっき、仔猫をくわえたココが猫用の扉から出てきたわ」レインコートのフードを押さえながらエリカが言った。

「え！〈ビッグ・ドリップ〉に連れていこうとしてるんだわ」

エリカがわたしのミニバンに乗り込んだ。「止めにいきましょう」

数ブロック先のゲイリーのコーヒーショップまで車を飛ばした。「もうほかの仔猫を移動させてたらどうしよう？」わたしは言った。「ひと晩じゅう仔猫だけにするわけにはいかないわ」

「朝になってゲイリーが店を開けるまではどうしようもないんじゃない？」

暴風雨警報が出てるのに。「たしかゲイリーはどこかに合鍵を用意して、仲良しのスケボー少年が勝手にはいって泊まれるようにしてたはず」わたしは言った。「なかにだれかいれば、開けてもらえるかも」このまえみたいな泥酔状態だったら、外から声をかけても応じないだろうが。

「どうかしらね」エリカも当てにしていなさそうだ。

コーヒーショップのまえにミニバンを停めた。ヘッドライトが店の正面扉から横の壁にかけてを照らし出した。

チョコレートバーの配達に使っている箱を手に取り、車から出ようとするエリカにわたす。エリカは幅のせまい軒下まで駆けていって身をちぢめた。

わたしも車を降りると、強い風ですぐにフードが脱げてしまった。すばらしい。早くも雨が背中をつうっと流れ落ちる。フードをかぶり直し、正面扉をノックした。

返事はない。

「裏を見てくる」わたしが言うと、エリカの携帯電話が鳴った。「出ないで。あなたにはココを抱いてもらわないと」

エリカは画面を一瞥して、通話拒否のボタンを押した。「ゼインよ」雨音がうるさくて、少し声を張り上げないと聞こえないほどだ。「あとでかけ直すわ」

店の裏側は街灯も消えていて、ちょっと怖くなるくらいの暗闇だった。弱々しい光だが、勝手口の上の電灯がありがたい。こちらでもノックしてみたが返事がないので、合鍵の隠し場所を探すことにした。それは苦もなく見つかった。〝配達業者専用〟と書かれたスケートボード形の小さなマークがあって、壁のフックに鍵のチェーンが引っかけてあった。

やっちゃう？

完全な不法侵入だろうが、善い行いをするためだ。わたしは仔猫を助け出すのであって、レジから現金を盗もうというのではない。心のなかの自分と議論していたところ、雨が顔にたれてきたので早々に決着をつけた。フックから鍵を取ってドアを開ける。防犯用の警報に引っかかって警察が来たとしても、エリカがわけを説明してくれるだろう。

店のなかにはいり、壁を手探りして電気のスイッチを見つけた。急に明るくなったので目がくらんだが、何度かまばたきをして、備品庫へ向かった。扉を開けると、ココがまた紙ナプキンをびりびりにして寝床をこしらえ、六匹のうち四匹の仔猫を運び込んだあとだった。

物音がして備品庫から顔を出すと、びしょ濡れのエリカが廊下を歩いてくる。「遅いじゃない」エリカがひそひそ声だが鋭く言った。「ここから出なきゃ。今すぐ」

「ちょっと待って」わたしが言った。「四匹いるの。さっきの箱をかして」

エリカは箱をわたした。「まさか押し入るなんて」彼女が言った。「ゼインからまた電話があったの。教授にマヤの出土品をわたしてたのはゲイリーじゃないかって。だからここにいちゃだめ。早くして」

「ゲイリーが？」

エリカもいっしょになって、もぞもぞ逃げようとする仔猫をつかまえにかかった。「ゼインはあきらめが悪いの。どうにかして〈ビッグ・ドリップ〉の会計システムをハッキングした。見ると、計算表に載ってた一連の取引の直後、ゲイリーがものすごい大金を口座に入れてたらしいわ」

だからこんなに焦ってるのか。ココが仔猫を一匹くわえたまま、しっくいの壁の穴に頭を突っ込んだかと思うと、手の届かない奥へとはいってしまった。

「げっ」

「もう行きましょう」

「ココちゃあん」わたしはやさしく呼んだが、声の不安を感じ取ったのだろう、穴から出てこようとはしなかった。

トリュフと名づけた冒険心あふれる仔猫が妹を踏み台に箱の外へ飛び出し、そのまま扉から逃げていった。エリカが追いかけると、ココが穴から顔を出した。今度はすかさず手を伸ばし、首根っこをつかまえた。だが廊下の音にぎょっとして手を放してしまった。ゴンッという音が響き、何かがどさっと床に落ちたのだ。

「エリカ！」急いで備品庫を出た。

彼女が倒れていた。

バールを握りしめたゲイリーが見下ろしている。「あの猫どものせいで全部めちゃくちゃになると思ってたよ」

23

「エリカ？」彼女のもとへ駆け寄ろうとした。

「近づくな」ゲイリーが言った。さもないとまたエリカを殴るぞとばかり、両手でにぎりしめたバールを振り上げる。

エリカがうなり、脚が動いた。

生きてる。極度のパニックで身がすくんでいたのが少しやわらいだ。

わたしは大きく息をつき、何も気づいていないふりをすることにした。「なんでぼさっと突っ立ってるの？」わたしは言った。「早く九一一に連絡して。わたしたちは強盗じゃないってわかってるでしょ？　ただ仔猫を連れ戻しにきただけよ。だから殴ることなかったのに」

ゲイリーは鼻を鳴らして頭を振った。「そうだな。警察を呼ばなきゃ。まさしく今のおれに必要なものだ」彼はわたしをじっと見つめた。つぎにどうすればいいか、答えを探るみたいに。

わたしは粘った。「ゲイリー、まだ間に合うわ。エリカのために救急車を呼んでよ」

「もうやめろよ」彼が言った。「さっきおまえたちが話してるのを聞いたんだ。出土品のことを知ってるってことは、教授の件もわかってるってことだろ」

「なんの話よ?」わらにもすがる思いだった。

「いや、たしかにまだ間に合うかもしれないな」ゲイリーが言った。「それには少しのあいだ、おまえたちにおとなしくしててもらわないと」ダイニングスペースのほうへあごをしゃくった。「あっちの椅子に座っとけ」

すぐに従わないでいると、バールでぺちぺちと自分の手をたたきだした。「もう一回殴ったら彼女のすばらしい脳みそはどうなるだろうな?」

体をゲイリーのほうに向けて横歩きでダイニングスペースへ移動する。備品庫に置いてきた箱の猫たちにちらりと目をやった。ココはわが子をじっとさせるのに一所懸命で、わたしのことなど気にもかけていない。

ゲイリーがエリカの腕をつかんだ。心臓が跳ね上がる。そのままリノリウムの床を引きずっていく。「おまえは座っとけよ」

わたしが手出しをできないよう十分な距離を取って、ゲイリーはカウンターまで移動した。目でわたしを牽制しつつ、エリカの腕を放した。廊下からもれる唯一の光が、彼の顔の半分に陰を作っている。

ゲイリーはカウンターの裏を一瞬のぞきこんで、何かに手を伸ばした。わたしは立ち上がり、椅子をぶん投げてやろうとつかんだ。だが持ち上げもしないうちに、ゲイリーが銃を取り出した。

また銃だ。

わたしがどすんと腰を下ろすと、ゲイリーはにっこり笑った。

「まだよくわからないんだけど」わたしは言った。「教授と組んで出土品を売りさばいてたなら、どうしてわざわざ展示品を盗む必要があったの？」

ゲイリーは苦りきった顔をした。「おまえらの大事な教授さまにだまされたんだ。あいつはおれに隠れて兄貴に寄贈を頼んだ。アダムは家にあんなものがあるとは知りもしなかったのに。ものすごく貴重なものだとかなんとか、ムーディのやつが吹き込んだんだ。さも大切な文化財だと思ってるみたいにな。金と名誉が目当てのくせに」

エリカの携帯電話が鳴り、ゲイリーが目をむいた。「クソッ」エリカのポケットから電話を取り出し、電源を切る。「おまえのも寄越せ」

「バンに置いてきた」

「へえ。じゃあポケットの中身を出してみろよ」

そのとき気づいた。銃を持っていても、ゲイリーはわたしに近寄りたくないみたいだ。わたしは立ち上がって両方のポケットからなかのものを取り出した。コナにわたそうと思ってそのままになっているレシピのメモ、数枚のお札と小銭、それから家や店の鍵。出してしまうとくるりとうしろを向いて、お尻のポケットが空っぽになったのを見せた。どうか秘密の背骨ポケットが携帯電話を隠しておいてくれますように。

ゲイリーは信用していないようだった。わたしたちをこれからどうするつもりなのだろう？

話しかけて時間を稼いでいれば、だれかが見つけにきてくれるかもしれない。「ねえ、それにしても教授はどんなふうにあなたをだましたの？　気づいてると思うけど、わたしだってあの人のこと、大好きってわけじゃない」

「売上からピンはねしてたんだ。でも、借りはちゃんと返させた。そうだろ？」別の棚をがさがさやってサーフボードを車の屋根にくくりつけるのに使うような黒いひもを取り出した。

「何する気？」

こっちへ歩いてきた。「手を背もたれのうしろに回せ」

「嫌よ」

「言われたとおりにしろ。そうすればふたりとも、ちゃんとここから出られる。おれは隠してあるものを車に積み込みたいだけなんだ。だからおまえたちのことは、そのうちだれかが見つけてくれるさ」

手をうしろに回せば、携帯電話に届くかもしれない。仕方ないふうを装って、言われたとおりにした。「どうしてわざわざ自分の店のまえにアカエイの棘をまいたりしたの？」

「警察の目がおれに向かないようにさ。名案だろ？」ゲイリーはわたしの手首にひもを巻き、予想以上にぎゅっと強くしばった。

「いたっ」もうだめかもしれない。「あの壺ってほんとにこんなことするだけの価値があるの?」

「おまえにはわからないだろうな」

目の端でゲイリーを追った。ココの箱を足でどけながら、備品庫にはいっていく。

なんとか指をポケットに滑り込ませ、手探りで電話をたしかめた。電源ボタンを押し、画面上の通話ボタンがあるはずの場所に指を這わせた。

ゲイリーが小瓶を持って廊下に出てきた。カウンターにはいり、コップの水に錠剤をぽとりと落としてスプーンでかき混ぜる。それからこっちへ歩いてきてわたしのあごをつかんだ。彼の顔がぬらりと汗で光るのが見えた。

「何するのよ」大声で言って、ぐっと頭をよじった。

椅子ごと横に倒れ、半身を強く床に打ちつけた。

「勝手にしろ」そう言って、ゲイリーはしゃがみこんだ。今度はわたしのあごをしっかり持って、コップのなかの薬らしきものを口に流し込む。

エリカがううっとうなってもぞもぞ動いたので、ゲイリーの目がそちらに向いた。

わたしは音を立てないように液体を口から吐き出したが、のどの奥で苦い味がして、いくらかは飲んでしまったとわかった。殺人用の薬だろうか、それとも眠らせるだけだろうか?

どうやら十分に吐き出せていなかったらしい。すぐにジェットコースターに乗っているみたいに、いろんな色がぐるぐる回りはじめた。

ゲイリーがエリカに近づいていった。わたしと同じ手順でエリカの手首がしばられるのを、何もできずにただ眺めた。それからまたゲイリーは備品庫へ行き、幅広のボウルを持って戻ってきた。ジーンズのベルト通しに南京錠がぶらさがっている。

見覚えのあるボウルだ。レセプションパーティの展示ケースに飾られていた。今まで備品庫に隠してあったたってこと？

そのとき、これまで見たさまざまな場面が万華鏡のように渦を巻き、頭のなかでぱっとひらめいて、考えがまとまるまえに消えてしまった。パニックと恐怖が、押し寄せる波のように高まったと思うと引いていき、今度は強烈な眠気に襲われた。

目を覚ますと真っ暗だった。エンジンの音がして、ああ、車のトランクのなかだとわかった。わたしをあざけるように、赤のランプが顔を照らしている。体を動かすと、頭のうしろが何かにぶつかった。ううっとうなる声。ブレーキライトが点灯して、エリカの顔が見えた。うしろに小さな箱がたくさん並んでいる。ライトの配線を引っこ抜こうかと考えた。だれかが気づいてくれるかもしれない。

手を動かしてみると、もうしばられてはいなかった。腕を伸ばし、ぐいっと引っ張る。そしてまた瞼が閉じた。

話し声に気がついた。背骨がぞわぞわした。秘密のポケットで携帯電話が震えたのだ。なんとか取り出して、電話でトランクの天井をたたく。落とした。暗闇を手探りで捜す。ゼリーのなかを動いているような感じ。

声が近づいてきた。叫ぼうとするが、かすれ声しか出てこない。だから力いっぱい蹴った。音が頭に響く。

反応なし。

もう一度蹴った。

涙がこみ上げてきた。もう終わりだ。薬の作用にあらがえず、目を閉じた。

雷がひらめき、雨が顔に落ちてきた。トランクの外にゲイリーが立っている。テールライトの赤い光が、顔の片側を照らし出す。となりには警官がいる。あっけにとられた表情。その表情が徐々にこわばる。警官がゲイリーをくるりと回転させてわたしの視界の外へ連れていく。

それから、赤い光が増えていった。一面の赤。耳をつんざくようなサイレンがずっと鳴り響いている。

目のまえにボビーとレオの心配そうな顔が現れ、わたしはまた薬に屈した。

24

つぎに目が覚めたときには、清潔で、じめじめしていなくて、ちょっと明るすぎるくらい明るい病院の一室にいた。横を見ると、隣のベッドでエリカが寝ていた。

こちらの壁際の椅子では、包帯で腕をつったビーンがうとうとしている。わたしの身じろぎする音が聞こえたのだろう。目がぱっと開いた。「気分はどう？」ささやくように言って、手を取った。

わたしはうなずいたが、その瞬間に後悔した。うっと吐き気がこみ上げたのだ。

エリカのベッドの向こう側で待機していたボビーが立ち上がった。上下とも警官の制服のままだ。

「エリカは大丈夫？」わたしは小声できいた。

「たぶん」ボビーが言った。「軽い脳震盪《のうしんとう》を起こしてる」

「いったい何があったの？」のどが砂漠みたいにからからだ。

「ゲイリーがエリカの頭を殴って、きみたちふたりに薬を飲ませたんだ」怒りのこもった声でビーンが言った。

車に閉じ込められていたときの映像と感覚がぱっとよみがえった。顔がゆがむ。体につながれた機械のビーッビーッという音が速くなった。

ビーンが言う。「安心して。もう危険はないから」

深呼吸しようとするうちに、機械の音が落ち着いた。

「よし、いい子だ」ビーンはナースコールのボタンを押し、応答した看護師の女性に「ミシエルが目を覚ましました」と知らせた。

「すぐに行きます」看護師が言った。

「ココと仔猫は？」

「みんな無事だよ」ビーンが言った。「メイのところにいる」

そして看護師が来るのと同時に、レオがコーヒーのカップをふたつ持って現れた。

「ひとつはわたし用？」がさがさの声できいた。

心配そうな眉間のしわを解いて、レオはにっこり微笑んだ。「たった今、そうなったよ」

看護師も調子を合わせた。「いいえ、なってませんよ」ビーンと場所を替わり、わたしの体温と血圧を測りはじめる。「あなたもエリカも人気者ね」口から体温計を引き抜いて、腕のところをぽんぽんとたたいた。「もうすぐ医師が診察に来ますから」

「体を起こしてもいいですか？」

「ええ、もちろんよ」ベッドの高さを上げ、枕を整えてくれた。ビーンとレオは何をすればいいかわからないらしい。姿勢を変えると、頭がくらくらしたので目を閉じた。

「最悪の日？」レオがきいた。いつもよりずっと心配そうなきき方だ。

かろうじて頭を横にひと振りすると、ふっと意識が遠のいた。

つぎに目が覚めたときには、少し自分を取り戻した感じがあり、ちょうどボビーがエリカに話しかける声が聞こえた。「ほんとに、ほんとにごめん」

うつろな目つきからすると、エリカはまだ何かの影響から抜けきれていないみたいだ。ボビーの伝えたいことがなんであれ、ちゃんと理解できる状態になるまで待つべきなのは今のわたしでもわかった。

「いいのよ」エリカの声もわたしと同じくがさがさだった。

「よくないよ」ボビーはこだわった。「よくない。わかったんだよ。おれよりきみのほうが賢い。それでいいんだって」

エリカが目をぱちぱちさせた。「へ？」

「ほんとに悪かった。なんでもするよ」だんだんすがりつくような声になってきた。「きみが望むことならなんでも」そこでようやくエリカ本人に注意が向き、彼女が話を聞ける状態ではないと気づいた。

そのとき、ビーンが病室にはいってきた。目が合って、さっきとは全然ちがう意味で頭がくらくらした。〝あなたが望むことならなんでも〟と心のなかでささやく。

「やあ」ビーンはバックパックを下ろし、わたしの手を取っておでこにキスした。「ひどい顔してる」いとおしくて仕方がない、という目でわたしを見つめた。これならときどき殺人者に薬を盛られるのもいいかもしれない。いや、さすがにやめておこう。

ビーンもやつれた顔だった。「あなただって相当よ」

わたしは微笑んだが、きっと目のまえのビーンに負けず劣らずへろへろな顔をしているのだろう。

きびきびと看護師がやってきた。「かわいい患者さんふたり以外は外に出て」彼女が氷のかけらを口に入れてくれると、びっくりするくらい気持ちがよかった。

「何があったか覚えてる?」看護師が出ていくと、エリカがきいた。

肩をすくめて答える。「あんまり」

「わたしもよ」エリカが言った。「逆行健忘ね。ファーリーのときと同じ」記憶をしぼりだそうとするように顔をくしゃくしゃにする。

「あの大ばか野郎に薬を飲まされたのよね」わたしが言った。

ボビー、ビーン、レオの三人が戻ってきたので、意識を失っているあいだに何があったのか説明してくれと要求した。

ボビーはできれば話したくない様子だったが、レオが説明してくれた。「話の断片から推測するに、まず、おまえが仔猫を連れ戻しに〈ビッグ・ドリップ〉に侵入した。一応言っとくけど、よくないことだぞ。そしてゼインからエリカに電話があり、みそっかすゲイリーが黒幕だとわかった」

「そうだったわ」エリカが言った。何か重要なことを思い出したようだ。「ゼインが調査をつづけてくれて。どうやったのか知らないけど、〈ビッグ・ドリップ〉の会計システムをハッキン……」口ごもって、上目遣いでちらりとボビーを見る。「帳簿に関する何かを見たみたい。それでカルロが出土品を売った直後に店の収入が急に増えてると気づいたの」

レオは気分が乗ってきていたのか、いつまでもエリカに語り役をさせはしなかった。「で、本来の賢さを発揮することも警察に連絡することもなく、おまえを連れ帰ろうとエリカまであいつの店にはいった」レオは椅子にどっかりと腰を下ろした。「幸い、ゼインは賢かった。ふたりとも電話に出ないとわかると、ビーンに連絡したんだ。それからビーンがあの気色悪い携帯のアプリでおまえの居場所を突き止めた。アプリの件については、あとで説明してもらうからな」

ビーンが横から口をはさんだ。「ボビーに連絡して、きみたちがゲイリーの店でトラブルに巻き込まれてるかもって知らせたんだ。でもボビーが店に着いたときには、きみたちの姿はもうなかった。アプリで見ると移動中だったから、あとを追ったんだよ」

「ビーンときたらとんだ腰抜けで、全然役に立たなかった」レオがにやっとすると、ビーンは怒りに歯をくいしばって天井を見上げた。「それでおれに電話してきたってわけだ。警察の車はピーナッツバターのなかを進むヘビかってほどのろのろしてたから、おれが先におまえたちを見つけちゃいそうだったよ」

「あの嵐のなか、バイクに乗ったの？」

レオは心配するようなことは何もなかったと手をひらひらさせた。「行って正解だったよ。もう少しでボビー警部補がゲイリーのやつをぼっこぼこにするとこだったから」

エリカの瞳がヒーローへの賛美できらっと輝いた。

「ねえ、もうひとり警官がいた気がするんだけど」わたしが言った。

「ああ」レオが言った。「新人の交通警官さ。彼がブレーキライトが点灯してないのに気づいてゲイリーの車を止めたんだ。そしたら、なかからおまえがガンガン蹴る音が聞こえたらしい。そこへボビーが到着して、脇目も振らずゲイリーに飛びかかっていった。おれが割ってはいらなければ、あのクズを殺せてただろうな」

ボビーに最後までやらせなかったことを少し後悔しているみたいな口振りだ。

「ゲイリーはどこへ向かってたの？」わたしがきいた。「わたしたちをどうするつもりだったの？」

ボビーの目がすっと細くなった。「ブルーバード公園だ」彼は言った。「ムーディ教授を殺した場所」

そのことばに、全員しんと静まりかえった。

「と、そこへ機甲部隊が大集結っ」レオがおちゃらけて言った。「ヌーナン署長。州警察。ＩＣＥにＦＢＩ、アルファベット三文字のやつは全部来た」わたしの手をぽんぽんとたたく。「みんな、おまえなんかを助けるためにな」

まもなくさっきの看護師が来て、わたしとエリカが眠れるようにと男たちを追い出した。疲れたと口にするのも面倒なほど、急な疲労に襲われた。目が覚めると夕方で、隣のベッドにエリカの姿はなかった。

だが部屋にアダムがいて、窓の外を眺めていた。振り返り、真っ青な目をわたしに向けた。ゲイリーのとそっくりだ、と思った瞬間いやおうなく恐怖がよみがえった。わたしはおたおたとナースコールのボタンを探した。

「どうか怖がらないで」アダムが距離を保ったまま言った。「エリカはちょっと廊下を歩いてくるって言ってたよ」

ふと見ると、部屋は花束や風船でいっぱいだった。こんなにお見舞いがあったということは、何時間も眠りこけていたのだろう。エリカがボビーの腕につかまって部屋に戻ってきた。さっきよりずいぶん回復した様子だ。

「大丈夫？」エリカがきいた。この訪問者とわたりあえるくらい大丈夫か、という意味だ。ボビーも言い添えた。「気が向かなければ、またにしてもらったっていいんだぞ」

わたしは頭を振った。今度は気持ち悪くもならない。「大丈夫よ」

アダムが気まずそうに咳払いをした。「まずはリバー家を代表して、弟ゲイリーがしたことを謝罪したい。昨夜のこと、それから……そのまえのことも」

わたしはうなずいた。

「どうやら祖母のローズが、どこかの時点でゲイリーをバートランドと勘ちがいして、わが家の地下の秘密の部屋に、いくつもの箱にわけて出土品を隠してあると話したらしい。それを聞いたゲイリーは、信託財産を使えなくしようとしたぼくへの当てつけに、出土品を闇市場で売りはじめたんだ」アダムは深く息をついた。「ゲイリーは以前から……誠実性に問題があって、でも心を入れ替えつつあると家族はみんな思ってた。いや、思いたかっただけかもしれない。ご覧のとおり、現実はちがったみたいだから」

アダムはつづけた。「とくにコーヒーショップの経営を軌道に乗せていたことで、ほっとしてたんだ。でもそれさえ嘘だった。出土品を売って得た金のロンダリングに店を使ってただけだったなんて」アダムの声があまりに悲痛で、話をさえぎらずにはいられなかった。

わたしは手を上げて「もういいのよ」と何度か言った。「あなたのせいじゃないわ」

アダムは小さく頭を下げた。「最後にひとつだけ。ゲイリーはこんな大ごとになって、すごく後悔してるみたいなんだ。教授の冷酷さを思い知ったら、怖くなってしまったらしくて」そこで口をつぐんだ。言い訳にならないと気づいたのだろう。

看護師と医師の出入りがあわただしくて、なかなか事件の全体像を整理して思い描くことができなかった。病院側が過剰なほど気にかけてくれるのは、リバー家がＶＩＰ扱いにと費用を持ってくれているのだろう。でもわたしもエリカも、ただ家に帰りたかった。

一日じゅうベッドで寝ているからと約束して、医師に退院を取りつけた。

レオが自分の家に帰って休めるように、ビーンが看病役を買ってでてくれた。そしてロケット刑事とボビーを家に上げた。

エリカとわたしでひとつのソファに座った。背中の枕とブランケットが病人っぽさをかもしだして、ふたりが手加減してくれますように。たしかにもう調査はやめると言ったけれど、彼らだって信じたわけじゃないだろう。

「ゲイリーは情状酌量を交換条件に捜査に協力しだしている」椅子にゆったり座ってロケットが言った。殺人犯が見つかった今では、ずいぶん態度もやわらいだ感じがする。「ゲイリーがローズから例の壺の隠し場所を聞いたころ、ちょうど妹のジェニーがムーディ教授の講義を受けていた。ゲイリーは教授に近づいて仲立ち役をしないかと持ちかけ、崖っぷちだったムーディは、背に腹はかえられずカルロと会うことにした」

「教授はどうしてカルロと知り合いだったの？」エリカがきいた。

これにはビーンが答えた。「カルロは博物館や美術館の業界では有名だったんだ。中米関連のコレクションを強化したいときは、みんな彼に相談してた。品物の入手先にはあまりこだわらない人たちがね」

つぎはボビーの番だった。「だけど教授は欲をかいたんだ。取り決めよりずっと多額の仲介料を抜いた。最初はうまくだませてたが、ゲイリーに隠れてアダムに大口の寄贈をするよう説得しにいったのがまずかった。ムーディは自分の評価を上げようとしただけだったのに、出土品がだんだん注目されだして、ゲイリーがいろいろ調べると、何カ月ものあいだだまされてたことがわかった。それでムーディ教授がカルロに会うときを見計らって、あとをつけた。ペテン師の仲介人抜きで直接取引しようと考えて」

「結局うちの店に展示されてたものを盗んだのはだれだったの？」わたしはきいた。「ゲイリー？　それともカルロ？」そしてわたしのボウルはどこへ？

「全部ゲイリーのしわざだ」ロケットが言った。「ジェニーの友人からドラッグは入手可能だったし、警備員のスケジュールも知っていた。教授が気づいて、暴露するぞと脅した。だから殺したんだ。本人はわざとじゃなかったと主張しているが、その日に会おうと言いだしたのはゲイリーのほうだったし、雨が降ったら小川がどうなるかもわかっていた。あの晩、天気予報は雨だった」

そしてわたしたちが薬を盛られた夜も雨だった。

「どうしてゲイリーは出土品を全部コーヒーショップに隠してたの？」エリカがきいた。「いろんな人が出入りする場所なのに」

「ブルーバード公園の近くにぽつんと倉庫があって」ボビーが言った。「ゲイリーは所有者に袖の下をわたして空きユニットを使わせてもらってた。でも事件が起きて警察があたりを調べだしたから、別の場所に移すしかなくなったんだ」

それを聞いてようやく気づいた。備品庫にあった金属の扉の南京錠は、古びた配管よりずっとたくさんのものを隠していたのだ。「仔猫が居着いてあんなにいらいらしてたのも納得ね」わたしは言った。「とくにわたしたちが連れ帰ったあとも、ココが繰り返し仔猫と戻ってきたから」

「まさしく」ロケットは言った。「仔猫とウェブカメラのせいで壺を取り出すことができなかったんだ。そしてカルロは辛抱強いタイプじゃない。壺を手に入れたかったカルロは、早く出せとゲイリーにどんどんプレッシャーをかけた」

「でもうカルロは町を出ていったじゃない」エリカが指摘した。「だったらあの晩、ゲイリーはなんの用があってコーヒーショップにいたの？」

「やつはメキシコに向かおうとしてたんだ。家族には打ち合わせでニューヨークに行くと言ってたけど、パソコンにウェストリバーデイルからメキシコ国境までの地図が残ってた」ボビーが言った。「カルロの仲間のひとりと会うことになってて、もうこの町には戻らないつもりだった。だから二十四時間のあいだ、けっしてだれも騒ぎ立てないようにする必要があった」

ぞっとして体が震えた。「じゃあゲイリーはやっぱり、わたしたちを……？」

「いいや」ロケットが言った。「自分が無事に町を出られるよう倉庫に閉じ込めておこうと思っただけだと言っている」

「まさか信じるの？」エリカがきいた。

ロケットはエリカをじっと見返しただけで答えなかった。

「カルロがシンセロにぶち切れてたのはなんでなの？」わたしがきいた。「それにＩＣＥの協力者なら、サンティアゴはなんでゼインのパソコンを奪ったの？」

「これは推測だが、壺の件が遅れに遅れたから、偽造屋のシンセロもいらいらしだしたんじゃないか」ロケットが言った。「つかまるのを恐れて、一カ所に長くとどまることはなかったから。カルロはシンセロといるところをだれかに見られるわけにはいかなかった。まあ、当然だな。なにはともあれ、とうとうシンセロを逮捕できた。きみたちのおかげだ」

「それでサンティアゴは？」エリカがきいた。「彼にはどんな事情が？」

ロケットが渋い顔をした。「彼は……ある種のコンサルタントだ。命令どおりに動かないこともある」

「でもいいこともたくさんしてきたんだよ」ビーンがかばうように言った。「ただＩＣＥが気に入るとはかぎらなかっただけで」

「これからどうなるの？」わたしはきいた。

ロケットが立ち上がった。「ふたりともよく休むこと。そして今後は殺人事件の調査に首をつっこまないこと」


前回の事件と同じく、今度もヒーローはココだった。悪党が国家レベルのお宝を売り払えないよう、時間を稼いだのだから。まあ、そもそもココがメイの店でじっとしていれば、わたしたちがあんな危険な目に遭うこともなかったわけだが。でもその場合、ゲイリーは貴重な出土品の数々を持って逃げおおせていたかもしれない。教授殺害の罪にも問われずに。

遅ればせながら、ココは花のにおいが嫌いだということにメイが気づいた。それで仔猫といっしょに自宅へ移動させ、ココの首輪のＧＰＳと連動して開閉を制御できるハイテク猫用扉を取り付けた。今度は腰を落ち着けているみたいだ。もしかしたらメイの家に根を下ろして、メインストリートの店から店へわたり歩くのはやめてしまうかもしれない。

25

数日ぶりに三十分だけひとりになれた、というときにサンティアゴが現れた。リビングルームでビーンが用意してくれたパソコンのネットフリックスを観ているところに、ひょっこり顔を出したのだ。「すっかり有名人だな」向かいの席に腰を下ろす。無造作に顔にかかる髪が、腹立たしいほどの色気と余裕をかもしだしている。

「どうやってはいったのよ？」わたしは問いただした。「セキュリティ会社を変えなくちゃ」

サンティアゴは首を横に振った。「無駄なことはやめておけ。おれはどんなセキュリティだってすり抜ける」

「で、何しにきたの？」と言う声にももはや緊迫感がない。彼独特の流儀ではあれ、正義の人だとわかったから。それにしても、このまえよりさらに日焼けをしたような？　どこにそんな暇があるのだろう？

「一応知らせておこうと思ってな。バートランドのお宝については、しかるべき措置が取られることになった」

わたしはしかめ面をして見せた。「あなた、何をしたの？」

サンティアゴは笑った。「疑り深い女だな。リバー家と親交のある人のなかから適切な人物を選んで話をさせただけさ。バートランドの日記は遺書みたいなもんで、彼はマヤの人々の財産を持ち帰ったことを後悔してたんだと。おれが出ていって、すべて返還してほしいと言うと、みんな快諾してくれたよ」

「出土品は全部もとの国に戻るのね?」こいつの言うことをどこまで信じていいものか。

「ほぼ全部、というべきかな」やっぱり。「それからバートランドの日記についてはもっと個人的な目的があったことを告白しておこう」

「個人的って？」

「おれのミドルネームは〝リオ〟だと言えばわかるかな？」

わたしはあんぐりと口を開けた。「そのスペイン語ならわたしだって知ってるわ。〝川《リバー》〟って意味でしょ。ってことはあなた、バートランドの子孫なの？」

「ご名答」サンティアゴが言った。「それにいとこも大勢いる。みんな同じミドルネームのね」

唖然とするほかない。悪名高きサンティアゴは、エル・ガト・ブランコで、しかもリバー家の一員だったってわけ？

「ほかの家族も連れて引っ越し、というか移住してくるの？」みんなサンティアゴみたいに厄介な人だったらどうしよう。

「まさか」彼は鼻で笑った。「おれたちにはベリーズでの暮らしがある。だがリバー家の財産の一部は地元の小さな町の発展に役立たせてもらう」

「ヴィヴィアンはなんて？」思わずきいた。「家族の一員として快く迎え入れてくれたの？」

サンティアゴは微笑んだ。「それにはもう少し時間がかかりそうだ。でもかならずなんらかの合意点が見つかるはずさ」そしてさっと華麗に手をひと振りしたかと思うと、どこからともなくボウルが、わたしのボウルが彼の手のなかに現れた。「これはきみに」

はっと息をのんだ。

「プレゼントするよ」彼が言った。「マヤへの貢献に対する感謝のしるしだ」

「でもこんなの……受け取れないわ」もごもごと言った。

「ミシェル」彼が言った。「そろそろ学んでもいいんじゃないか。おれはノーとは言わせない男だ」サンティアゴはボウルをコーヒーテーブルの上に置いて立ち上がると、わたしがありがとうと言うのも無視して、来たときと同じく音も立てずに姿を消した。


その二日後、フラッシュモブ動画のお披露目会のために、みんなで高校の講堂へ向かった。退院してから初めての外出で、ビーンは腰に手を回して体を支えると言い張った。わたしもやめてくれとは言わなかった。

高校の駐車場に車を停めた。二十人はいるだろう、生徒たちが駆け寄ってきて、興奮をわかちあった。

「子ども嫌いなんじゃなかったっけ？」エリカが言った。

講堂の大スクリーンに最初の場面が映し出されると、観客の期待が最高潮に達した。みんなスクリーンに自分や友だちの姿を見つけるたびに歓声を上げた。とくにあちこちで血が噴き出す戦闘シーンでは。

すばらしいショートムービーだった。制作会社の仕事振りは見事で、どうやったのか、プロの仕上がりを感じさせつつ、アマチュアの魅力をちゃんと残してあった。

コミュニティセンターのまえのクライマックスの場面になって、音楽がクレッシェンドされるとともに博物館の告知バナーが下りると、会場からわっと拍手がわきおこった。

ジョリーンが壇上に上がり、携帯電話を掲げた。「ちょうど今、動画のリンクを送ったわ。さあみんな、フェイスブックに上げて、おばあちゃんにメールして。ツイッターとインスタグラムも。がんがん拡散してちょうだい」

生徒たちの親指が狂ったように動きだした。動画を世界じゅうに送信しては、よろこびの声を上げている。「リツイートされたよ」「いいね、されたわ」「シェアされたぞ」さざめきはどんどん大きくなった。技術スタッフがユーチューブのページをスクリーンに表示させて、繰り返し画面を更新する。視聴回数がぐんぐん伸びていく。百。二百。

そして制作会社の監督が壇上に上がり、はずんだ声で告げた。「みなさん！　ほかにもお見せしたいものがあります。どうぞお楽しみください」

監督が後方に控える技術スタッフの女の子に合図をすると、メイキングビデオが流れだした。〈チョコレート＆チャプター〉の店内もたくさん映っていてうれしい。と、生徒たちがかわるがわるカメラに向かって熱く語りだした。エリカとウィンクのアイディアがいかにすばらしかったか。ジョリーンとスティーヴとジャニスが一所懸命みんなをまとめあげてくれたことに、どれほど感謝しているか。大人たち全員、そして生徒の多くが目に涙を浮かべるなか、映像が終わった。

今度は耳をつんざくような拍手喝采がいつまでも鳴りやまなかった。

DCから来たテレビ局の報道陣を避けてビーンとこっそり裏から出た。ムーディ教授の殺害やゲイリー・リバーの逮捕との関連を嗅ぎつけてやってきたらしい。きっと動画の拡散にひと役買ってくれるだろう。

ビーンの車にもたれてロケット刑事が待っていた。体を起こし、ビーンと握手をする。「その後のことを知らせておこうと思って」ロケットが言った。「ゲイリーは司法取引に応じている。カルロも逮捕し、協力的な姿勢を見せている。密売人を大量にぶち込めそうだ」ヴィヴィアンはすでに先手を打ち、ゲイリーはカルロにコントロールされていただけの、人生の目的を見失った未熟な若者にすぎなかったのだと釈明してまわっていた。

でも、わたしはあのときの目を見たのだ。

ゲイリーは行き詰まって必死だった。それはたしかだ。でも、どこかで楽しんでいた。あのままブルーバード公園に連れていかれてたらどうなっていたことか。

そう思ったのが、いくらか顔に出ていたのだろう。ロケットが咳払いをして、こくりとうなずいた。わかってくれたのだ。ビーンと握手をしてからわたしのほうにも手を差し出した彼に、腕をまわしてハグをした。

「ミズ・セラーノ」ロケットが言った。「もう二度と会わないことを願ってますよ」

ビーンとふたりで車に乗った彼を見送り、ようやく講堂から出てきたティーンの一団を眺めた。自分たちの大成功に顔を上気させている。

ビーンはこちらを向いてにこにこしていた。「そういえばさ」

わたしも微笑み返した。「何?」

「ようやくぼくの〝この件〟もきみの〝この件〟も片がついたわけだから」わたしの手をぎゅっとにぎる。「約束のデートはどう?」

Recipe

1

バーボン＆アップル・ウッド・スモークド・ソルト・トリュフ

［材料］

ヘビーホイッピングクリーム
（乳脂肪分の多いホイップ用の生クリーム）……110グラム
刻んだダークチョコレート……200グラム
やわらかくしたバター……15グラム
バーボンウイスキー……30グラム
塩……ひとつまみ
ふりかけるのココアパウダー……適量

［作り方］

1　クリームを沸騰させ、その⅓を、刻んだチョコレートのボウルに注ぐ。なめらかになり、つやが出るまでヘラで手早く混ぜる。残りのクリームを少しずつ加える。なめらかさとつやを保つこと。ダークチョコレートが完全に乳化するまで混ぜる。

2　やわらかくしたバターを加え、よくかき混ぜる。さらにバーボンを加えてかき混ぜる。塩も加えて混ぜ、ガナッシュを作る。

3　ガナッシュが固まるまで、冷蔵庫で12時間ほど冷やす。

4　メロンボウラーでガナッシュをすくい取ってボール状にし、ココアパウダーをふりかける。

Recipe

2

モカ・トリュフ

［材料］

細かく刻んだビタースィート・チョコレート……1020グラム
細かく刻んだミルクチョコレート……110グラム
ヘビーホイッピングクリーム……1¼カップ
インスタントのエスプレッソ粉末……大さじ1½
カルーアまたはほかのコーヒー風味のリキュール……大さじ2
トッピング用のコーヒービーンズ・チョコレート
またはモカビーンズ・チョコレート……60粒

［作り方］

1 容量2リットル程度のボウルに、ビタースィート・チョコレート340グラムとミルクチョコレートを入れておく。

2 容量1リットル程度のソースパンにクリームを入れて中火にかけ、沸騰させる。

3 火からおろし、温かいクリーム大さじ3を別の容器に移し、エスプレッソ粉末を加えてとかす。ソースパンに戻し入れる。

4 3のエスプレッソクリームを1のチョコレートのボウルに注ぎ入れ、1分置く。ゴムべラでよく混ぜ合わせる。

5 カルーアを加えてよく混ぜ合わせる。

6 5のトリュフクリームに覆い

Recipe

2

モカ・トリュフ

をかけて室温まで冷まし、そのあと冷蔵庫でひと晩冷やす。

7 覆いをかけたまま冷凍庫に移し、2時間冷やす。

8 冷凍庫からトリュフクリームを取り出し、あとでコーティングするときにひび割れが生じないように、室温より少し低い温度まで戻す。

9 残りのビタースィート・チョコレート680グラムをとかしてテンパリングする。

10 メロンボウラーで8のガナッシュをすくい取り、ボール状のトリュフの中心部を作る。

11 トリュフの中心部を9でテンパリングしたチョコレートに浸け、全体をコーティングする。おたままたはフォークで取り出し、余分なチョコレートをそっとふり落とす。ワックスペーパーの上に置く。

12 4個作るごとに、トリュフ1個に対してコーヒービーンズ・チョコレートを1粒のせる。トリュフが固まらないうちに作業すること。

Recipe
3

バナナ・フォスター

［ 材 料 ］

バター……大さじ4
ブラウンシュガー……¼カップ
ラム（お好みで。バニラエクストラクトやラムエッセンスでも可）……大さじ1
シナモン……小さじ½
ナツメグ……少々
熟したバナナのスライス……1本分
ヘビークリーム（乳脂肪分の多い生クリーム）……¾カップ
刻んだセミスィート・チョコレート……230グラム
ふりかける用のココアパウダー……½カップ

［ 作り方 ］

1 中くらいのボウルに刻んだチョコレートを入れておく。7インチのスキレットにバター大さじ2を入れて中火にかける。とけたら、ブラウンシュガーを加えてとけるまでかき混ぜる。

2 ラム、シナモン、ナツメグを加え、ぐつぐつして香りが立つまでかき混ぜる。

3 真ん中にバナナのスライスを入れ、1分たったらひっくり返し、もう片面も1分火を通す。これ以上火を通すとどろどろになるので注意。

4 両面すんだら、バナナのスライスを取り出す。ソースパンにヘビークリームを加える。はじめのうちは砂糖が固まっ

Recipe

3

バナナ・フォスター

て浮いてくるかもしれないが問題ない。

5 火にかけたまま、砂糖がとけて全体がなめらかになり、クリームが沸騰する寸前まで泡だて器でかき混ぜる。

6 温かいクリームを、刻んだチョコレートのボウルに注いで1分置き、チョコレートをやわらかくする。やわらかくなったら、チョコレートのかたまりがなくなって全体がなめらかになるまで泡だて器でかき混ぜる。

7 残りのバター大さじ2を加え、泡だて器でかき混ぜる。

8 火を通したバナナのスライスを細かく刻み、とかしたチョコレートに加えてかき混ぜる。

9 ひと晩置いて固める。

10 ボウルにココアパウダーを入れ、手のひらにまぶす。キャンディスクープまたは小さなティースプーンで9のガナッシュを3センチ弱のボール状にする。手のひらで転がして丸くする。手にくっつくようなら、少量のココアパウダーをまぶす。ガナッシュがなくなるまで、この作業を繰り返す。

訳者あとがき

チョコ職人と書店主の事件簿シリーズ第二巻『トリュフチョコと盗まれた壺』をお届けします。

親友同士で同じ家に住み、〈チョコレート&チャプター〉という一軒の店をシェアする、チョコレート職人のミシェルと書店主のエリカ。第一巻『やみつきチョコはアーモンドの香り』では、写真家で友人のデニースを殺害した犯人の逮捕に大貢献したものの、探偵ごっこはもうやめろ、と地元警察に釘を刺されてしまいました。

言いつけどおり、おとなしく平穏な日常を送っていたふたりですが、季節は移り初秋の風が吹きはじめると、またもや事件に首をつっこんでしまいます。でも、今回は仕方がないかもしれません。店や知人が関係しているだけでなく、自分たちが容疑者になってしまったのですから。

ことの発端は、〈チョコレート&チャプター〉で開かれたレセプションパーティでした。

ウェストリバーデイルの町を創設したリバー家が、屋敷に眠っていたマヤ文明の出土品を博物館に寄贈したことが発表されます。ご近所さんだけでなく、近隣の町からハイソな人たちもやってきて、チキン・タマルやカニのひと口タコスに舌鼓を打ったり、ラテンのビートに合わせてステップを踏んだりと大盛り上がりです。

ところが、華やかな宴のそこここでは不穏な空気が流れています。リバー家の女帝的存在であるヴィヴィアンと怠け者の息子ゲイリーのあいだには明らかな確執があり、末娘ジェニーは薬物依存症。そもそも寄贈した出土品は、南米から違法に持ち帰られたものだといううわさも。出土品の寄贈を仲立ちしたムーディ教授とエリカには、過去の因縁があってぴりぴりムード。さらに、危険な香りのするラテン系ハンサムが現れ、女性陣の目はハートですが、教授はなぜか血相を変えてにらみつけています。

そしてその晩、出土品が何者かに強奪され、さらにはムーディ教授が遺体で発見されるという大変な事態に。教授のアシスタントの策略により、エリカとミシェルに容疑がかけられてしまいます。最初は躊躇していたふたりですが、自ら容疑を晴らすことを決意。調査を進めるにつれて明らかになる、リバー家の闇や教授の悪事。出土品を盗んだのは、教授を殺害したのはだれなのか？　そしてラテン系ハンサムの正体は？

と、調査で大忙しのミシェルとエリカですが、ちゃんと恋もしています。ミシェルは、初恋の相手であるエリカの兄ビーンが町に帰ってきてどきどき。その一方で、州警察のロケット刑事とも、小競り合いを繰り返しながら仲良くなっているような？　エリカは高校時代の恋人、ボビー警部補と復縁し、さらに一歩進めようとしています。そのほか、ミシェルと地元レポーターのリースのライバル関係や、ミシェルのアシスタントのコナとラテン系ハンサムのアバンチュールなど、ウェストリバーデイルの人間模様から目が離せません。

そして今回も、ミシェルの個性的なチョコレートがたくさん登場します。カイエンペッパーがぴりりと利いた定番商品のマヤン・ウォリアー（エリカには不正確なネーミングだと注意されてしまいますが）や、マヤの展示に合わせて新たに考案したピラミッド形のエンド・オブ・ザ・ワールド・キャラメル。それから、秋の食材かぼちゃやさつまいもを使った自信作、パンプキン・トリートやスイート・テンプテーション・トリュフなどなど。本書を読みながら、どんな味か想像してみるのも楽しいかもしれません。

ここで、本書のモチーフとなっているマヤ文明について少し。マヤ文明は、現在のメキシコ南東部から中央アメリカ北西部にかけて繁栄した都市文明です。農耕を基盤としつつ、すぐれた石器を開発し、象形文字や暦、算術、天文学なども発展させました。石造りの神殿ピラミッドがそびえるメキシコのチチェン・イッツァやグアテマラのティカルなど、有名な遺跡が多数ありますよね。本作では、博物館の宣伝のために、メキシコのボナンパク遺跡の壁画に描かれた場面を再現するフラッシュモブが行われます（余談ですが、インターネットで検索すると各種イベントのフラッシュモブ動画がたくさん見られます。どれも楽しい気分になれるので、お時間あれば検索なさってみてください）。

トウモロコシを主食とするマヤ人ですが、主に支配層の贅沢な飲料としてカカオを珍重していました。カカオ飲料は、乾燥させて炒ったカカオ豆を挽きつぶして練り粉にし、熱湯や水に溶いて、トウモロコシの粉やトウガラシなどを加えて作るようです。特別な儀礼で使われたり、薬として利用されたりすることもありました。本作の冒頭にも、チョコレートを飲むためのボウル形の土器が登場し、ミシェルはひそかに〝わたしのボウル〟と呼んでいます。

リバー家の面々やムーディ教授、ラテン系ハンサムのほかにも個性的なキャラクターを新たに迎え、強盗事件に殺人事件とページをめくるごとにスリリングな展開が待つ本作。一巻にひきつづき、ミシェルが繰り出す愛嬌たっぷりの皮肉や、エリカのうんちく発言、秋の新作チョコレートにもご注目。前作でみんなをメロメロにした猫のココも、ママになって大活躍です。ではお手元にチョコレートをご用意のうえ、ゆっくりと読書をお楽しみください。

二〇二一年七月

コージーブックス

チョコ職人《しょくにん》と書店主《しょてんしゅ》の事件簿《じけんぼ》②

トリュフチョコと盗《ぬす》まれた壺《つぼ》

著者　キャシー・アーロン
訳者　肱岡千泰《ひじおかちひろ》

2021年　9月20日　初版第1刷発行

発行人　成瀬雅人
発行所　株式会社　原書房
〒160-0022 東京都新宿区新宿1-25-13
電話・代表　03-3354-0685
振替・00150-6-151594
http://www.harashobo.co.jp
ブックデザイン　atmosphere ltd.
印刷所　中央精版印刷株式会社

落丁・乱丁本はお取り替えいたします。
定価は、カバーに表示してあります。
 ISBN978-4-562-06118-1 Printed in Japan